BESTSELLER

Pablo Rivero, licenciado en Comunicación audiovisual, ha interpretado a Toni Alcántara en la serie de TVE *Cuéntame cómo pasó*. Asimismo ha participado en películas como *De tu ventana a la mía* de Paula Ortiz, *Proyecto tiempo* de Isabel Coixet, *No me pidas que te bese porque te besaré* de Albert Espinosa o *La noche del hermano* de Santiago García de Leániz. En teatro ha participado en montajes como *La caída de los dioses*, dirigido por Tomaž Pandur; *Los hijos se han dormido*, dirigido por Daniel Veronese; *El sirviente*, dirigido por Mireia Gabilondo, y, más recientemente, en *La importancia de llamarse Ernesto*, los cuatro en el Teatro Español; *Fausto*, también de Tomaž Pandur, para el CDN, o *Cortázar en juego*, dirigido por Natalia Menéndez en el Teatro de la Abadía, entre otros. Debutó como novelista con *No volveré a tener miedo*, a la que siguieron *Penitencia*, *Las niñas que soñaban con ser vistas*, *La cría*, *Dulce hogar*, la novela corta para FNAC *El editor* y *La matriarca*. *El rebaño* es su séptima novela, un thriller de impacto acerca de la sobreprotección en la crianza. Su narrativa ha sido comparada a la de Pierre Lemaitre y en sus historias explora los territorios más oscuros de la conducta humana.

Para más información, puedes seguir al autor en su cuenta de Instagram:

 @pabloriveroficial

PABLO RIVERO

El rebaño

DEBOLS!LLO

Papel certificado por el Forest Stewardship Council®

Primera edición en Debolsillo: enero de 2026
Primera reimpresión: abril de 2026

Printed in Spain – Impreso en España

ISBN: 978-84-663-8852-8
Depósito legal: B-19.549-2025

Compuesto en Mirakel Studio, S. L. U.
Impreso en QP Print

P 3 8 8 5 2 8

A todos los que luchan para formar y educar
a mejores generaciones de personas.
Vuestro esfuerzo y dedicación no están pagados

Nos escondemos detrás de máscaras para sobrevivir y ser aceptados en sociedad. Nos cubrimos con armaduras que, además de protegernos, sirven para ocultar nuestras heridas y nuestros pensamientos más profundos, los más oscuros y ruines que no nos atrevemos a verbalizar. Disfrazamos nuestra auténtica naturaleza, nos mezclamos en grupos donde no llamamos la atención y nadie nos conoce realmente. Sin embargo, alguna que otra vez nuestro verdadero instinto sale a la luz, y sobreviene la desgracia con consecuencias terribles.

Esta es la historia de uno de esos casos. La de un pastor y su rebaño de ovejas, a las que guía y cuida; también la de la oveja negra, y la del lobo, que las acecha y amenaza con devorarlas.

El sonido de una canción afilada, que hasta la lengua le hace sangrar.

> Tris tras,
> ponte el disfraz.
> Tris tras,
> y nadie lo verá.
> Tris tras,
> me lo voy a llevar.
> Tris tras,
> y al girarte de nuevo.
> Tris tras,
> ya nunca lo verás.

> Tris tras,
> su piel mía será.
> Tris tras,
> y sus abrazos extrañarás.
> Tris tras,
> como sus días de chupete y cuna.

Tris tras,
porque para siempre lo perderás.

Tris tras,
adiós, papá y mamá.
Tris tras,
el lobo te hará gozar.
Tris tras,
y la lana blanca de tu cuerpo.
Tris tras,
de rojo sangre se teñirá.

Prólogo

Hace siglos que Marta no va al cine, no recuerda exactamente cuánto tiempo, pero sabe que han pasado muchos años, décadas incluso. La última vez que estuvo en una sala fue cuando estrenaron una película cuyo título ha olvidado, una de amor, con la actriz que siempre sale en las películas de ese director con gafas, el de Nueva York... Bueno, una que le gustó mucho, la verdad...

Desde que se casaron sus hijos y fueron naciendo sus nietos, anda todo el día de la ceca a la meca: recogerlos en los colegios, llevarlos a las guarderías y academias para las clases particulares, los constantes cumpleaños de los amiguitos de la clase, alguna visita que otra al pediatra y, por supuesto, también cubre las bajas y los imprevistos. Hoy, cómo no, se está haciendo cargo de Lucía, la más pequeña de sus nietos. También es la más bonita y vivaracha. Es simpatiquísima, no para de hablar, y ella se queda embobada cuando la mira con esos ojos enormes de color verde, enmarcados por unas larguísimas pestañas rizadas.

Su hija Martina está atravesando una etapa complicada. No se lo dice, pero ella sabe que es porque Nico, su marido, se pasa el día de viaje y juraría que no lo lleva nada bien.

Mientras tanto, ella y su nieta tienen plan de chicas. A Marta le hace mucha gracia que Lucía no pare de hablar de unos dibujos de unas muñecas medio hadas de las que no recuerda el nombre y resulta que unos días atrás, cuando iba al supermercado, vio en una marquesina el póster de la película. Así que, cuando su hija le contó el percal, miró si la ponían en los multicines que hay en el centro comercial situado entre su casa y la de Martina para llevar a la niña.

Como siempre, han llegado con el tiempo justo. Es cierto que en parte es por su culpa porque no sabe poner el navegador en el coche y acaba dando vueltas innecesarias, pero luego aparecen los imprevistos habituales, como el de hoy, cuando, justo al salir de casa, la niña ha dicho que necesitaba ir al baño, y la chica estaba con la aspiradora y no escuchaba el timbre, y Marta la ha llamado al móvil no sé cuántas veces hasta que ha conseguido que les abriera. Después se ha liado con las entradas que le mandó su hija al comprarlas por internet, no encontraba el correo y luego, encima, no se le cargaban. Así que, cuando finalmente logran sentarse en sus butacas, no se lo puede creer. Respira agitada por todo el trajín, pero la cara de alegría de Lucía compensa todos los inconvenientes.

La mujer abre su bolso y saca unas chucherías que ha comprado en la tienda que hay debajo de su casa, antes de coger el coche, por recomendación de su hija, que la ha avisado de que en el cine el precio es prohibitivo. Su nieta ni la mira: está tan absorta en la película que empieza que solo abre la palma de la mano, como acto reflejo, y la agarra cuando se la da.

Marta siente un escalofrío. Nada más entrar en la sala notó que hacía bastante frío. Pensó que sería por la sudada que llevaba encima. Se equivocaba: cuanto más se asienta en su sitio más destemplada se halla. Está congelada.

—¿Tienes frío, cariño? —pregunta a su nieta.

Lucía no responde, ya han salido sus muñecas favoritas y tiene los cinco sentidos puestos en la pantalla. La mujer estira el cuello para ver si es que tienen el aparato de aire acondicionado encendido; no ve ninguno, pero ella nota unas fuertes ráfagas de viento helado. Empieza a ponerse nerviosa; como la niña se le ponga mala se le va a caer el pelo, piensa. Por mucho que se entregue y esté pendiente de ella siempre hace algo mal, su hija se lo repite a la mínima de cambio. Para pedir no tiene ningún pudor, qué dice pedir, ¡exigir!, como tampoco para recalcarle cada vez que se sale del manual de la abuela perfecta que le impone. En su época las cosas eran de otra manera, así la crio a ella, ¡qué narices! Y no ha salido tan mal, vamos.

—Cariño, vamos a salir un momentito a pedir que suban un poco la temperatura del aire acondicionado, que, si no, nos vamos a poner malitas… —la niña sigue mirando a la pantalla sin reaccionar a lo que le dice—, que como nos pongamos malitas verás mamá…, se va a enfadar mucho y no nos va a dejar volver al cine…

Sus palabras no tienen ningún efecto en su nieta, que sonríe ante lo que ven sus ojos abiertos como platos. A Marta se le pasa una idea rápidamente por la cabeza, cualquier cosa con tal de no enfrentarse a una de las pataletas de la niña. Sabe que no debe consentirla, se lo dice siempre su hija, pero es incapaz. No tiene fuerzas para lidiar con una situación así ahora, intentar calmarla y explicarle las cosas. Está agotada. Se gira y mira a su alrededor. Solo están ellas en la sala. Le extraña, pero cae en que es lunes y han entrado a la sesión de las cuatro. Mira de nuevo a su nieta, quiere decirle que tiene que salir un segundo, pero piensa que le cuesta menos escabullirse un momento que el pollo que le va a montar si le insiste en que la acompañe.

—La abuela sale un momento a pedir que lo bajen, ¿vale?

La niña no dice nada, absorta como está en la pantalla.

—Salgo un momento, ¿vale? Ahora vuelvo, no te muevas. Espérame aquí. ¿Me has oído?

Lucía asiente con su perenne sonrisa iluminada por sus muñecas favoritas.

Marta se levanta con cuidado, agachada para no molestar a nadie, pero, cuando llega al pasillo, pegada a la pared, se acuerda de que están solas. Aun así vuelve a recorrer la sala con la vista y se cerciora de que así es. Mira a Lucía y sonríe al ver su cara de felicidad.

No tarda mucho en regresar, menos de cinco minutos. Ha tenido suerte y enseguida ha encontrado a una empleada vestida de uniforme a la que le pide que la acompañe para que vea el frío que hace en la sala. Al entrar, le parece estar dentro de un mal sueño: su nieta no está en la butaca donde la dejó. Desplaza rápido la mirada por los sitios cercanos y el resto de las filas. No ve a Lucía por ningún lado, ha desaparecido.

—¿Está usted bien? —le pregunta la chica, que no sabe nada.

—¡Lucía! —exclama la mujer mientras se agacha para ver si es que se le ha caído algo y está en el suelo recogiéndolo.

Solo encuentra la bolsa tirada con las chucherías desparramadas por todo el piso, pero ni rastro de su nieta.

—¡¿Dónde está la niña?! —grita ahora desesperada—. ¡Lucíaaa!

PARTE I

Rebaño:

*Conjunto de personas que se dejan dirigir en sus opiniones,
gustos o actos por lo que hace, dice o piensa la generalidad.*

1

Tres años antes

La lámpara en forma de cabeza de conejo iluminaba el cuarto de Roberto. La había comprado su madre para que la habitación no se sumiera en una oscuridad absoluta por la noche. Su hijo pequeño era muy miedoso, tanto o más que el mayor, pero con la lámpara encendida evitaba que la llamase cuando se despertaba. Carmen estaba sentada en la cama junto a su pequeño, que, como cada noche, escuchaba con atención bajo la colcha el cuento que le leía. Algunas de sus amigas le decían que les resultaba un suplicio el rato hasta que al fin se dormían sus hijos, ya fuera corto o largo, que se les hacía eterno porque no dejaban de pensar en la calma de la que luego gozarían con sus maridos, en el mejor de los casos, o solas. Pero Carmen no lo vivía así. Ella disfrutaba cuando captaba la atención de su retoño y se esforzaba en recrear muchas de las fábulas que le contaba a ella su madre, que aliñaba con mayores dosis de fantasía, y, sobre todo, en aclarar la moraleja, convencida de que dejaría poso en su criatura. Además, tenía la sensación de que Joaquín, su otro hijo, se había hecho mayor en dos días. Se le había pasado volando y por eso quería exprimir cada momento con el pequeño, que

21

el año siguiente empezaba primero de Primaria y pronto, al igual que su hermano, no querría que le leyera más.

—Un lobo caminaba por el bosque, tenía mucha hambre y buscaba al rebaño que siempre pastaba por allí para pegar un mordisco a una de las ovejas. Pero, por más que lo intentaba, no conseguía alcanzar a ninguna. Así que, cuando ya no podía más, se sentó a descansar sobre un tronco. De pronto se le ocurrió una buena idea: «Si como lobo no puedo agarrar ni una sola presa, entonces cambiaré mi apariencia y con el engaño podré comer». Y eso fue lo que hizo el lobo, se metió en la piel de una oveja. Logró despistar al pastor y se mezcló con el rebaño que estaba pastando. Su plan salió como él esperaba, había pasado desapercibido. Al atardecer, para su sorpresa, el lobo disfrazado de oveja fue llevado junto con las demás ovejas al establo en el que las guardaban. Durante la noche, cuando todas dormían, el feroz intruso vio la ocasión de empezar a darse el banquete. Pero el lobo no contaba con que el pastor regresara para buscar su provisión de carne para comer al día siguiente. Así que tomó al lobo pensando que era un cordero y lo sacrificó al instante. Moraleja: según hagamos el engaño, así recibiremos el daño.

Carmen cerró el cuento y miró con una sonrisa cómplice a su hijo, que la había escuchado ensimismado, pero se encontró con una expresión que no esperaba. Roberto tenía el ceño fruncido, parecía confundido. Su madre se dispuso a explicarle la moraleja, pero el pequeño se le adelantó.

—Pero ¿y si el pastor no hubiera elegido al lobo? —preguntó con notable congoja.

—Pues no habría pasado nada porque entre todas las ovejas del rebaño lo habrían matado.

—No, él se las habría comido antes —dijo con gesto serio.

Carmen se quedó helada por la contundencia de su hijo y no supo qué responder. Lo besó en la frente y le dio las buenas noches con dulzura mientras salía por la puerta, tratando de ignorar la mala sensación que se había apoderado de ella.

REC

Una mujer atractiva, de rasgos fuertes y melena larga, que llama la atención, está sentada frente a un trípode en el que ha colocado su teléfono móvil, rodeado por un enorme aro de luz blanca.

—Mi nombre es Pilar, pero todos me llaman Pilu. Tengo cuarenta y un años. Antes me resistía a añadir una nueva cifra, pero con dos hijos, y después de todo lo que me ha tocado vivir a mi alrededor durante los últimos años, cumplirlos sana y con ellos cerca es lo mejor que me puede pasar.

»Precisamente es de todo eso de lo que os quiero hablar, de todo lo que ocurrió aquí, en mi urbanización. Se me pone un nudo en el estómago porque no acierto a entender que cosas así sucedan. Da miedo pensar que, aunque no queramos verlo, todos somos carne de cañón y ninguno estamos libres de pecado.

»Ser padre es el mayor de los desafíos, la responsabilidad más grande que asumimos durante nuestra vida. Nadie te enseña a serlo. Sin embargo, todo el mundo opina, juzga y determina si se está haciendo bien o mal.

»Ese es el motivo por el que nos obsesionamos y nos tomamos la crianza como si fuera un trabajo: nuestros hijos son el proyecto que debemos sacar adelante con el mejor de los resultados. Al fin y al cabo, ellos son el futuro y nosotros tenemos la oportunidad de poner nuestro granito de arena para mejorar el mundo. Por eso intentamos que hagan el bien, que sean nuestra mejor versión. Nos pasamos el día leyendo sobre cómo educarlos, desde antes incluso de que nazcan. Sabemos toda la teoría, pero la realidad es que luego, en la práctica, con el ritmo frenético de trabajo, la mayoría se nos olvida y comienza una batalla diaria por no perder los papeles y no transformarnos en ese progenitor que, nos recuerdan, se debe evitar ser.

»A pesar de que deseemos tener el control sobre el cuidado de nuestros hijos y moldearlos como nuestro gran proyecto y legado en la vida, no evitaremos que acaben siendo ellos mismos, con lo que eso conlleva. Tampoco que otras personas, niños o adultos, influyan en ellos incluso más que nosotros. No queremos pensar en el tema, pero la mayor parte del día están fuera de casa, una media del setenta por ciento, y es entonces cuando se desarrolla su verdadera personalidad.

»Por mucho que nos empeñemos, solo nos queda un pequeño porcentaje de tiempo de sus vidas para moldearlos o reconducirlos cuando las cosas se tuercen. Aunque quizá entonces ya sea tarde o insuficiente.

»Todos sabemos que los niños pueden ser los más crueles y, aun así, nadie nos prepara para lo que nuestros hijos son capaces de hacer, y mucho menos para lo que nosotros llegamos a hacer por ellos. Porque ¿qué no haría un padre o una madre por su hijo?

3

Tres años antes,
días previos a la noche de Halloween

Hacía años que se resistía, cuatro para ser exactos, los que se llevaba celebrando en la urbanización. Había conseguido mantenerse firme en su decisión de no consentir que ninguno de sus hijos participara en la mamarrachada de la fiesta esa americana que ni siquiera era capaz de pronunciar, tal vez porque inconscientemente era una forma más de negarse a integrarla en su vida. Como si así fuese a lograr que desapareciera. Carmen no soportaba las calaveras, las telas de araña mugrientas, las calabazas y las ratas de goma por todas partes, hasta en el supermercado, ¡incluso en los pasillos del colegio!

—Nos manipulan, nos meten lo que quieren por los ojos para liarnos y que gastemos y consumamos sin parar solo porque todo el mundo lo hace —le decía siempre a Eva cuando se tomaban el café antes de ir a recoger a sus hijos al colegio—, y, claro, son muy listos porque, como afecta a los niños, a ver quién les dice luego que no, rica, ¡más cuando hasta en el colegio lo imponen y tienen que ir ya disfrazados desde pequeños! Manda narices, antes nos disfrazábamos de chulapas, de pastorcillas..., ahora de... lo que sea con sangre, hasta las niñas..., las del curso de Joaquín, es que no te imaginas cómo van ya y tienen doce años, es que es una vergüenza. Y las pequeñas van de princesas. ¡¿No es una fiesta de brujas y muertos?! Si es que no tiene ni pies ni cabeza.

Luis, su marido desde hacía quince años, no compartía su rechazo por la fiesta de Halloween, pero tampoco intentaba llevarle la contraria. Se pasaba diez horas al día fuera y lo que menos le apetecía al llegar a casa después del trabajo era empezar a discutir. Si ya le ponía la cabeza como un bombo sin abrir la boca, no quería ni imaginarse qué ocurriría si se lo rebatiera. Así que a Carmen no le había sido difícil negarse a disfrazar a los niños y a llevarlos a la fiesta que se organizaba cada año en el club de la urbanización. Nadie se atrevía a insistirle cuando explicaba que era católica y que su fe le impedía disfrutar con esa clase de festejos, pese a que, decía, los respetaba, aunque no fuese cierto.

Aquella noche sería diferente. Durante la cena, Luis sí había tomado partido y, muy a su pesar, Carmen tuvo que ceder a las súplicas de sus hijos y su marido, y se arrepentiría de ello durante el resto de sus días.

REC

omo decía, han pasado tantas cosas que a veces es difícil acordarme bien de todos los detalles o ubicarlos correctamente en el tiempo, pero recuerdo bien el momento en el que leí aquel correo porque acababa de salir de la notaría de mis padres. Tienen el despacho a diez minutos de casa, y gracias a ellos he podido salir adelante. Yo era azafata de vuelo, pero dejé de volar al nacer mi primer hijo. Cuando, hace cosa de dos años, necesité volver a trabajar, el negocio familiar fue mi salvación. Encima salgo a las tres.

»Ese día estaba hasta arriba de trabajo. En la bandeja de entrada tenía una decena de mensajes nuevos, pero uno en concreto captó toda mi atención. Era de don Miguel, el profesor de mi hijo pequeño, y en el asunto había escrito: «URGENTE». El corazón me dio un vuelco y me palpitaba a gran velocidad. Lo abrí enseguida y leí lo más rápido que pude:

Hola, Pilar:

Te he llamado hace un rato, avísame si tienes hueco y lo vuelvo a intentar.

Miguel

»Don Miguel es un hombre estricto pero de trato directo. En ese momento me maldije por no haber visto la llamada a tiempo, aunque me tranquilizó pensar que, si se hubiera tratado de algo grave, me habrían llamado también desde secretaría. Aun así, no tardé ni un segundo en responder:

Sí, sí, por favor. Llámame cuando quieras. Estoy pendiente.

»Fui a ver el listado de llamadas recibidas y comprobé que, efectivamente, tenía una desde un número oculto. Ese fue el comienzo de lo que muchos medios calificaron como "una tragedia que podría llegar a repetirse en cualquier centro, en cualquier ciudad del país, y que te sacude el corazón".

5

El corazón

El corazón de todo centro escolar es la secretaría y, en el caso del único colegio que hay en la urbanización de Pilu, al que ella y sus amigas llevan a sus hijos, allí también está su alma: Macarena. Una mujer entrada en los sesenta, alta, esbelta y de gesto amable, que lleva toda la vida dedicada al colegio. Tiene tantos años de antigüedad en su puesto de trabajo que incluso conoció a Amador, el director actual y antiguo alumno, cuando empezó en Infantil. Por eso, aunque ya sea un hombre hecho y derecho, para ella sigue siendo su niño. Lo arropó cuando tomó el cargo y desde entonces se desvive por él y por el bienestar de profesores y estudiantes. No lo hace por darle un trato especial, ella siempre se ha dejado la piel para que todo marchara bien y ha tratado a todos los alumnos por igual, como si fueran sus hijos. Bueno, a algunos no; hay quienes no merecen ese trato. Ella los atiende con mimo, pero al que estropea el ritmo de la melodía que tanto le cuesta componer no le concede el menor privilegio. Con todo, se esfuerza por resultar siempre imparcial, no como María, una de sus ayudantes, que no vacila en ese aspecto y se ha propuesto terminar de cuajo con toda interferencia que amenace su ansiada armonía. Tiene veinte años menos que Macarena, pero es tan práctica y tajante que, en ocasiones, consigue hacerse con el mando y hasta hacer titubear a su jefa, algo que parecía impensable antes de su llegada al colegio, hace menos de una década.

Macarena no ha sido madre y por eso hace las veces. Nadie sabe si porque no pudo o porque no quiso. Llegó del pueblo y, gracias a una prima que iba a trabajar como cocinera, consiguió el trabajo cuando el centro apenas se había inaugurado. Teresa, que todavía cocina, ahora dirige el comedor y se encarga, entre otras cosas, de decidir el menú, pero ya no se hablan. «La autoridad le ha sentado muy mal, no sé qué se ha creído», dice Macarena cuando le preguntan. Lo que no sabe es que su prima dice lo mismo de ella. Hay quien asegura que algo ha tenido que pasar entre ellas, algo que nadie sabe. Por las fechas, sospechan que tiene que estar relacionado con el incidente que hubo con varios padres por el comedor para que dos mujeres humildes y campechanas, que se llevan bien con todo el mundo, acaben así.

En su labor, Macarena y María cuentan también con la ayuda de otra compañera llamada Cristina. Esta tiene un carácter más calmado, más parecido al de su supervisora cuando no hay sobresaltos. Vive con su novio desde hace años, pero no tiene hijos y es una mujer extremadamente sensible. María la apodó la Llorona al observar que suelta alguna lagrimilla a la mínima de cambio.

Aunque son muy diferentes, las tres mujeres están muy sincronizadas, muestra del buen equipo que forman. La secretaría debe ser el corazón del centro. El corazón es el órgano más importante y hay que cuidarlo para mantenerlo sano. Tiene que latir fuerte, porque es donde llegan los problemas, algunos de ellos terribles e injustos, de los que hacen que lata a mil por hora. Aquellos que no deberían darse en lugares en los que los niños conviven.

Ellas creían haberlo visto todo en el colegio, pero se equivocan porque está a punto de ocurrir algo que no olvidarán jamás.

6

Christian

Su entrada lo revoluciona todo, y eso que tan solo es la antesala del horror que está por llegar. Macarena y Cristina están sentadas cada una en su escritorio, al otro lado del mostrador que une la pecera en la que se ubica la secretaría y el hall por donde continuamente pasan alumnos, profesores y padres. Sin embargo, el tráfico es ahora escaso porque hace un par de horas que salieron los del primer turno, que comen en sus casas, y los que se quedan hasta la tarde, tanto si tienen extraescolares como si no, aún están en sus aulas.

El sonido de la puerta cerrándose les hace levantar la vista de sus tareas. Es María, que había salido hace rato y que no necesita llamar al timbre para que le abran porque tiene sus propias llaves. Al principio solo las tenía la jefa, pero le insistió con el argumento de que deberían contar con otro juego, por si había alguna emergencia, y Macarena terminó haciéndole una copia, lo que molestó a Cristina, aunque jamás lo haya manifestado, discreta como es.

—¡Venga, que ya no nos queda nada! —exclama María efusivamente.

A sus compañeras les extraña el comentario y se fijan en que parece acelerada. Sin embargo, no es esto lo que hace que Macarena y Cristina se levanten de la silla, sino cuando, después de que toque el timbre y le abran, ven entrar a Christian Vañó con la cara desencajada.

Christian tiene catorce años, pero estudia segundo de la ESO porque tuvo que repetir un curso. Lleva en el colegio desde Infantil, como su hermano pequeño. Su madre es una antigua alumna y está bastante presente en las actividades del colegio. Lo consideran un buen chico, pero sus visitas a secretaría son frecuentes: si no tiene que esperar a verse con su tutora, Patricia, por alguna falta o discusión, es porque le han vuelto a pillar fumando en los servicios.

—Bastante poco hace para el panorama familiar que tiene —le excusa Macarena cada vez que María echa pestes de él.

La jefa de secretaría se gira enseguida al escuchar el timbre y lo primero que piensa al ver al joven es que habrá vuelto a organizar una buena. Sin embargo, en una centésima de segundo se fija en su mirada y se da cuenta de que algo diferente ocurre esta vez. Además, no ha llegado desde alguno de los pasillos acompañado de su tutora. Viene de la calle y a toda prisa, está sudando y su rostro pálido tiene una expresión que no logra entender. Macarena solo puede levantarse al verlo, como acto reflejo, como si con ello le estuviera invitando a contarles lo que sucede. Aunque no esperen nada bueno, ninguna imagina ni por asomo lo horrible de lo que trae consigo.

7

La noticia

Una gota de sudor se desliza por la frente de Christian, que avanza hacia María con los ojos muy abiertos, pero ni una palabra sale de su boca. La secretaria se siente intimidada, cuando normalmente le llamaría la atención, así que traga saliva y da un paso atrás temiendo lo peor: ¿acaso la había descubierto? El adolescente es muy alto para su edad, algo en lo que no había caído hasta que lo ve parado frente a ella. Se ha convertido en un hombre hecho y derecho, le saca más de una cabeza y eso la hace sentirse más frágil todavía. Cuenta los segundos temiendo el momento en el que abra la boca. Sin embargo, la amenaza se difumina cuando, enseguida, su jefa sale de la pecera junto a su otra compañera y se acercan a ellos alzando la voz.

—¡Christian, ¿qué sucede?! —exclama Macarena.

El chico se detiene; está empapado en sudor y parece ido.

—¿Estás bien? ¿Qué sucede? —insiste Cristina.

El chaval dirige la mirada de nuevo hacia María, que respira hondo. Después mira hacia el suelo y se queda así unos segundos. En cualquier otra ocasión habría sido María la que hubiera tomado la iniciativa para saber qué le ocurre, pero esta vez no hace nada: baja también la mirada y aprovecha para distanciarse dando otro paso hacia atrás.

—¿Christian? Dinos, ¿qué pasa? —vuelve a la carga la mayor.

Las tres mujeres lo contemplan expectantes. Christian levanta la cabeza y dice con contundencia:

—Está muerto.

Macarena abre los ojos. «No puede ser, no puede ser..., otra vez no», se dice. El silencio se adueña del espacio, y siente cómo a sus dos compañeras se les ha cortado la respiración, sobre todo a María. No hace falta que digan nada, ni siquiera que se miren, porque sabe perfectamente que ellas también están pensando en la misma persona.

8

Tres años antes,
la noche de Halloween

Macarena le repetía a sus compañeras que cada vez le costaba más encontrar algo de interés en la televisión. Odiaba los *realities*, también los concursos en los que siempre participan los mismos famosos, aunque combinados de distinta manera, y aquellos en los que la gente canta y hace de todo para ganarse al jurado de turno. Cada noche era lo mismo, así que siempre terminaba viendo o escuchando programas y documentales sobre *true crime* y hechos reales. Esa era su defensa cuando en ocasiones sentía que sobre todo su compañera María la consideraba excesivamente prudente y asustadiza. Pero ella se defendía: «Tal vez sea porque tengo demasiada información integrada ya de todo lo que he visto y escuchado sobre sucesos reales. Es espantoso lo que el ser humano puede llegar a hacer».

Se preparó la manzanilla de todas las noches para ayudar a que la cena no le cayera muy pesada y, por fin, se sentó en la butaca frente a la ventana del salón. Desde ahí se veía la calle principal, donde, más arriba, se ubicaba el colegio en el que trabajaba. Enfrente, un poco más abajo, en la entrada de la urbanización, donde la garita de seguridad, se hallaba el club social y el centro penitenciario para presos con problemas mentales que se había inaugurado hacía poco, aprovechando la antigua residencia de ancianos, de manera precipitada y chanchullera para internar en él, entre otros, al chaval que hacía años quemó a su madre, ambos vecinos de la urbanización, y que había ocasionado, además, el incendio que mantuvo en vilo a los habitantes de los alrededores. Por mucho que se quejaron y trataron de que se trasladara a los reclusos a otro lugar más alejado del núcleo urbano, no hubo manera de evitar que siguieran allí. A Macarena se le ponían los pelos de punta cada vez que se fijaba en las ventanas y veía a alguno pegado al cristal mirando hacia el exterior. Se apartaba rápido y se concentraba en las grandes macetas bajo el alféizar en las que se erguían sus tesoros más preciados: sus cuidadas y frondosas plantas, que tanto mimaba.

Aquella noche la jefa de secretaría escuchaba sin pestañear a uno de los tertulianos de un programa semanal que analizaba los casos más truculentos del panorama negro nacional. Daban todo tipo de detalles, incluidas fotos y grabaciones, no siempre pixeladas, de restos biológicos, cadáveres, autopsias y demás elementos de los crímenes. En esta ocasión se centraban en un adolescente que, después de asesinar a su madre, la desmembró también y la guardó en táperes de los que comieron él mismo y su perro. Macarena atendía con gesto de incomodidad, pero no cambió de canal, incluso cuando detallaron al milímetro cómo procedió con la carnicería y señalaron los errores que había cometido y lo que debería haber hecho en su lugar.

De pronto, fue consciente de un murmullo cada vez más notable que provenía de la calle. Se levantó para asomarse por la ventana y averiguar a qué se debía ese alboroto que crecía por segundos.

Lo primero que divisó fue a un grupo de personas disfrazadas de Halloween: monstruos y hombres pálidos y manchados de sangre caminando a paso acelerado por el aparcamiento. Estaban nerviosos y miraban hacia todos lados; era evidente que buscaban algo desesperados. Más adultos acompañados de chavales aparecieron a su espalda y cruzaron al otro lado de la calle para sumarse a la búsqueda. Macarena se incorporó para tratar de discernir qué había podido suceder.

En cuestión de segundos una masa de gente salió en estampida del club, muchos con sus hijos en brazos o cogidos de la mano, todos ellos disfrazados de los referentes más icónicos de la noche del terror por excelencia. Cuando vio el ir y venir de zombis llenos de costras y sangre, vampiros de colmillos enormes, hombres encapuchados y a unos cuantos con el disfraz que más se repetía, el de Sweet Bunny, el popular conejo de los anuncios que protagonizaba la crónica negra del país desde que alguien oculto tras ese disfraz había empezado a secuestrar niños por toda España, no pudo evitar pensar que estaba dentro de una pesadilla. Abrió la ventana. El aire era helador. Solo esperaba que no hubiera sucedido nada con alguno de los presos con problemas mentales. Hasta entonces no habían dado problemas, pero siempre hay una primera vez.

Desde el calor de su hogar podía ver a sus vecinos del otro lado de la calle, frente a ella, asomados a sus ventanas, intrigados también por el bullicio. Hacía horas que había anochecido y reinaba la oscuridad, pese a que apenas eran las diez de la noche y las farolas iluminaban la estampa.

—¿Qué sucede? —preguntó a gritos.

La mayoría la ignoró, salvo una mujer, que miró hacia arriba y, sin interrumpir la marcha, respondió:

—¡Un niño!

Macarena quiso gritarle: «¿Un niño qué?, ¿qué le ha pasado?, ¿se ha perdido?», pero el teléfono sonó en ese momento. Era María, su compañera de secretaría.

—María, dime. Estoy asustada porque acabo…

—No encontramos a Roberto de Infantil, el hermano de Joaquín, el hijo de Carmen —interrumpió—. Estábamos todos en el club y ha desaparecido. Estamos buscando como locos.

La voz de la secretaria sonaba frágil, parecía la de una adolescente que llama a su madre durante la madrugada para que le resuelva alguna papeleta que no es capaz de solucionar ella. Macarena confirmó la impresión de estar viviendo una pesadilla, y no solo porque le pareciera increíble que no encontraran al niño, sino porque no recordaba haber escuchado nunca a la asertiva María hablar en ese tono. Le chocó tanto que, por un momento, pensó que era una broma para asustarla. Pero los gritos de nerviosismo le hicieron darse cuenta de que no era así.

—¡Bajo!

La jefa de secretaría se enfundó un enorme plumas hasta las rodillas y salió a la calle lo más rápido que pudo. Llegó al paso de cebra para cruzar hacia el club, pero vio a Jero, cuyo hijo iba a la clase de Roberto, el niño que María le había dicho que faltaba. Estaba hablando por teléfono y caminaba en su dirección desde la garita de seguridad, situada en la entrada de la urbanización.

—¡No hay nadie, no! ¡No lo entiendo! —Se separó el aparato del oído—. ¡¿Dónde cojones está la de seguridad?! —exclamó.

La angustia e impotencia que se desprendían de las palabras del hombre afectaron enormemente a Macarena. La imagen del pequeño perdido a esas horas en un lugar abierto y a noche cerrada era espeluznante. No quería ni pensar en la posibilidad de que se hubiera extraviado en el bosque y que lloviera como los días anteriores. Todo estaba embarrado, podría haber resbalado o haber salido a la carretera desorientado y que lo hubiera arrollado un coche.

Macarena miró hacia el monte y se quedó observando la oscuridad absoluta que impregnaba el paisaje. En ese momen-

to una mano se posó sobre su hombro y le provocó un sobre-
salto.

—No lo encontramos.

Reconoció la voz y, al girarse, confirmó que, efectivamente, era María. La veterana vio la oportunidad de remarcar su
autoridad y destreza para resolver todo tipo de situaciones y
tomó la iniciativa.

—Voy a acercarme al colegio a por las linternas. Tú quédate aquí y estate pendiente del teléfono, en cuanto las tenga te
llamo. Intenta que se calmen, hay que transmitir tranquilidad,
que no se alteren. Eso nunca es bueno, no hay nada más peligroso que un grupo de padres presa del pánico.

María asintió; sus palabras habían sonado contundentes y
produjeron el efecto deseado. Macarena echó a andar hacia el
colegio lo más rápido que le permitían las piernas. Trataba de
no perder los nervios, pero no tardaría en quedarse completamente paralizada por el curso que tomaron los acontecimientos en las horas siguientes. Entonces no lo sabía, pero la
pesadilla no había hecho más que empezar.

9

El relato

Christian, ¿quién está muerto? —pregunta Macarena.
—No lo sé. —El chico niega con la cabeza.

La jefa respira aliviada y suplica que esté mintiendo, pese a que nunca lo hayan visto así. Le cuesta encontrar las palabras y es evidente que está muy nervioso; su mirada transmite una oscuridad que resulta demoledora y les hiela la sangre.

—Por favor, cuéntanos qué ha pasado —pide la jefa amablemente.

El chico baja la vista hacia sus manos y cierra los puños con fuerza. Parece que se está dando tiempo para buscar las palabras, o quizá no consiga verbalizarlas.

—Estaba fuera, donde para el bus... —arranca a hablar levantando la mirada—. Me he saltado Música —aclara antes de que le pregunten el motivo por el que no se encontraba en clase—, me... dolía la cabeza y me iba a estallar, me peta siempre cuando llevo más de cinco minutos escuchando los malditos instrumentos. Entonces he salido y... he subido hacia la parada...

María, que escucha muy atenta, traga saliva y cruza los dedos para que no cuente nada que pueda comprometerla.

—A fumar —interrumpe Macarena.

—Sí, detrás de la caseta de ladrillo. Como era pronto no había nadie y mientras liaba el cigarro tranquilamente me he acercado al borde para contemplar el monte y... he lamido el papel para sellarlo y después, al mirar hacia abajo, hacia el cigarro... —las tres mujeres afilan sus sentidos—, lo he visto.

Christian se detiene un segundo y toma aire. Su mirada se ha vuelto a oscurecer, como si hubiera sido víctima de alguna interferencia que le impide continuar. De nuevo las tres mujeres se plantean si su reacción se debe al impacto de lo que ha visto o si está actuando.

—Al principio no he caído en lo que era, solo veía algo oscuro, entre las ramas y las plantas que hay, y al fijarme bien me he dado cuenta de que era pelo. —A Christian se le quiebra la voz y las mujeres enmudecen, preparadas para lo que viene—. Era una cabeza.

María se yergue, como siempre hace ante las dificultades. Macarena se echa las manos a la cara y Cristina tiene que controlarse para no llorar.

—¿Has encontrado una cabeza? —pregunta la jefa, que se niega a creerlo.

—No, no..., bueno, no lo sé. Es que no se ve más, quien sea está colgando de las ramas. Se habrá caído y se ha enganchado... Solo he podido verlo desde arriba.

—¡Dios mío! —exclama Cristina.

—¿Y cómo sabes que ha muerto? Tenemos que ir, quizá... —insiste Macarena.

—Porque he preguntado si estaba bien y no me ha dicho nada y...

Las tres mujeres lo miran expectantes.

—¡¿Qué?! —exclama la jefa para que continúe.

—Le he dado con una rama y no se ha movido. Pero ¡ha sido suave, ¿eh?! —recalca antes de que se lo recriminen—.

Solo sé que está muerto, y creo que es un chico, aunque no estoy seguro… Tiene el pelo castaño, eso sí.

Roberto, el niño que desapareció hace tres años en la urbanización, también era castaño; ninguna de las tres mujeres puede obviarlo. María y Cristina se miran. Macarena encaja la noticia horrorizada.

—¿Dónde dices que está?, ¿donde la caseta? —pregunta de nuevo la mayor.

—Sí, detrás, donde fumamos.

—¡Hay que llamar a la guardia civil! —Cristina se pone en marcha.

—Yo aviso a Aldara —añade María—. Si está en la garita, llegará enseguida.

Macarena se queda en silencio mientras trata de asimilar lo que está pasando. Se nota un ligero temblor en el labio superior que solo se le manifiesta cuando está muy nerviosa, y no es para menos: la tragedia se repite, ha vuelto a suceder.

10

Aldara

El teléfono de la garita de seguridad suena y la vigilante responde de inmediato. Aldara estaba viendo fotos de hace unos años, en concreto unos selfis muy sugerentes que se hizo en la playa para mandarle al padre de su hija, aunque al final no llegó a mandárselos. Por mucho que se empeñe, no puede evitar retroceder en el tiempo para echar la vista atrás, aunque sepa lo doloroso que siempre resulta. Y no porque ya no tenga ese cuerpazo, aunque tampoco se queja, sino porque él también ha desaparecido de su vida. Da las buenas tardes a la espera de que alguno de los vecinos llame porque le hayan robado el contenedor de la basura de la puerta de su casa, hayan aparcado en la entrada de su garaje y no puede sacar el coche, o por otro de los conflictos más comunes. No le viene nada bien salir ahora, justo cuando están a punto de llegar los padres para recoger a sus hijos a la salida del colegio. Menuda le montó el otro día Gonzalo, su compañero, porque tuvo que irse escopetada cuando la llamaron de secretaría para que fuera a buscar a Susana ya que su madre no podía. Es cierto que era la tercera vez en dos semanas, pero es que acaba de entrar en Infantil, antes no había estado con niños, y está pillando todos los virus, como ocurre siempre, según le dicen sus profesoras y el resto de las madres.

Cuando escucha la voz de Macarena, solo piensa que no sea bronquiolitis. Pero enseguida descubre que se equivoca. El motivo de la llamada no es la salud de su bebota, sino algo infinitamente peor.

En menos de un minuto deja su puesto de trabajo y se sube a toda prisa a uno de los coches con los que hacen la ronda de vigilancia por la urbanización para llegar cuanto antes al lugar que le han indicado.

Sube la cuesta que va en paralelo al colegio y aprovecha una de las calles que cruzan hacia el lado que no da al campo para hacer una rápida maniobra de cambio de sentido y aparcar el coche nada más pasar la parada de autobús, a la altura de la caseta de ladrillo, el lugar donde le han comentado que estaría el macabro hallazgo.

Antes de apearse se encuentra con Cristina, que la espera pegada a la acera, nerviosa y con los ojos llorosos. Es ella quien ha acudido al lugar por orden de Macarena, que se ha quedado junto con María y Christian en secretaría para que nadie note nada. En todos los años que lleva trabajando en el centro, la jefa ha faltado poco más de una decena de veces y llamaría mucho la atención. Con María ocurriría lo mismo: estando sus hijos en el colegio, no tendría sentido que los hubiera dejado allí y alguien la viera en los alrededores de la caseta, ¿cómo iba a explicarlo?

—¿Dónde está? —pregunta la vigilante mientras sale del vehículo enfundada en su uniforme.

—Christian nos ha dicho dónde, pero no he querido mirar...

—¿Christian...? —pregunta Aldara.

—Sí, el hijo de Pilar —confirma Cristina, consciente ahora de la importancia del hecho, teniendo en cuenta el pasado del chico—. Por lo que ha contado, es justo detrás de la caseta, en el borde, entre las plantas y las ramas de los árboles que hay ahí. Ha debido de quedarse atrapado entre ellos.

La guarda de seguridad se pone en marcha seguida de la secretaria, que habla acelerada.

—Cree que es un chico… con el pelo castaño… —trata de explicar, pero no puede evitar llorar—. No nos ha contado mucho más…

Aldara asiente y, cuando emprende la marcha, la voz de la secretaria la frena de nuevo.

—Tiene que ser Roberto, ¿verdad? —continúa Cristina.

El nombre del niño se le clava a Aldara como si fuera un dardo. La llamada ha sido tan inesperada que no había pensado que se pudiera tratar de ningún crío; pensó en algún accidente y siempre en alguien más mayor. No se había planteado que fuera Roberto. ¡¿Cómo puede ser?! Se odia por ello; la única explicación que encuentra es que, para protegerse, intentó borrarlo de su mente, borrar lo que hizo aquella noche en la que desapareció el niño, y lo había conseguido. Aunque no contaba con que, al final, el pasado siempre vuelve.

11

Tres años antes,
la noche de Halloween

La vibración constante del teléfono la avisó de que intentaban ponerse en contacto con ella. Aldara lo sabía, su cerebro lo había procesado, pero en una milésima de segundo lo había olvidado. Ni siquiera pensó que se tratara de alguna tontería que pudiera aplazar, simplemente no tomó la decisión de ignorarlo. Estaba tan fuera de sí, tan descontrolada... Nunca había hecho algo tan turbio y tenía que disfrutarlo. Pero con el máximo cuidado para no meter la pata. El temblor, el cosquilleo y los nervios eran tan fuertes que la trasladaban a otro estado y le hacían estar ausente.

Fueron los gritos los que la hicieron volver a la realidad. Entonces la vigilante miró su móvil. Tenía decenas de llamadas perdidas, la mayoría de Julián, su compañero. Y en un mensaje de WhatsApp le había escrito: «¿Dónde cojones estás?».

Las voces, el tumulto, la vibración del teléfono —porque había tenido que bajar el tono para no llamar la atención— se entremezclaban como ráfagas en la tensión del momento. ¿Cómo iba a explicar que se había ausentado de su puesto de trabajo? ¿Qué contaría si se descubriera lo que había estado haciendo, precisamente ella, que debería estar velando por la seguridad de todos?

Las ramas de los árboles le arañaban el rostro al apartarlas con ímpetu para salir a la calle principal; el barro provocado por las lluvias recientes enfangaba el camino y lo dificultaba. Oculta tras unos arbustos esperó el momento de salir sin que nadie la viera; la vida volvía a ponerla a prueba. ¡Maldita sea! Julián se hizo presente de nuevo en forma de mensaje: «Llámame».

No lo pensó más y salió empuñando su linterna. No pasó ni un minuto antes de cruzarse con un grupo de vecinos que, llevados por los nervios, le recriminaron que no estuviera localizable.

—Señor, cálmese —le dijo al que llevaba la voz cantante y la señalaba con el dedo—, estaba haciendo la ronda, no estaba quieta, estaba buscando. —Y le señaló las botas llenas de barro para que lo comprobase—. ¿No ve de dónde vengo? No perdamos más tiempo —continuó mientras los adelantaba.

Aldara salió ilesa del primer encontronazo, pero más perdida y descolocada que nunca. Ahora pisaba con aplomo, pero sentía que el suelo se tambaleaba. Todo era una farsa, ya nada tenía sentido. Ni siquiera sabía lo que estaba haciendo. Entonces notó algo que se abalanzaba sobre ella de frente y la agarraba por los hombros. Era una vecina, Carmen, la madre de Roberto y Joaquín. Una mujer educada que siempre saludaba, al igual que su marido. La familia vivía en una casa con una buena parcela con vistas y salida al monte en la parte alta de la urbanización. Ahora tenía los ojos llorosos y el rostro descompuesto.

—¡¿Dónde estabaaas?! —gritó más como lamento que como recriminación.

Aldara no respondió, se sentía más culpable que nunca por no poder brindarle una respuesta. Pero la mujer la soltó y la miró a los ojos con firmeza.

—Necesitamos ver las grabaciones de las cámaras de seguridad. Como me llamo Carmen que quien se ha llevado a mi Roberto lo va a pagar.

La vigilante asintió. La madre del crío la adelantó calle abajo hacia la garita. Aldara vio que un grupo de vecinos la acompañaba y la increpaban con la mirada. Si no la necesitaran, se diría que iban a lapidarla entre todos. Y eso que no sabían lo que acababa de hacer; si se hubieran enterado, la habrían matado ahí mismo.

12

El lugar

La calle principal linda con el campo, igual que el lugar del terrible hallazgo de Christian, unos metros más arriba del colegio. Más allá de la acera de cemento, el terreno está sin asfaltar ni tratar. Es el encanto de vivir en la urbanización, estar rodeado de monte. El terreno es arenoso y, aunque conviven distintos tipos de plantas silvestres y hierbajos, en cuanto Aldara da unos pasos las grietas en la tierra seca se hacen presentes.

Frente a ella, camuflada por las ramas que se cruzan de los árboles que pueblan la zona, está la famosa caseta de ladrillo decorada con infinidad de grafitis y pintadas de todos los colores y tamaños. A los lados, dos caminos flanqueados de encinas y más vegetación conducen hacia la parte trasera, oculta para los viandantes que pasan por allí, sobre todo a la hora de entrada y salida del colegio.

Aldara sigue el de la izquierda por ser el que tiene más cerca. Cristina camina detrás de ella, pero se queda esperando, pegada a la pared lateral, y lanza miradas furtivas hacia un lado y hacia otro. Trata de disimular, pero no se da cuenta de que su actitud resulta de lo más llamativa. La vigilante sortea las ramas de las pequeñas encinas, que abundan a los lados, y la cantidad de cardos y arbustos que inundan el paso.

Cuando llega a la parte trasera, se encuentra con el lugar que ya conoce: la caseta se levanta sobre un solar donde los adolescentes se sientan, fuman y charlan, mientras otros permanecen de pie vigilando que no aparezca ningún padre. Los grafitis también tiñen la fachada de ese lado. El terreno está tan pisoteado que se ha creado un semicírculo de tierra que culmina en arbustos y más hierbajos que anuncian el borde que da a un terraplén de unos cinco metros de altura. Desde ahí, si mirabas hacia abajo, se solía ver el camino por el que la gente pasea por el campo, pero ahora apenas se intuye debido a las copas de los árboles y arbustos salvajes, que prácticamente alcanzan la altura a la que se alza la vigilante. Además, la basura se hace protagonista aquí: envases y restos de papel de fumar, cajetillas vacías de tabaco, decenas de colillas y latas oxidadas por el paso del tiempo que se entremezclan con los hierbajos. Pese a estar a escasos metros de la civilización, el lugar tiene un aire turbio similar al que desprende un estercolero.

Aldara avanza sorteando la porquería. Piensa en Roberto y en cómo es posible que su cadáver haya llegado hasta ahí. Porque tiene muy claro que antes no estaba, lo habrían visto. Además, a la intemperie el cabello se habría descompuesto a los pocos meses, de modo que alguien ha debido de dejarlo ahí hace poco. ¿Lo habrían mantenido con vida todo este tiempo?, ¿o estaba muerto pero en buenas condiciones de preservación? Necesita ver el cuerpo. Conforme se acerca al borde nota cómo se le forma un nudo en el estómago. Está nerviosa por lo que sabe que está a punto de ver, pero no se puede permitir flaquear. Aunque resultara poco ético, se propuso olvidar todo lo relacionado con Roberto y lo que sucedió la noche de su desaparición. Se avergonzaba de lo mal que actuó y no quería saber nada más de aquello, y, mira por dónde, la vida vuelve a ponerla contra las cuerdas.

Tiene que darse prisa. Esta vez no puede fallar y sabe que todos mirarán con lupa su forma de actuar. Es la oportunidad que necesita. «No hay mal que por bien no venga», piensa. Aunque se retracta de inmediato. Desde que fue madre intenta evitar ese tipo de pensamientos. Llega hasta el centro del semicírculo donde justo hay una arqueta oxidada y se asoma haciendo un rápido barrido. No ve nada y da unos pasos hacia el lado contrario. Entonces lo encuentra: detrás de unas ramas frondosas se atisba lo que evidentemente es la parte superior de una cabeza. El pelo es de color castaño, efectivamente. El tamaño del cráneo no es muy grande, y, salvo que se equivoque, apostaría a que no pertenece a un adolescente. A simple vista encaja con la descripción del niño desaparecido.

El lugar favorito de los alumnos mayores del colegio de pronto se transforma en el escenario de una pesadilla, un espacio mucho más oscuro y lejano, donde se puede cometer el peor de los crímenes. Aldara nota una presión fuerte en el pecho. No puede creer que años después vaya a ser precisamente ella la primera en confirmar la aparición del cuerpo del pequeño Roberto. La guardia civil está en camino, pero, en el estado de nervios en el que se encuentra, solo acierta a pensar que ellos no se enteren antes, el rebaño de padres que están a punto de llegar para recoger a sus hijos. Si se corre la voz antes de que cerquen el lugar, habrá una catarsis, como la de la noche de Halloween, y no quiere volver a pasar por eso. Sobre todo porque es consciente de que quizá esta vez no salga ilesa.

13

M e consta que para muchos el peor momento del día es cuando tienen que llevar e ir a buscar a sus hijos al colegio. En mi urbanización es un «sálvese quien pueda» para que los niños lleguen a la hora y para recogerlos y lograr llevarlos a la extraescolar correspondiente o de vuelta al trabajo o a la siguiente reunión desde casa. En ese *impasse* de tiempo todo vale y el apacible paisaje se convierte en un campo de batalla lleno de coches que te pisan los talones y que te pitan si paras o aminoras para girar o porque has visto un hueco.

»Son momentos de caos que, por suerte, no duran más que un par de minutos en cada caso.

»Aunque no lo parezca, por las tardes es peor aún. Muchos llegamos con tiempo para estacionar y hacer las últimas llamadas, reuniones o enviar correos. Otros aguardan en la puerta a que vayan llegando los demás, o esperan dentro de los coches y salen cuando aparece alguien con quien congenian. Es entonces cuando ocurre lo más peligroso: el momento en el que los padres se juntan y comienzan a hablar. Ese instante, en apariencia inofensivo, en el que cada uno saca a colación aquello que le preocupa sobre el colegio. Es ahí cuando entre ellos se tiran de la lengua, se ponen a prueba, malmeten, cuestionan y pueden hacer temblar los cimientos del centro.

»Pero eso no es nada comparado con la guinda del pastel: el chat de padres de cada clase. Donde aparentemente reina la educación y el civismo, pero donde subyace la tensión que marca las enormes diferencias entre unos progenitores y otros. Es ahí donde se puede escribir a las tantas de la madrugada para preguntar de qué color es la camiseta que tienen que llevar para la excursión programada para dentro de un mes y salir ileso, sin que nadie te salte a la yugular, como desearía hacer. Es el lugar donde fluyen las capturas de pantalla, que luego se comparten en chats paralelos, y donde todo queda. Donde algo pequeño se convierte en algo grande, pero también donde algo grande, como lo que estaba a punto de suceder, puede quitarnos el aire y destruirlo todo.

14

Pilu

Si hay alguien que siempre llega la primera a recoger a sus hijos a la salida del colegio esa es Pilu. Le gusta ir con tiempo para conseguir sitio justo enfrente de la puerta y aprovecha para enviar correos o seguir leyendo con calma algo que se le haya quedado pendiente del despacho.

Ella y Ramón se mudaron a la urbanización hace casi quince años, cuando decidió dejar de trabajar para criar a su primer hijo. Querían un chalet cerca de la garita de seguridad porque les daba más confianza. Todos a los que preguntaron les aseguraron que era un lugar muy tranquilo para vivir, pero ella siempre respondía: «Un lugar es tranquilo hasta que deja de serlo». Por desgracia, el tiempo le ha dado la razón. Eligieron uno de los pareados que hay después de los cuatro bloques de casas bajas, junto a los únicos edificios altos de la zona, cuando dejas atrás la zona comercial y prácticamente enfrente del club social, donde pasan mucho tiempo, sobre todo cuando comienza a hacer calor.

Otro de los motivos por los que prefiere llegar pronto es para tener controlado a su hijo mayor, que sale antes que el pequeño, y, como buen adolescente, la trae de cabeza.

Por eso también trata de llegar antes de hora para que la vea y no se le ocurra desaparecer y hacer alguna tontería.

Esta tarde Pilu ha salido a la misma hora de siempre de su casa y en cuanto se ha montado en el coche, antes de arrancar, ya estaba llamando a Clara, su «nueva mejor amiga», como le gusta llamarla cariñosamente, porque lleva poco más de año y medio viviendo en la urbanización. Su casa está subiendo la calle principal, pasado el colegio. También se puede ir andando, a cinco minutos, como en su caso, pero un poco más cerca.

La llegada de Clara ha supuesto una nota de esperanza en la rutina de Pilu, quien, después de una temporada de acontecimientos tristes de los que aún hoy trata de recomponerse, necesitaba un soplo de aire fresco. En lugares pequeños como la urbanización donde viven, la solidaridad se hace patente cuando hay un problema. Pero si este salpica al resto, lo más habitual es sentirse solo. Aunque parezca que estás acompañado y que siempre te apoyarán, la realidad es otra.

Las dos amigas se conocieron porque Clara tiene un hijo, Alonso, de la edad de Pablo, el pequeño de Pilu, y van a la misma clase. Desde entonces son confidentes y aliadas en las batallas diarias que tienen que ver con el colegio, las actividades y las relaciones entre los padres y el resto de los compañeros de clase de los niños.

Clara no responde y, después de tres intentos, Pilu arranca, pero, antes siquiera de salir del garaje, recibe la llamada de otra de las amigas del grupo: Sara. La relación entre ambas es cordial, su hija también es compañera de clase del pequeño y siempre se han llevado bien. Pero Pilu se recuerda siempre que no debe contarle nada que no quiera que sea sabido por todos en menos que canta un gallo.

Han pasado muchas cosas desde lo que sucedió durante la noche de Halloween de hace tres años y ellas resultaron dos de las más afectadas. Han sido crucificadas por unos y otros solo las tratan bien por hacer la buena acción del día. En definitiva, los acontecimientos las han unido. Por eso, Pilu resolvió que lo mejor era tener a Sara cerca. Prefiere que sea aliada que enemiga.

—Hola —dice Pilu cuando contesta al teléfono.

—¿Qué tal? ¿Cómo vas? —pregunta Sara.

—Bien, saliendo justo ahora.

—Hija, la primera, como siempre. Así me gusta…

—Para dar el parte, ya sabes —bromea—. ¿Todo bien?

—Sí, es que te iba a llamar porque casi no llego a recoger a Laura, pero al final sí llego y he dicho ¡pues la llamo igualmente!

Mientras hablan, Pilu ha conseguido sortear la rotonda con facilidad, sin apenas coches, y comienza a subir la cuesta hacia el colegio.

—¿Pilu? ¿Hola?

Pilu escucha de fondo la voz de su amiga, pero está ensimismada mirando por la ventana y tarda en responder. Acaba de ver uno de los coches de seguridad en la acera del colegio, cerca de donde suele aparcar ella.

—Uy, no te lo vas a creer… El coche de Aldara está aparcado por aquí. Por fin mueve el culo.

—No, si para lo que quiere sí que lo mueve —responde Sara—. Igual le están dando un meneo, como a ella le gusta.

—¡Qué horror, calla!

Pilu ve llegar a toda velocidad el otro coche de seguridad. Es Gonzalo, aunque sus allegados lo llaman Gon, el otro vigilante que suele encargarse de la seguridad de la zona de la urbanización colindante. Lleva solo unos meses y llama la atención por sus enormes ojos azules. El hombre se baja del vehículo y camina calle abajo.

—Uy, espera, que igual tenemos sorpresita… ¡No me lo puedo creer! —exclama Pilu.

—¿El qué? ¡Cuenta! ¿Qué pasa?

—Acaba de llegar el nuevo, igual a esta también le van los niñatos…

—¡Normal, con esos ojos! Aunque, cállate, igual ha pasado algo y estamos diciendo tonterías. —Sara es la reina del sensacionalismo.

Pilu no ha reparado en que ese podría ser el caso. Estaba demasiado ocupada en no perder la oportunidad de dejar mal a la vigilante. Se queda en silencio observando cómo Gonzalo se dirige a la caseta de ladrillo. El hombre lanza un par de miradas para asegurarse de que nadie le está viendo. Pilu se escurre levemente en su asiento, pero el reflejo del sol en la luna impide que la vea. ¿Ha acertado y va a presenciar un encuentro sexual entre los dos vigilantes o realmente ha pasado algo, como ha sugerido Sara?

—Bueno, cuenta, que me tienes en ascuas… ¿Qué hace?

Pilu no responde. Se ha quedado petrificada cuando, unos segundos después, ha visto a Aldara salir de detrás de la caseta, pálida, con el rostro desencajado. Al descubrir su coche ha lanzado una mirada helada hacia allí. Tiene dudas de si puede verla o solamente mira hacia el vehículo, pero sus ojos están posados en ella y Pilu recibe su mirada como un dardo envenenado. Tanto que es incapaz de articular palabra. Pero no piensa amilanarse. Se yergue en su asiento y le mantiene la mirada de manera desafiante.

15

Tres años antes,
la noche de Halloween

Aquel año la asistencia a la fiesta de Halloween que se celebraba en el club social de la urbanización batió récords, sin duda. Rosiña, la presidenta de la comunidad, estaba pletórica.

Todo iba sobre ruedas. Los hombres estaban congregados en la parte exterior, habían ocupado las mesas y barras, mezclándose con los niños que correteaban a su alrededor. Entre los distintos grupos se encontraban Luis, el marido de Carmen; Jose, el de Eva; Julián, el de Paula, y Ramón, el de Pilu, la veterana de la urbanización y antigua alumna del colegio al que todos llevaban a sus hijos. Tomaban copas y comentaban las jugadas del partido de fútbol de la noche anterior.

Las mujeres se habían acomodado en las mesas del porche acristalado, al calor de las estufas. Desde ahí, mientras hablaban, echaban un vistazo a los niños, que iban de un lado a otro como poseídos, nunca mejor dicho. Entre ellas llamaba la atención Carmen, que estiraba el cuello cual avestruz para no perder de vista a Roberto, su hijo pequeño.

El niño jugaba en los columpios con sus amigos del cole, enfundado en el disfraz de oveja negra que tanta vergüenza le daba. Había intentado por todos los medios convencer a su madre, pero no estaba en condiciones de exigir nada a riesgo de quedarse en casa. La fiesta llevaba tres horas en pleno auge cuando Roberto, como el resto de los niños, corrió hacia la entrada al club, un prado rodeado de árboles y montículos. Siempre les había gustado jugar por allí, imaginaban que era un bosque, que vivían en una cueva o que venían los dinosaurios. No paraban de ir de aquí para allá. Había tantos pequeños que cada vez que lo perdía de vista, aunque fuera por un segundo, Carmen entraba en pánico.

El resto de las amigas bebían sin parar, compartían trucos, comparaban la actitud de sus hijos tanto en casa como en el colegio y cotilleaban, sobre todo Sara, que era radio macuto. Todas menos una: Pilu. Ella tenía una misión y se le complicaba por momentos. Lo único que debía hacer era estar pendiente de él, tenerlo localizado en todo momento, y para eso era importante no perderlo de vista o el plan saldría mal. Le había llevado mucho tiempo tomar la decisión y por fin era el momento de actuar. Todo iba a salir bien, no era tan difícil. Solo debía prestar mucha atención a todos sus movimientos y, en cuanto se alejara un poco, salir detrás de él.

Sin embargo, su misión se le estaba enredando, y no por el bullicio que esperaba, sino por algo con lo que no contaba: la actitud de Carmen. Ella vivía muy pendiente de sus chicos, y Pilu sabía que con tanta gente estaría muy alerta, pero no pensó que no fuera a dejar de mirar hacia todos lados, controlando cada movimiento de Roberto. Iba a echar todo al traste. Temía tener que abortar la operación porque no podía permitirse ser descubierta, y menos por Carmen, que era implacable en todos los aspectos.

Pilu sudaba la gota gorda. ¿Y si Carmen se daba cuenta de lo que estaba a punto de suceder delante de las narices de todos ellos?, pensaba. Entonces se percató de que su marido se alejaba disimuladamente hacia su objetivo. No había duda, era el momento. Roberto estaba cruzando a la altura de las mesas altas de fuera, donde se habían reunido algunos adolescentes. Los niños correteaban entre ellos. Debía distraer a Carmen si no quería que fuera testigo de la jugada y tener que esperar más tiempo. Y no estaba dispuesta a eso. Sin dudarlo, Pilu abordó a su amiga.

—¡Carmen, me alegro mucho de que al final te hayas animado a venir este año! Los niños lo disfrutan tanto, se van a acordar toda la vida de que venían todos de pequeños. ¡Va a ser un recuerdo maravilloso! ¿No crees? —Mientras hablaba, la madre de Roberto se echaba hacia los lados, estirando el cuello, para tratar de ver a su hijo, aunque con sutileza; no quería resultar maleducada—. Yo este tipo de cosas las recuerdo perfectamente.

—Porque tú siempre has sido muy princesita para estas cosas, que te gustan mucho todas las chuminadas —intervino Paula, con su copa de vino blanco con un hielo en la mano, como a ella le gustaba.

Paula tampoco estaba muy a favor de celebrar por todo lo alto una fiesta yanqui cuando muchos echaban pestes de la Semana Santa o de cualquier fiesta popular de España. Aunque le gustaba demasiado un buen cotarro como para perdérselo, sobre todo si podía vacilarle a Carmen, como en ese momento, que empezó una conversación sobre el disfraz que llevaba una de las vecinas para reírse con Sara de las reacciones de la más puritana del grupo. Sin saberlo ellas, sus dos amigas iban a lograr que Pilu pudiera seguir con lo previsto. Mientras hablaban, vio que Ramón se había escabullido hasta la entrada del club.

—Voy un momento al baño —se excusó.

Pilu dejó atrás a su grupo de amigas y se dirigió hacia los servicios, en la entrada de la urbanización, cerca de la garita. No perdía de vista a su marido, pero se sorprendió cuando vio que se encaminaba hacia el aparcamiento. Ella avanzó hasta el acceso principal y consiguió llegar a tiempo para ver cómo Ramón se marchaba en el coche familiar. Pilu volvió la cabeza de inmediato hacia la garita. Aldara estaba fuera vigilando, mirando hacia la multitud, y no parecía haberlo visto. Pero ¿adónde iba su marido? No entendía nada.

Regresó al club y se unió a la gente que había en la entrada. Ramón no tardó en volver. Lo hizo oculto en su disfraz de conejo blanco, listo para cazar. Fue rápido, nadie se dio cuenta de que se había ausentado unos minutos ni de que consiguiera alejarse de nuevo con su presa. Solo ella. Entonces se fijó en Carmen y Eva, visiblemente alteradas. Estaban con el grupo de sus hijos pequeños, pero Pilu, paralizada, solo pensaba en su marido y en lo que estaba a punto de hacer; dudaba si debería salir corriendo tras él para impedirlo. Mientras, el nerviosismo de sus amigas iba en aumento.

—¡Pilu! —la llamó Paula.

Pilu se quedó quieta, con los ojos abiertos exageradamente y el corazón desbocado. La habían descubierto. Respiró hondo y se giró disimulando. Paula le hacía un gesto con la mano para que se acercara. Se había alejado un poco y se la veía nerviosa. Carmen buscaba entre los grupos acompañada de Eva. Pilu quiso ignorar el llamamiento de su amiga, pero sabía que eso sería peor. Finalmente, se hizo hueco entre los vecinos y conocidos y llegó hasta ella.

—A ver, que Carmen no ve a Roberto y está de los nervios —le dijo Paula.

Pilu la miró, aliviada.

—Ay, de verdad, pues que se tome un válium, que ya sabemos cómo es. ¡Qué exagerada! Estará jugando por ahí como todos.

Paula le hizo una seña con la cabeza. Los niños jugaban juntos, solo faltaba él. Precisamente el más miedoso de todos. Carmen se acercó a ellos, estaba muy tensa. Eva, al ver a Pilu y a Paula, corrió hacia ellas.

—Ayudadme a buscarlo antes de que le dé algo. —Indicó a Carmen con la cabeza—. Le he sugerido que no digan que ha desaparecido porque, como salte la voz de alarma, la gente se va a poner nerviosa y ya no va a haber manera de verlo.

—Sí, sí, ¿cómo vamos a decir nada? ¡Si va a aparecer enseguida! —exclamó Pilu—. Que somos como borregos y vamos a arruinar la fiesta por una chorrada. Estaba aquí hace un segundo, andará cerca —dijo consciente de que las palabras que pronunciaba sonaban consoladoras—. Voy a mirar por ahí. —Y apuntó por donde habría tenido que salir su marido.

Se alejó satisfecha, había conseguido sortear con éxito las dificultades. Pero el júbilo duró apenas unos instantes. En cuestión de minutos un murmullo se había expandido por todos los presentes: un niño se había perdido y debían encontrarlo. Pilu no había conseguido avanzar lo que tenía previsto y ahora no era solo Carmen, sino casi todos los vecinos de la urbanización quienes podrían fijarse en que su comportamiento resultaba extraño. No podía arriesgarse a llamar la atención y que sospecharan de ella. Muy a su pesar y llena de rabia, volvió hacia donde estaba Paula. ¿Cómo cojones había cundido el pánico tan rápido? ¡Qué mala suerte!

Lo siguiente pasó a la velocidad del rayo: la desaparición de Roberto se hizo patente, ya no era un juego o una travesura. Comenzó el caos, las madres se abrazaban a sus hijos como si fueran a evaporarse mientras buscaban al niño. Los maridos, los adolescentes y los grupos de jóvenes recorrían el lugar a toda velocidad. La escena se antojaba terrorífica: un desfile de los monstruos y villanos más populares bañados en sangre deambulando en busca de una víctima.

El tiempo se aceleraba, pero, por momentos, Pilu sentía que transcurría muy despacio. Fingía que ponía todos sus sentidos en la búsqueda, pero no era así, su cabeza estaba en otro sitio. En que lo había visto con sus propios ojos y había sido incapaz de intervenir para impedirlo.

—Vamos a la garita —le dijo Paula, que estaba junto a ella, acompañada de varias madres más—, necesitamos a Aldara.

Aunque era comprensible que depositaran toda su esperanza en la vigilante encargada de la seguridad, Pilu sabía que era en balde: no encontrarían a Aldara en la garita. Era imposible. Aun así, corrió con ellas. Cuando se acercaron descubrieron que no habían sido las únicas, había más gente arremolinada, discutiendo. No obstante, enseguida comprobaron que no se estaban peleando.

—¡¿Dónde coño está esta tía?! —gritaba Jose, uno de los vecinos de la urbanización.

Se quejaban porque la garita estaba cerrada y no había nadie vigilando. Todos se preguntaban dónde se encontraba Aldara, pero solo ella conocía la respuesta.

Pilu supo que por fin había aparecido la vigilante cuando empezaron a hacerle un pasillo para que llegara hasta su puesto de trabajo. La chica intentaba mantenerse firme pese al avasallamiento y se disculpaba a la vez que repetía que ella también había salido a buscar al niño, que no se pusieran nerviosos. Pero ya era tarde, todos estaban muy alarmados. Incluida Pilu, que volvió a notar cómo se le disparaban los latidos. Al pasar por su lado, la vigilante levantó sutilmente la cabeza. Por un segundo sus miradas se encontraron y no hizo falta que pronunciaran ni una sola palabra. Las dos sabían lo que Aldara acababa de hacer.

16

La pregunta

Han pasado tres años desde el intenso duelo de miradas entre Pilu y Aldara en la puerta de la garita de seguridad de la urbanización, la noche en la que se llevaron a Roberto. Aunque la tensión entre ellas no ha hecho más que crecer en todo este tiempo, ambas han decidido enterrar el hacha de guerra, principalmente por sus hijos. Sin embargo, ninguna piensa consentir que la otra la mire por encima del hombro después de lo que las dos saben.

Ambas tienen información sobre la otra y las dos tienen la certeza de que, si lo contaran, sería su final; jamás podrían recuperarse de eso y salir ilesas. Aunque en el pasado hayan obrado mal, ahora sus hijos son su prioridad. Por mucho que duela y se arrepientan, tienen que dejarlo atrás si quieren seguir adelante, pero, cuando se cruzan, todos los conflictos pasados afloran con la misma intensidad del primer día. Sus miradas se encienden sin titubeos y comienza un duelo que nunca se libra del todo.

Sin embargo, esta vez, aún pálida y pegada a la caseta de ladrillo, Aldara le aparta la mirada. Se mantiene firme, pero el gesto tembloroso la delata. Pilu tiene un fuerte presentimiento: conoce esa expresión que le dice que algo está sucediendo y que tiene que ver con ella. Rebobina la escena en su cabeza y vuelve a vislumbrar la manera tan extraña en la que ha llegado Aldara para encontrarse con Gonzalo en la parte trasera de la caseta, que queda escondida, y sabe que los ha pillado. Por eso le ha apartado la mirada. Un nubarrón se apodera de su mente y la tiñe de oscuridad. ¿Qué esconde? ¿Qué ha pasado? Los pensamientos más lóbregos se adueñan de ella. Lo primero que piensa es que, después de tanto tiempo, Aldara estaba enterrando los restos, que habría tenido escondidos hasta entonces, pero ¿la estaba ayudando su compañero? No, quizá los había colocado ella con anterioridad y los había encontrado Gonzalo, o habían recibido un aviso. Antes de que pueda reaccionar se percata de la presencia de Cristina, una de las secretarias del colegio, que está apoyada en uno de los laterales repleto de grafitis. Queda medio oculta por unas ramas y no se había fijado en ella. Tiene el gesto compungido y no se da cuenta de que está siendo observada. ¿Qué está haciendo también ahí? Quizá se trata de algún asunto relacionado con el colegio. Inmediatamente le viene a la mente su hijo mayor, que frecuenta ese lugar. Piensa en la pesadilla que llevan viviendo desde hace tres años. En aquello que está convencida que hizo Aldara y en la venganza que por fin se podría haber cobrado. Su corazón empieza a latir desbocado. Vuelve a la realidad y trata de no anticiparse ni sugestionarse más, para conseguir estar lúcida y mantener la calma.

—¿Cristina? —pregunta, aunque sabe que es ella.

La secretaria da un bote, se gira de golpe y se encuentra a Pilu de pie junto al coche. Es evidente que no esperaba que nadie la sorprendiera en ese momento, y menos ella.

—¿Qué ha pasado?

Pilu nota en la expresión de la secretaria que se trata de algo más grave. Cristina la mira a los ojos haciendo un gran esfuerzo para aparentar normalidad, pero es incapaz de articular palabra. Después, prudente, se vuelve hacia la vigilante.

—Pilar, es mejor que se vaya. —Aldara muestra seguridad.

Pero, sin buscarlo, el tono que utiliza produce el efecto contrario. Pilu siente un profundo desasosiego porque no puede evitar relacionar el descampado con su hijo mayor y las terribles consecuencias que podrían haber ocasionado los incidentes del pasado entre ella y Aldara.

Para sorpresa de las tres mujeres, una cuarta voz se hace presente en la escena: es Sara, que sigue al teléfono.

—¡Pilu! ¿Qué pasa? —alcanza a decir antes de que su amiga corte la llamada de forma abrupta.

—Cristina, dime, ¿qué ha sucedido? —vuelve a preguntar Pilu ignorando la interferencia.

—Pilar, por favor, métase en el coche —insiste la vigilante.

Pilu lanza una rápida mirada a cada una, necesita saber si se está volviendo loca y se trata de cualquier cosa relacionada con el colegio. En todo caso, sabe que es algo grave. Suena el teléfono y piensa que es Sara otra vez, pero ahora es Clara quien trata de ponerse en contacto con ella. No lo coge, no es capaz de responder.

—¿Tiene que ver con Christian?

Percibe cómo Cristina asiente levemente con la mirada. Nota que le falta el aire. ¡¿Qué ha pasado?! ¡¿Qué le han hecho?! Aunque, de pronto, conforme se hace la pregunta se da cuenta de que, con el historial de su primogénito, existe una alta probabilidad de que quizá él no haya sido la víctima, sino el verdugo.

—Pilar, cálmese y métase en el coche —insiste Aldara.

¿Que se calme? ¿Cómo va a calmarse? Necesita saber si le ha pasado algo o si él es el culpable para intervenir antes de que se entere el rebaño. Maldita sea, el teléfono suena sin parar. Es Sara, la ha dejado a medias y querrá el parte o acaso ya esté de camino. Si es así, tiene que frenarla antes de que lleguen los demás padres. Vuelve a mirar a Aldara, que la observa con una cierta mirada de triunfo que ella percibe como disfrute, y su cabeza la hace descender de nuevo a los infiernos. Está convencida de lo que hizo la vigilante en el pasado, de que fue ella quien lo mató, y el mero hecho de que le haya podido hacer lo mismo a su hijo la destroza por dentro.

En todo este tiempo la idea ha sido recurrente: el ser humano es abominable y cuando nos sentimos acorralados o heridos, cuando el odio y la frustración lo enmarañan todo, hasta conseguir que no haya nada más, causar daño es la única solución. Y no hay mayor daño para una mujer que es madre que maten a un hijo suyo. Lo había sopesado durante estos años, sabía que Aldara se la tenía jurada, a ella y a su familia, por no haberla dejado salirse con la suya, pero siempre imaginó que no sería capaz de ir a por sus hijos, que ya habría tenido suficiente. Y que si lo hacía iría a por el pequeño, por ser de la misma edad de Roberto. ¿Por qué había elegido a su primogénito? ¿Para hacerle pagar por algo que no había hecho? No sería la primera vez. Después de todo, muchos le habían culpado y sentenciado, sin mostrar ninguna piedad hacia él, creyendo que era cómplice.

El sonido de la llegada de mensajes al WhatsApp suena y resuena en sus oídos, pero lo ignora. Su cabeza se ha puesto en lo peor y ya no hay marcha atrás. No quiere volver a vivir algo así. La agarraría del pescuezo hasta que cantara, pero sabe que eso solo la perjudicaría. Así que no tiene más remedio que respirar hondo y volver a hacer la terrible pregunta:

—¿Está muerto? —pregunta a Cristina, ignorando a la vigilante.

La secretaria mira hacia el suelo y no responde.

—¿Está muerto? —repite Pilu desesperada.

Entonces Cristina levanta la vista hacia ella, con sus enormes ojos y mirada de cordero.

17

Tres años antes,
meses después de la noche de Halloween

Eran apenas las cinco de la tarde, pero parecía casi de noche. Un domingo gris de pleno invierno en el que las horas pasaban más lentas de lo normal. El día se estaba haciendo eterno. Pilu había conseguido entretener a los niños la mayor parte del tiempo, aunque eso supusiera ceder y permitirles aquello contra lo que llevaban años luchando: las malditas consolas, los móviles con sus diversas aplicaciones y las temidas redes sociales. Su enganche le permitía tener un tiempo para ella sola sin necesidad de disimular y tratar de lidiar con la ansiedad que le provocaba la incertidumbre, sin ser interrumpida cada treinta segundos para mediar en alguna pelea.

El sonido del telefonillo hizo que Pilu se levantara del sofá del salón. Sus hijos continuaron jugando en la planta de abajo, en la sala de estar con zona de juegos.

Se quedó helada al escuchar la identidad de la persona que se presentó con firmeza desde la puerta de la calle. Recorrió la distancia hasta la entrada a una velocidad que no había alcanzado en días, incluso meses, en los que se había acostumbrado a convivir con esa extraña calma que precede a la tormenta.

Al abrir y toparse con dos agentes frente a ella, se preparó para lo peor. Eran la teniente de la Guardia Civil Candela Rodríguez y su subordinado, Mateo, el joven que dirigió el comienzo de la investigación, con las primeras batidas, la noche en la que desapareció Roberto. La mujer habló en un tono amable.

—Pilar, hemos encontrado su coche aparcado…

—¿Dónde? —interrumpió sin pensarlo.

—En la urbanización, en la parte alta, aparcado en la acera pegada al campo que va hacia los barrancos…

Candela siguió informando de los detalles sin darse cuenta de que Pilu había dejado de atender. Esta solo trataba de descifrar hacia dónde se dirigían las palabras de la agente y cómo finalizaría el relato. No pudo soportarlo más y volvió a interrumpirla, sin remilgos, mirándola fijamente a los ojos.

—¿Está muerto?

18

Impulso

Sara sigue en su coche. Le han subido las pulsaciones después de que su amiga Pilu cortara la llamada de improviso. Ahora no puede pensar en otra cosa, necesita saber qué hay entre Aldara y Gonzalo o si ha sucedido algo al lado del colegio. Vuelve a intentarlo varias veces, pero Pilu cuelga siempre. Decide dejar de contener su impulso y hacer uso de Siri para dictar un mensaje de WhatsApp en el grupo CHICAS, el que tienen las amigas al margen del resto de los padres del colegio.

Sara F.

Holaaa, alguien está ya por el cole?
Estaba hablando con Pilu y algo ha
pasado. Estoy mosca

Clara

Qué ha pasado? La acabo de llamar
porque tenía una perdida suya y me ha
colgado

Sara F.

No lo sé, me contaba que estaba el coche
de Aldara, el de seguridad, aparcado
cerca de la caseta..., donde fuman los
chavales. Justo me ha dicho que ha venido
Gonzalo y que se ha metido también detrás
y nada, no ha vuelto a decir más...

Clara

Será alguna tontería

Sara F.

No, tiene que ser algo importante. Aldara
le ha pedido que se fuera. Eso sí que lo he
escuchado bien

Clara

Ya sabes cómo se llevan, será por
joderla...

Sara F.

Y Paula?

Clara

Estará conduciendo, o igual ya está ahí

Sara F.

Paulita, si estás leyendo esto contesta, que
estoy de los nervios...

Clara

No te pongas nerviosa. Ahora nos vemos.
Bajo andando, que llevo todo el día en
casa y necesito mover el bombo

Sara F.

Voy a escribir en El Rebaño, a ver…

Clara

No! Que luego nos ponemos nerviosos
todos, contrólate!

Sara F.

Tarde. Nos vemos ahora,
yo llego en nada

—Oye, Siri, escribir en el grupo El Rebaño de WhatsApp, digo Tercero A —pide triunfal Sara, muy cerca ya de la urbanización.

19

Tres años antes,
la noche de Halloween

S e había levantado mucho viento y, como el porche acristalado se abría al exterior, empezaba a hacer frío. Sara no lo sentía gracias al calor que desprendía la estufa, y los cinco tintos de verano que se había metido en el cuerpo también ayudaban.

Eva miraba asustada a la cantidad de gente que se había disfrazado de Sweet Bunny.

—¡Qué horror! No lo entiendo —dijo—. Me parece frivolizar con el tema…, que ese conejo se lleva a los niños, ¡y no en las películas, sino en la realidad! Se me está poniendo un mal cuerpo…

—Sí, como a ella —susurró Sara, a su lado, señalando a Carmen, que no la escuchaba porque no le quitaba ojo a su hijo Roberto.

—Ella es así.

—Hija, está amargada, que no hubiera venido. Para no disfrutar… —continuó Sara, que entonces se fijó en que Pilu, que hasta el momento no había estado muy participativa, estaba dando conversación a Carmen.

Paula, que había ido a por otra copa de vino blanco con hielo a la barra, soltó uno de sus comentarios mordaces según se sentaba. Sara le había hecho un gesto para que se fijara en Carmen, y su amiga había entrado en acción:

—Mirad a Rocío, menudo modelito me lleva, guapas. ¿Qué te parece a ti, Carmen? —le dijo, divertida, mientras le señalaba hacia dónde mirar.

—¿Qué Rocío?

—La madre de Germán y María.

—Ufff, menuda…, mi amiga Rociíto —bromeó Sara.

—¿De qué va disfrazada?

—De pornoenfermera —respondió con sarcasmo Paula—. ¿Qué te parece, Carmen?

Carmen se esforzaba por seguirles el juego y disfrutar, pero no consiguió localizar a la susodicha hasta que Paula la informó del disfraz que había elegido.

—Pues que estará pasando mucho frío —respondió sin gracia.

—Fresca va, desde luego —dijo Paula alegre mientras le acercaba su copa a Carmen para que diera un trago.

—Voy un momento al baño —informó Pilu.

—Una que se mea —soltó Paula cuando la vio que avanzaba a paso ligero.

El grupo de amigas siguió de cháchara hasta que Carmen, de repente, se levantó muy nerviosa y caminó alterada hacia el frente. Su comportamiento resultó tan extraño que Eva fue tras ella. Sara hablaba con la mesa de al lado y cuando iba a comentar la jugada con Pilu se dio cuenta de que no estaba. Quizá fuera por el tinto, pero no sabía en qué momento se había levantado, si había sido justo antes o después de Carmen. Estaba ahí y de pronto ya no estaba. Entonces la vio sola, al fondo, cerca de la puerta del club y la garita de seguridad. Pero Eva se cruzó en su campo visual y captó de nuevo su atención. Caminaba junto a Carmen; las dos estaban muy nerviosas y se abrían paso entre los disfraces de conejos, zombis, vampiros y hombres lobo. Sara, sin perder la calma, se acercó a preguntar.

74

—¿Qué pasa?

—Carmen no ve a Roberto…

—Estaba aquí hace un instante, pero ya no lo veo. —Carmen movía la cabeza hacia todas las direcciones en busca de su pequeño.

Sara se contuvo para no agarrar su teléfono en ese momento y escribir en el chat de padres lo que estaba ocurriendo. Pero sucedió lo que necesitaba: observó cómo otras vecinas empezaban a darse cuenta de que algo pasaba al percatarse de la angustiosa búsqueda de Carmen y Eva. Aurora, otra de las madres de la clase de sus hijos, se acercó a ella.

—¿Qué ha pasado?

Sara solo tenía que soltar la bomba para que otra hiciera el trabajo sucio y la librara de la culpa del pecado.

—El niño de Carmen, el pequeño, Roberto. No lo encuentran, está desesperada —respondió como una buena actriz.

La mujer puso cara de preocupación. Sara sabía que debía decirle que le guardara el secreto, que el niño aparecería y no había necesidad de fastidiar la fiesta a todo el mundo. Eso era lo que decían las otras, aunque cada vez estaban más nerviosas. Sin embargo, sucedió lo contrario.

—¡Tenemos que ayudarla!

Aurora volvió al grupo con el que había acudido a la fiesta para unirse a la búsqueda, pero eso no era lo que tenía pensado Sara, que cogió su teléfono y escribió en el chat de los padres de la clase de Roberto y de los hijos pequeños del grupo de amigas, al que ellas llamaban en *petit comité* El Rebaño.

20

El Rebaño

Tres años antes,
la noche de Halloween

Transcripción del chat Tercero A de Infantil

Sara F.
Siento interrumpir la fiesta,
pero no encontramos a Roberto

Susana Ruiz
El de Carmen?

Juanlu M.
De qué iba disfrazado?

Sara F.
De oveja negra. Se lo han llevado

Aurora
Quién?

Sara F.
El conejo

21

Venganza

Pilu está cada vez más desesperada, tanto que ahora no solo le pregunta a Cristina, sino que mira directamente a Aldara.

—¿Está muerto?

La vigilante quiere pedirle a Pilar que vuelva a su coche antes de que llame la atención de los primeros padres, que tienen que estar a punto de llegar. Sin embargo, antes de que pueda hacerlo la interrumpe Cristina, que no puede más y se echa a llorar.

Aldara ve cómo Pilu toma el llanto como una respuesta afirmativa.

—¿Qué le has hecho a mi hijo? —le pregunta Pilu aguantando la rabia.

—Tiene que irse —responde la vigilante con firmeza.

—No me voy, dime qué le ha pasado a mi hijo —la reta Pilu conteniendo la congoja. Al no recibir respuesta se dirige a Cristina—: ¿Qué ha pasado?

La secretaria hace un gran esfuerzo por mantenerse callada.

—¡¿Qué le ha pasado a mi hijo, Cristina?!

—No es él —termina por decir la secretaria, que quiere explicarle que Christian es quien lo ha encontrado, pero Aldara la interrumpe.

—No es él y no tiene nada que ver con el asunto —zanja la vigilante.

Aldara es testigo de la montaña rusa de emociones de su enemiga. Había tenido la tentación de estirar al máximo su incertidumbre para que supiera lo que es vivir con ese dolor, pero tenía que ser más lista. Esta vez ha de hacer las cosas bien, no puede ser tan tonta como para que al final ella quede expuesta delante de todos. No va a cometer los mismos errores del pasado, debe cumplir un papel fundamental en la investigación. Por eso conviene que despache a Pilar cuanto antes y que Gonzalo custodie la zona. Así no desaprovecha la oportunidad de tener a Christian en secretaría sin su madre e interrogarlo antes de que esta averigüe dónde está su hijo o de que llegue la guardia civil. Sabe bien cómo responde Pilar, quien, si se entera de la situación, se cerrará en banda y no habrá manera de sacarles nada a ninguno. Los hechos lo demuestran. Como es menor, no puede interrogarlo sin la presencia de uno de sus progenitores, pero ya se las apañará para que no parezca que está poniendo la atención sobre él, sino que se le necesita para llegar al culpable. Si no se siente sospechoso, el chico colaborará. A fin de cuentas no es más que un crío y, por bravo que sea, será fácil hacerle morder el anzuelo. Ha encontrado la manera de dar su merecido a Pilu.

Aldara hace un gesto con la mano invitando de nuevo a Pilu, que se siente aliviada, a que se marche. Pero Pilu ha captado el desconcierto de Cristina, que parece sorprendida por las palabras de la vigilante, y esto vuelve a ponerla en jaque. ¿Le ha mentido Aldara? La idea de que le haya pasado algo a Christian regresa como un efecto rebote. Pero tiene que confiar en que no es él. Mentir a una madre en una situación como esa sería injustificable y sabe que sería motivo más que de sobra para ponerla de patitas en la calle. Entonces insiste con lo primero que se le pasó por la cabeza y, con el corazón en un puño, decide ir al grano sin perder más tiempo.

—Es él, ¿verdad? —pregunta a Aldara.

La vigilante la mira indignada y tiene que controlarse mucho para no perder los papeles. Cristina asiste a la escena sobrepasada por la situación.

—Pilar, tiene que marcharse —repite cansada Aldara.

—Por fin ha aparecido —desafía Pilu a la vigilante.

—Pobre Roberto, yo tenía la esperanza... —Cristina no puede terminar la frase porque vuelve a llorar.

Ahora es Pilu la que mira desconcertada a Aldara. No se refería a él.

—¿Es Roberto? —pregunta desencajada.

Aldara no responde.

—Christian lo encontró y... —dice Cristina secándose las lágrimas.

Pilu no se puede creer lo que ha escuchado. Mientras, Aldara lanza una mirada asesina a la secretaria, que acaba de fastidiarle el plan.

—Tiene que marcharse y no decir nada a nadie —ordena la vigilante.

—¿Que Christian qué? —pregunta la madre a Cristina, que ahora guarda silencio, consciente de su metedura de pata.

—Nada —salta Gonzalo, que viene de inspeccionar la parte trasera de la caseta—. Christian nada, está todo bien, solo nos ha avisado. Pilar, tiene que marcharse, no queremos que cunda el pánico. Si no se va ahora tendrá que responder ante la guardia civil, que está en camino.

Pilu da un paso hacia atrás, es hora de obedecer.

—No diga nada a nadie —insiste—, es importante para trabajar sin interferencias y proceder con la investigación de la mejor manera.

—¿Dónde está mi hijo?

—En secretaría —responde Cristina con la boca pequeña.

Aldara maldice para sus adentros. Pilu asiente y se da la vuelta. Según se aleja, saca el teléfono móvil para llamar a Christian. No le gusta nada que esté relacionado con este asunto, aunque sea indirectamente, como espera, y mucho menos le gusta la actitud tan extraña de Cristina y de Aldara. La historia se repite; ya se imagina los titulares, los testimonios de padres del colegio hablando de lo mal que se comporta... No puede consentir que lo destruyan entre todos.

Tiene varias llamadas perdidas. Entonces un mensaje llega y se sitúa en la pantalla por delante del resto. Es de WhatsApp y pertenece al chat de Tercero A de Primaria y solo puede significar que es demasiado tarde. Ya nada podrá pararlos, quedan pocos segundos para que El Rebaño entre en acción.

22

El Rebaño

Transcripción del chat Tercero A de Primaria

🎤 Sara F.
Perdonad, ¿sabéis si ha pasado algo
cerca del colegio?

Fernando San Juan
Hola. Por qué lo dices?

🎤 Sara F.
Es que estaba hablando con Pilu y me ha
dicho que estaba Aldara, la de la garita de
seguridad, al lado de la caseta que hay un
poco más arriba… Y de pronto ha dejado
de hablar.

África Martínez
Hola! Igual se ha encontrado con
alguien…

Paloma Sanchis
El otro día una vecina me dijo que unos
chavales en moto habían intentado robar

Aurora
Madre mía… Llamo a secretaría?

Juanlu M.
Espera a ver. Estoy a dos minutos, os digo
si me entero

> **Sara F.**
> Ojalá no sea nada, pero me da que es
> algo gordo

Aurora
No me asustes

Fernando San Juan
Yo acabo de entrar en la urba y
efectivamente no hay nadie en la garita

Ninguno lo menciona, pero todos lo saben: ya han estado en esa situación. Puede ser una mera casualidad, pero que la vigilante no se halle en la garita inevitablemente los arrastra a un pasado que todos ellos han intentado olvidar.

23

*Tres años antes,
la noche de Halloween*

Ramón, Julián, Jose y Luis, los maridos de las amigas, bebían y fumaban como carreteros mientras charlaban en las mesas del jardín con otros padres y con vecinos de la urbanización hasta que Carmen se acercó a ellos con la cara desencajada.

—¿Está aquí Roberto? —preguntó a su marido, aun sabiendo la respuesta.

—No..., estaba... —Temeroso, lanzó una mirada hacia donde, juraría, había visto a su hijo hacía unos segundos.

—Pues no lo veo.

Carmen, alterada, se apartó de él y fue mesa por mesa buscando al niño. Su marido miró a su alrededor, no le dio tanta importancia.

—En casa te tiene que tener... —dijo Jose en tono jocoso.

Ninguno le rio la gracia. Tenían el semblante serio al ver que su amigo comenzaba a preocuparse.

—Qué palizas eres —le reprochó Julián.

Luis se sumó a la búsqueda a los pocos minutos, cuando Carmen cruzó una mirada con él que no le dejaba otra opción. Le sobrevino una extraña sensación que le decía algo que prefería obviar. Como defensa pensaba que si lo ignoraba no sucedería. La misma sensación tuvieron los demás, pero procedían con disimulo, como les había pedido Paula, que se acercó a ellos cuando los vio ponerse en marcha.

Sin embargo, el rumor de que «a Roberto se lo han llevado» no tardó mucho en circular.

Luis lo escuchó al pasar cerca de un grupo que lo comentaba en alto sin darse cuenta de que el padre del niño estaba justo en ese momento a su lado, ya que llevaba puesta la capucha de su disfraz de monje. Buscó corriendo a Carmen y cuando la divisó vio su cara de angustia y supo que era verdad.

A partir de ese momento los acontecimientos se precipitaron, el grupo de padres decidió actuar apoyado por muchos más vecinos: juraron que no solo traerían al niño de vuelta, sino que quien se lo hubiera llevado pagaría por ello. Era Roberto, pero podría ser cualquiera de sus hijos. Luis se unió a su esposa, como Jose y Julián, que lideró la búsqueda.

Lo primero que pensaron fue que se lo había llevado algún interno del centro penitenciario. Que salieran era complicado, pero no imposible. Así que la marcha enfurecida que enseguida emprendieron venía dada por las ganas de encontrar una excusa para que cerraran el penal de una vez por todas y se lo llevaran a otro lado.

En medio del tumulto algo llamó la atención de Julián. Todos los padres habían acudido a la cruzada, que comenzó a complicarse cuando descubrieron que la garita de seguridad estaba cerrada y no localizaban ni a Aldara ni al otro vigilante. Estaban todos, menos uno: Ramón, que se había ido justo antes de que Carmen pusiera el grito en el cielo y que, por lo que veía, no había vuelto. Pese a la situación, Julián no pudo evitar preguntarse qué diablos estaría haciendo su amigo en ese momento.

24

Tres años antes,
unos días después de la noche de Halloween

Pilu, su marido y sus dos hijos cenaban en la mesa de la cocina varios días después de la fiesta de Halloween. Llevaban un día de perros, la vida de la comunidad se había visto alterada por la desaparición de Roberto, que ya inundaba los titulares de los periódicos y ocupaba largos espacios de tiempo en los programas con mayor audiencia de la televisión. Todos hablaban del niño, a quien habían bautizado como «la Ovejita» por el disfraz que llevaba puesto la última vez que se le vio. Pilu y su marido trataban de permanecer al margen y comían en silencio mientras veían el telediario.

«... Y volvemos al caso de la Ovejita, Roberto, el niño desaparecido la noche del 31 en misteriosas circunstancias mientras se celebraba la fiesta de Halloween en el club de la urbanización en la que vive con sus padres y su hermano. Según fuentes de la Guardia Civil, el niño se encontraba jugando con sus amigos antes de que se le perdiera de vista».

En la pantalla apareció una imagen del niño tomada antes de salir de su casa. Llevaba el disfraz de oveja negra.

—¿No vamos a verlo nunca más? —preguntó Pablo cuando vio a su compañero en la televisión.

Christian lanzó una mirada a sus padres, que ignoraron la pregunta, incómodos.

—¿No va a volver? —repitió el pequeño.

Pilu levantó la vista del plato y miró a Ramón instándolo a que hablara, pero el niño se volvió a adelantar:

—¿Eso me va a pasar a mí?

Pilu carraspeó para obligar a su marido a responder de una vez.

—No, cariño, a ti no te va a pasar nada. Te lo prometo —terminó por decir Ramón.

Su mujer lo miró fijamente, pero él la ignoró con los ojos puestos en el televisor.

«Pues bien, acaban de confirmar una noticia en primicia que queremos compartir con ustedes —seguían diciendo—. Según la Guardia Civil, existen imágenes que confirmarían que el niño habría sido secuestrado por la persona que utiliza la apariencia de Sweet Bunny. El famoso conejo ha vuelto a actuar».

La televisión se apagó de golpe. Todos se volvieron hacia el brazo extendido del padre, que apuntaba con el mando a la pantalla. Lo colocó junto a su servilleta y siguió cenando en silencio, observado por su mujer, que no podía evitar mirarlo de reojo. Pensaba que demostrar su poder y actuar con violencia lo libraría del pecado cometido.

25

La llamada

Macarena está en secretaría, muy nerviosa, con el teléfono aún en la mano. Ha llamado a Amador, el director del colegio, que está ya en camino. La mayoría de los profesores continúan en sus clases ajenos al acontecimiento, incluido Agustín, el director de Primaria, que está atendiendo una tutoría. La jefa de secretaría se debate sobre si avisarlo también y sacarlo, aunque sea de las orejas, para trabajar en equipo. Pero respira hondo y decide no poner el grito en el cielo todavía. Eso podría levantar las sospechas de los padres con los que se ha reunido y provocar que todo se precipitase.

Está tan nerviosa que se cuestiona también si debería aprovechar el mando que le queda hasta que termine la reunión o hasta que vuelva el director para hablar con el chaval y tratar de averiguar si hay algo que no les ha contado y que sea importante de cara a proteger la imagen del colegio. El mal ya está hecho, y es terrible, pero tiene que velar por los demás alumnos, que esto sacuda lo mínimo posible su día a día, y que el centro vuelva a ser relacionado con una nueva tragedia no facilitaría las cosas, sino todo lo contrario.

Frente a ella, al otro lado del cristal, está María con Christian, ambos sentados en los bancos que hay contra la pared en el hall de entrada. El chico mantiene la cabeza gacha. El tembleque de su rodilla llama la atención de la jefa de secretaría, que se pregunta si ese nerviosismo se debe al terrible descubrimiento o a otro motivo que no haya contado. Su aspecto es preocupante, y, si la guardia civil tarda en llegar, como no le haga pasar al interior de la pecera va a llamar la atención de todo el que pase por allí cuando terminen las clases. Otra vez la guardia civil. Macarena no se puede creer que la pesadilla haya vuelto.

En ese momento suena el teléfono y no duda en responder. Deben aparentar normalidad y lo extraño sería que nadie atendiera la llamada. Se sorprende al descubrir que es Aldara, que, casi en un susurro, le pide que haga unas preguntas a Christian y que se dé prisa, antes de que lleguen su madre o los agentes. Cuelga y no lo duda, ya tiene la excusa perfecta si después se lo recriminan.

Macarena manda pasar a su compañera con el chico. Una vez dentro, la mujer pide al adolescente que se siente de espaldas, en la zona menos visible, resguardada por los armarios altos donde almacenan todos los documentos del centro. Dispone de poco tiempo. Aldara solo le ha pedido que le haga tres preguntas rápidas, algo sencillo pero eficaz. Sin embargo, no le hace falta llegar a la tercera respuesta para darse cuenta de que el chaval no le está contando la verdad. Como era de esperar, el famoso Christian está mintiendo. De nuevo.

26

Tres años antes,
meses después de la noche de Halloween

Pilu no se lo podía creer, estaba anonadada. ¡¿Cómo había podido pasar?! Mira que les advertía siempre que no entraran en el trastero y hurgaran en sus cosas, y menos aún con amigos. Encima con Joaquín, el hijo mayor de Carmen, nada menos, no podía ser otro. Se mascaba la tragedia, la desgracia no se había saciado del todo y amenazaba con un golpe final, el golpe maestro. Dio gracias por preguntar cuando vio al chico salir de la casa a toda prisa.

—¡¿Ha pasado algo?! ¡¿Estás bien, cariño?! —exclamó desde la puerta.

—No, nada, le dije a mi madre que no me liaría.

La respuesta era más que satisfactoria; después de la desaparición de Roberto, Carmen era aún más controladora con el mayor.

Entró y llamó a su hijo, pero no obtuvo respuesta. «Seguramente siga abajo y se haya cerrado la puerta, o habrá entrado al pequeño gimnasio que montó su padre y tenga la música puesta», pensó. Según bajaba los peldaños volvió a llamarlo, sin éxito. Echó una mirada rápida al cuarto de juegos, pero no lo vio. Tampoco lo encontró en el sofá enfrascado en el móvil y con los auriculares puestos, como de costumbre.

La puerta de salida al exterior en forma de doble cristalera, desde la que se veía parte del frondoso jardín, estaba cerrada, por lo que descartó que hubiera salido. De modo que seguía dentro. Entró en el gimnasio, aunque sabía que allí no lo iba a encontrar porque no se escuchaba ni un solo ruido. Encendió la luz y confirmó que estaba en lo cierto. Solo le quedaba el trastero; esperaba equivocarse y que no estuviera allí. ¡Cuántas veces les había repetido que no quería que entraran allí! No le hizo falta acercarse para obtener la respuesta: la puerta estaba abierta y había luz en el interior. Avanzó despacio, quería retrasar el momento, rezaba para que no hubiera sucedido lo que temía. Empujó levemente la puerta y fue entonces cuando lo vio: su hijo mayor estaba de rodillas en el suelo, pegado a uno de los armarios, abierto, contemplando aquello que nunca debería haber sido descubierto y que debió haber quemado en su momento.

Treinta minutos después se encontraba en la parte exterior de la parcela, en la zona de entrada junto al garaje, donde su marido tenía la caseta de herramientas y el material para el jardín. No iba a esperar a que él volviera de trabajar; una vez más, sería ella la que se encargara de solucionar sus errores. Sacó el bidón de acero, el que utilizaban para hacer fuego y calentar las noches de otoño, cuando se juntaban con amigos para charlar y reír. Las llamas le caldeaban el rostro; se apartó un poco y con las dos manos lanzó su secreto, el que los delataba. En cuestión de segundos no quedaría nada, tan solo cenizas. En cuanto cayó, el fuego creció y el humo se hizo más escandaloso, tanto que Pilu levantó la mirada hacia los barrotes de la valla de la entrada, frente a ella. Entre ellos, pegado a la puerta del garaje, descubrió un rostro que se ocultó. Alguien había presenciado lo que acababa de hacer, conocía su secreto. Pilu, gracias a su vista de lince, rápidamente le puso cara y nombre: era Carmen.

Entró corriendo en casa y encerró a Christian en su cuarto para darle las instrucciones que debía seguir a partir de entonces. Necesitaban un relato de los hechos, una misma historia que no hiciera aguas por ningún lado, que ahogara todas las sospechas que cayeran sobre ellos, y así la denuncia de Carmen perdería credibilidad. Todos sabían de la situación tan delicada que atravesaba desde que desapareció el pequeño Roberto, y hasta los más benevolentes dirían que seguramente veía cosas que no eran, que estaba tan afectada que lo había creído ver por necesidad. Lo único que Christian tenía que hacer era mentir y decir que su amigo se equivocó y que el disfraz de Sweet Bunny nunca estuvo allí.

27

Tres años antes,
la noche de Halloween

L a oscuridad inundaba el espacio. No veía nada y temía tropezarse a cada paso. Pero no era eso lo que más le preocupaba, sino lo que encontró en pocos segundos, al fondo del enorme pasillo, donde una franja de luz partía el negro más absoluto. El corazón le golpeó fuerte contra el pecho.

Se acercó sigilosamente y, conforme lo hacía, una cancioncita suave y recurrente se adivinaba un poco más allá, dulce y envenenada. La letra era cada vez más clara, y con ella asomaba el pánico. No quería mirar, su cuerpo le pedía salir corriendo. Pero ya era tarde: sobre una de las mesas yacía Roberto. Todos lo buscaban fuera, pero estaba allí, con la cara manchada de maquillaje y el cuerpo desnudo y pálido. Tenía los ojos cerrados y los labios relajados. Encima, a cuatro patas, él. El enorme conejo blanco se inclinaba sobre el niño mientras tarareaba la canción:

> *Tris tras,*
> *quítate el disfraz.*
> *Tris tras,*
> *que te va a gustar.*

Tris tras,
despiértate ya.
Tris tras,
o te voy a matar...

Por la abertura de la máscara asomó una lengua y lamió el rostro del menor, de abajo arriba, con insistencia, hasta dejarlo lleno de babas. Mientras, apretaba su cuerpo de peluche contra el de él, manchándole con el barro que se había acumulado en la parte inferior del disfraz. Entonces sucedió: Sweet Bunny se separó levemente del niño y con brusquedad giró la cara hacia donde estaba observando.

El grito resonó en la habitación cuando despertó. Había tenido una pesadilla horrible, tan real que todavía podía sentir el miedo tan intenso que le había provocado. Lo peor era que sabía que el mal sueño no terminaba al abrir los ojos.

28

A mil por hora

Pilu tiene la cabeza a mil por hora. No puede creerse que haya aparecido el cadáver de Roberto. Toda la oscuridad que comenzó aquella noche se cierne sobre ella y se pregunta si finalmente se sabrá la verdad de lo que sucedió.

Lo primero que hace cuando se sienta en el coche es llamar a Christian. La incertidumbre la devora. Saber que su primogénito no está muerto es un alivio, pero, como él ha sido quien lo ha encontrado, le aterra la mera posibilidad de que piensen que ha podido tener algo que ver. Reza para que salga ileso, que solo estuviera fumando hierba; que le relacionen con un asesinato sería lo que les faltaba. Aunque lo peor de todo es que ya nada le resultaría del todo imposible. Su hijo ha demostrado comportamientos violentos en el patio del colegio y en situaciones puntuales, pero se niega a creer algo así. No es un asesino. Es solo que ha tenido que vivir situaciones por las que un chaval de su edad no debería pasar…

El teléfono da tono, pero Christian no se lo coge y salta el contestador, lo que consigue ponerla aún más nerviosa de lo que ya estaba. Vuelve a encontrarse con el chat de padres. Ya ha saltado la alarma; el rebaño no tardará en enterarse de que algo ha sucedido y solo pide que esta vez sea capaz de sacar a su hijo de ahí antes de que empiece la cacería y sea demasiado tarde.

—Maldita sea, ¿qué estás haciendo?, ¿dónde estás? —murmura angustiada.

Se fija en las llamadas perdidas de Sara y de Clara, pero no se las devuelve, necesita ganar tiempo y pensar. Revisa de nuevo los chats y relee cada mensaje como una amenaza. Todos se han manifestado ya; bueno, todos no: falta Paula, otra de sus amigas. No ha contestado en ninguno de los chats. Es muy raro, precisamente ella, que, junto con Sara, siempre es la primera en enterarse de todo. ¿Dónde estará?

El sonido de unos nudillos golpeando en el cristal de la ventanilla le hace dar un brinco. Se trata de Sara, que la saluda con la mano. Pilu apenas puede estirar levemente los labios para dibujar una torpe sonrisa.

—¿Qué ha pasado? —le pregunta mientras baja el cristal de la ventanilla.

—Parece que nada.

Sara no se queda satisfecha con la explicación. Se aparta del coche y mira hacia la caseta de ladrillo antes de ponerse en marcha. Quiere saber qué ocurre para ser la primera en contarlo en El Rebaño. Pilu da un respingo y sale del vehículo para tratar de impedirlo.

—¡Qué raro lo de Paula, ¿no?! —exclama, pero Sara no le presta atención, solo trata de sortearla—. Que no responda en el chat…

—Igual es algo gordo y está en ello…, recopilando información…

—Qué dices, estaría aquí —insiste Pilu—. Pero no está porque no ha pasado nada. Me parece a mí que nos pueden las ganas que le tenemos a nuestra amiga Aldara… A ver si al final nos van a tachar de rencorosas.

—¡Como para no estarlo, no me jodas! —exclama Sara—. Esa tía no es trigo limpio y oculta cosas.

—Por cierto…, ¿y Clara? Tampoco es normal… —continúa para volver a captar su atención.

Sara frena el paso, aún picada.

—Clara sí escribió. Iba a dejar a Bego y salía de casa.

—Espera —le dice Pilu cuando ve que Sara no se detiene—. La estoy llamando. A ver si estas dos van a estar juntas y nos estamos perdiendo algo.

La mirada expectante de Sara evidencia que su táctica ha surtido efecto.

—¿Dónde estás? —pregunta Pilu, que pone en altavoz la llamada para que Sara también la pueda escuchar.

—Estoy saliendo de casa, entre Bego y el bombo no me da la vida. Te he llamado antes. ¿Ha pasado algo al final?

—Qué va, no ha pasado nada. ¿Está Paula contigo? —pregunta Pilu, y lanza una mirada intencionada a Sara.

—¿Por qué iba a estar conmigo?

—Como no da señales de vida…

Pilu aprovecha que su amiga sigue hablando para quitar el altavoz, hacer una señal a Sara para que espere y asentir con gesto de interés, lo que provoca que esta permanezca atenta a ella, deseando saber también de qué se trata.

Entretanto van llegando más coches, que aparcan en la acera del colegio y al otro lado de la calle. Pilu empieza a ponerse nerviosa y se fija en que Juanlu, el padre de Gabi, que va a la clase de sus hijos, está fuera del coche y camina en su dirección mientras escribe en su móvil. Al momento suena una notificación en el teléfono. Es el chat de El Rebaño.

Juanlu M.
Estoy subiendo

Fernando San Juan
Yo estoy a un minuto

🎤 Aurora
Estoy atacada, espero que no haya
pasado nada malo.

🎤 Paloma Sanchis
Yo igual.

Sara sigue el hilo de la conversación sin dejar de mirar a Pilu, que continúa al teléfono.

🎤 Sara F.
Ya sabéis lo que dicen: cuando
el río suena…

Sara interrumpe su audio cuando escucha el motor de un coche que sube la cuesta al triple de velocidad que el resto.

Antes de que pueda ver de quién se trata, una visión se cruza en su camino: Aldara vuelve de la parte trasera de la caseta con gesto serio. Y esta vez no es a Pilu a quien mira sin pestañear, sino a la propia Sara. Pero ella tampoco se deja amedrentar y se mantiene firme en el duelo.

29

Tres años antes,
la noche de Halloween

Los minutos pasaban y en la urbanización seguían sin encontrar ni rastro de Roberto. Los vigilantes, junto con Luis y el resto de los vecinos, hacían batidas por la zona por la que, según la grabación de la cámara de seguridad, la persona disfrazada de conejo se había llevado al niño.

Carmen había vuelto al club acompañada de sus amigas y vecinas. Había sufrido una crisis nerviosa y tuvo que sentarse mientras llegaba la guardia civil. Pilu, Sara, Eva, Paula, Aurora y otras vecinas y madres del colegio la arropaban mientras revisaban los distintos chats para ver si alguien tenía alguna novedad.

Cerca de ellas, Aldara miraba hacia el exterior, atenta para recibir a los agentes, pero sin dejar de observar al grupo de mujeres. De momento, se sentía satisfecha por haber conseguido salir airosa cuando tuvo que improvisar de mala manera el motivo de su ausencia en la garita. Era consciente de que la gravedad de la situación había jugado a su favor, pero que en cuanto se calmaran las aguas las miradas volverían a posarse sobre ella. Conocía bien a esas mujeres, se mostraban educadas y serviciales, pero sabía de lo que eran capaces y no le perdonarían ningún fallo. Más si no encontraban al niño.

Tenía que estar preparada, conseguir apartar el foco de sus acciones. Como sucede en política, debía crear una cortina de humo para pasarle la pelota a otro y quedar así libre de pecado. Pero mientras encontraba la manera de hacerlo, se esforzaría en aparentar normalidad dentro de la gravedad de la situación. Sabía que estaba siendo examinada con lupa y no podía parecer que estaba evitando al grupo de mujeres, como le gustaría. Por eso se acercó a la madre de Roberto.

—Tranquila, Carmen. —Quiso calmarla cuando notó que la mujer temía que fuera a darle una mala noticia—. Lo vamos a encontrar, la guardia civil está llegando y hay muchísima gente buscando.

Aldara le hizo unas preguntas para obtener la información básica que les facilitaría a los agentes en cuanto llegaran. Cuanto más implicada se mostrara, menos sospechas levantaría. Después procedió a hablar con algunas de las personas que estaban en ese momento en el club, si habían visto algo y cómo habían vivido los acontecimientos. Y fue precisamente al hablar con Rosiña, la presidenta de la comunidad, cuando esta le confirmó que se había enterado por el chat de vecinos.

—No sé, de pronto me he dado cuenta de que algo pasaba. La gente ha empezado a ir de un lado a otro, pero no era un ambiente festivo, sino de alerta. Fue entonces cuando miré mi teléfono y vi que había muchos mensajes nuevos en el chat. Decían que se habían llevado a Roberto, el hijo pequeño de Carmen, y que era el conejo ese, Sweet Bunny.

—¿Cómo? ¿Eso ha sido antes de ver las cámaras de seguridad?

—Sí, sí. Nada más desaparecer.

Aldara estaba atónita. ¿Cómo podían saber que el conejo se había llevado al niño antes de haber visto la grabación?

—¿Podría mirar, por favor, quién ha escrito que ha sido el conejo?

—Sara, la mamá de Laura, la amiga de Carmen.

La vigilante se quedó de piedra. ¿Por qué conocía ese dato fundamental antes que los demás? ¿Qué información poseía Sara que el resto desconocía? ¿Acaso le habían jugado una mala pasada las copas que llevaba encima, como de costumbre, y había dicho algo que no debía? Sea lo que fuera, le había hecho un favor, porque gracias a ella había conseguido la cortina de humo que tanto necesitaba. Pensaba sacar todo el provecho posible a ese fallo garrafal. Sin embargo, no tuvo tiempo de llegar hasta ella para interrogarla, como le habría gustado. Un guardia civil llamado Mateo hizo su entrada triunfal. Aldara no dudó en informarle de lo que le acababan de contar. Tampoco en dejar caer, cada vez que algún vecino preocupado se acercaba a ella preguntando si había alguna novedad, que a los agentes les resultaba muy extraño que Sara supiera antes que nadie que el conejo se había llevado al niño.

Así fue cómo, de inmediato, Sara se convirtió en sospechosa y cómo Aldara encontró la manera de pasar el muerto cada vez que se sentía juzgada y acorralada.

30

Candela

En cuanto reciben el aviso, la teniente de la Guardia Civil Candela Rodríguez se dirige, junto con varias unidades de su equipo, hacia el lugar donde han encontrado el cuerpo. Sentado a su lado está el sargento Jesús Echevarría, su nuevo subordinado. Ya formaba parte de su equipo, pero llevan poco tiempo trabajando mano a mano, desde que sustituyó a Sandra, su antigua compañera. Entre ellos no existe la misma química, y no solo porque Candela viva ahora como una autómata, sino porque la sargento era, además, su confidente. Y eso que lo tuvo difícil para igualar al que fuera su mano derecha y pupilo: Mateo.

Nadie puede compararse con él. Mateo es la única familia que le queda a Candela, es como su hijo. Él es lo único que la ayuda a intentar resarcirse de sus errores y poder pagar su penitencia haciendo las cosas bien y ayudando a la gente, como ha hecho durante tantos años de trayectoria profesional.

Pero el destino le tiene otra prueba de fuego preparada. Candela entra en la urbanización donde se ha producido el hallazgo y nada más pasar a toda velocidad por la garita de seguridad se le eriza el vello del brazo. Ya ha estado allí y le trae muy malos recuerdos; ese lugar está maldito.

En las dos investigaciones que dirigió en esa localización hace tres años la primera y un poco menos la segunda, estuvo acompañada de su antiguo subordinado. No hace tanto, pero parece que hayan pasado siglos. Por aquel entonces Mateo no era más que un chaval, pero apuntaba maneras: ya era un experto en ciberdelincuencia y en la Deep Web. Estaba obsesionado con el tema y no se le escapaba una. Además, pese a su juventud, demostró una gran fortaleza para tolerar los terribles descubrimientos en los que desembocaron ambos casos. De hecho, para Candela resultó tan duro que decidió apartarse y, bajo la responsabilidad del coronel Prieto, fue Mateo quien tomó las riendas para tratar de dar con la persona que se esconde bajo el disfraz del conejo y que a día de hoy sigue secuestrando niños sin parar. Ella se alegró mucho, sobre todo porque se veía incapaz de seguir al pie del cañón —el dolor de los menores sacaba a flote su infierno personal— y prefería encargarse de causas menores, no tan retorcidas y que no la arañaran en la herida. Pero, cosas de la vida, lo que se había ido encontrando después, por desgracia, había sido casi peor, y eso que aún no sabe lo que está por venir.

La teniente conduce rápido por la carretera de subida hacia la caseta de ladrillo. Ha utilizado el trayecto hasta la urbanización para, en líneas generales, poner al corriente al sargento sobre el caso de la Ovejita, por si el cuerpo fuera el de Roberto y tuvieran que reabrir el caso. Si eso sucediera, tendría que informar a Mateo, que es quien se encarga de la operación Conejo. Con los años, su antiguo subordinado ha adquirido tanta responsabilidad que, como sucede ahora, no se persona en la escena del crimen o donde se haya producido un hallazgo hasta que se confirme su relación con alguno de sus casos. De hecho, lleva todo el día centrado en el secuestro de la niña que Sweet Bunny se ha llevado de una sala de cine. Pero a

Candela no le importa tener que darle el parte, iba a hacerlo igualmente en cuanto pudiera. No solo porque es su trabajo, sino porque se habían llamado y visto mucho en los últimos meses. Para la teniente es reconfortante sentir que vuelve a haber ese vínculo tan estrecho entre ellos, ese calor que toda persona necesita al final del día. Aunque estuviera planeando irse a esquiar él solo a Sierra Nevada y no le hubiese pedido que se uniera a su escapada.

Candela acelera aún más, pese a estar ya a escasos metros de donde se encuentra el cadáver.

31

Tres años antes,
la noche de Halloween

Candela Rodríguez llegó a toda velocidad. Se apeó del coche patrulla y caminó hacia Mateo, que venía a su encuentro. Había llegado antes porque, según le contó, se hallaba cerca de la escena. La teniente y su subordinado se encontraron a medio camino.

—¿Otra vez? —le preguntó ella retóricamente.

—Hemos peinado todo el recinto y nada, tampoco en las inmediaciones ni en la zona comercial, donde está todo cerrado. —Señaló al otro lado de la acera, a una pequeña plaza con locales de una planta y un par de terrazas—. Estamos buscando ya por la zona contigua a la calle principal hacia arriba, por donde se ve que sube con el niño en brazos. Los vecinos se están volcando, menos mal.

—Quiero verlo. —Candela se refería al vídeo.

—Lo tengo descargado.

Mateo reprodujo la grabación en su teléfono. La cámara ofrecía una imagen bastante nítida, pese a la distancia y la visión nocturna. En el plano se veía una zona ancha, que correspondía a la carretera, y una franja más clara que discurría en paralelo, que identificaron como la acera. Enseguida apareció un gran conejo de peluche blanco, en el que destacaban unos enormes ojos rasgados de color negro y unos dientes prominentes y afilados. Pero lo más escalofriante era que Sweet Bunny llevaba al niño agarrado a su cuello, como si fuera un koala. Roberto parecía estar medio inconsciente.

—¿Puedes ampliar la cara? —preguntó Candela.

—Voy.

—¿Tú llegas a ver si tiene los ojos cerrados?

—A ver, a ver..., eso parece, ¿no? —respondió Mateo.

—Es perfecto. Estando dormido, a nadie le habrá llamado la atención si se lo han cruzado. Pensarían que lo subía a casa para acostarlo.

—Yo me inclino a pensar que lo drogó, ¿o crees que el niño sabía con quién se iba? Por la imagen es alguien alto.

—¿El padre tiene coartada? —quiso saber la teniente.

—Sí, además no es alto, vamos, normalito.

—Yo también creo que lo drogó, aunque no descartaría que pudiera conocerlo. No me puedo creer que esté volviendo a suceder —se lamentó Candela mirando calle arriba hacia la carretera interminable y la oscuridad escabrosa que la rodeaba.

—Ni yo —respondió Mateo—. Es increíble.

—A este paso no lo vamos a pillar nunca..., y suerte que has llegado tan rápido...

—Estaba en una fiesta en la urba de al lado y he oído el aviso.

—Crucemos los dedos para que esta vez sea la definitiva —dijo Candela, convencida.

Los vecinos que se habían congregado en los alrededores los observaban descaradamente y cuchicheaban mientras escribían sobre ellos en sus chats.

Los dos agentes se montaron en el coche de Candela para acercarse a la zona del campo en la que se estaba realizando la batida.

32

El reencuentro

El coche que subía la cuesta a gran velocidad se detiene a la altura justa de Pilu y Sara. Estas, en un acto reflejo, dan un paso hacia atrás. Unos segundos después irrumpen otros dos coches, que venían pisándole los talones, y aparcan a continuación. Las dos amigas ven cómo la calle empieza a llenarse con otros vehículos de padres del colegio, que bajan las ventanillas alertados por la rapidez que llevaban los forasteros.

—¡No se puede correr así, animal, que hay un colegio! —grita Fernando San Juan, uno de los miembros de El Rebaño, con la ventanilla bajada.

Pero sus ocupantes, que ya han salido del coche, deciden ignorarlo. Son la teniente de la Guardia Civil Candela Rodríguez y el sargento Jesús Echevarría, que llama la atención por su pelo pelirrojo y su gran altura. Se hacen hueco entre Pilu y Sara para llegar hasta donde se encuentra Aldara. Cuando pasan al lado de las dos amigas, las tres mujeres se reconocen: ya han vivido una situación similar.

Sin embargo, el recuerdo se esfuma enseguida por la tensión del momento. Muchos padres se bajan de sus coches ansiosos por saber qué sucede. Se acercan a Pilu y a Sara, pero ninguno logra salvar los metros que los separan de la caseta porque el resto de los agentes se han adelantado y han precintado el lugar para impedir el acceso. Ahora es prioritario que todo el perímetro alrededor del cadáver se mantenga limpio para no sufrir ningún tipo de contaminación que altere y dificulte la investigación.

—Perdonen, pero no se puede pasar —les dice educadamente un agente a varias mujeres que intentan colarse.

—¿Qué sucede? —pregunta una de las madres.

—Lo siento mucho, no me está permitido...

Pilu deja de atender a la conversación porque toda su atención está puesta en Candela, en el agente altísimo que la acompaña y en Aldara. Intenta leerles los labios y saber qué dicen, pero le resulta imposible porque la vigilante le da la espalda y no tarda en acompañarlos hasta la parte posterior de la caseta. El resto de los padres, que cada vez son más, permanecen atentos para no perderse detalle y adivinar cuanto antes qué ha sucedido. Ella solo piensa en Christian.

Todos cuchichean y comentan lo que han visto o lo que creen que podría haber sucedido. El chat de El Rebaño se activa de nuevo.

33

El Rebaño

Transcripción del chat Tercero A de Primaria

Fernando San Juan
He llegado… Hay bastante gente y está la
guardia civil

Sergio Carmona
Yo he llegado también. No nos dejan pasar

Sara F.
Ya, tiene que haber algo detrás de la
caseta

África Martínez
Igual se ha caído un árbol
o algo parecido…

Paloma Sanchis
A ver si han pillado a alguno
trapicheando…

Aurora
Pues si han cogido a alguno vendiendo
porquería, mejor. Así se lo piensa la
próxima vez

Sara F.
Pero y si es algo más grave? Ya sabéis
lo que pasó las veces que ha aparecido
así la guardia civil en esta urbanización

34

Tres años antes,
días después de la noche de Halloween

Carmen estaba sentada en el sofá de su casa, en la salita de estar. En su rostro se hacía patente el cansancio y la agonía. Ya no dormía ni comía, se pasaba el día buscando en cada rincón de la urbanización y del campo que colindaba con ella. Toda su energía estaba puesta en su hijo. ¿Dónde estaba?

Además, se pasaba el día sola. No le gustaba mostrarse vulnerable y débil. Y a su marido no podía ni verlo, lo odiaba con todas sus fuerzas por insistir en que fueran a la fiesta. Ella no quería dejarlos, pero, como Luis siempre la tachaba de histérica, había cedido. ¿Y ahora qué? Nunca se lo perdonaría.

La televisión estaba encendida. En el programa de la tarde llegó el momento de hablar de la desaparición de Roberto y, cómo no, de Sweet Bunny.

A Carmen le habían ofrecido una buena suma de dinero por sentarse en ese plató a hablar de su hijo, pero se negó. No había hecho ninguna declaración, tan solo el llamamiento oficial. Al menos habían tenido el detalle de no sacar ningún trapo sucio ni de insinuarlo siquiera.

«Los hechos sucedieron cuando, en un descuido, alguien disfrazado del famoso Sweet Bunny consiguió llevarse al niño.

Solo una cámara de seguridad pudo captar un instante, que dura apenas unos segundos, en el que el conejo blanco camina por la calle principal con el niño en brazos y se adentra en el oscuro campo poblado de encinas que hay a ambos lados. La imagen del conejo de dos metros llevándose a los niños inconscientes en brazos, por desgracia, se está convirtiendo en algo frecuente. Más de veinte casos pueden cuantificarse en la Comunidad de Madrid, cuarenta en total si sumamos los del resto de las regiones. Un ejemplo es el que nos ocupa esta tarde. Sabemos que, pese a que por el momento no se ha encontrado a ninguno de los desaparecidos…, en la internet profunda se han descubierto vídeos en los que aparecen. Clips de unos segundos que se cree que sirven como cebo para un negocio oscuro que podría estar relacionado con la trata infantil. Por el momento no se ha descubierto ninguna conexión entre los menores, por lo que se baraja que el culpable seguramente no conozca a los niños de antemano y que actuaría de manera arbitraria aunque metódica. A continuación examinaremos todos los detalles del caso de la Ovejita para intentar entender los motivos por los que esta vez el conejo se habría fijado en este niño».

Pese a la dureza de las palabras, Carmen se mantenía firme y negaba con la cabeza. Había leído que en el noventa por ciento de los casos de agresiones sexuales, desapariciones o asesinatos de menores el culpable pertenece a su círculo cercano, y ella tenía muy claro que quien se había llevado a su hijo no lo había hecho por casualidad. Roberto era muy miedoso y precavido, quizá por lo que ella le había inculcado, y jamás se habría ido con un desconocido. Estaba convencida de que el secuestrador era alguien de su entorno. Lo tenía tan claro que habría puesto la mano en el fuego. Hasta arder entera.

35

El cadáver

Pilu se siente aliviada al comprobar que ninguno de los integrantes de El Rebaño se acerca a imaginar siquiera lo que realmente ha ocurrido. Sale del chat de Tercero A y mira a su alrededor cruzando los dedos para que ese momento de confusión se alargue y tenga la oportunidad de impedir que las sospechas se ciernan sobre Christian. Pero entre los rostros habituales se topa con alguien que la mira fijamente, alguien que vivió la noche de Halloween de hace tres años con intensidad y que se ha percatado de la importancia de la presencia de la teniente Candela Rodríguez en la escena: Sara, que sigue a su lado y, como era de esperar, ha sido la primera en atar cabos.

—¿Lo han encontrado? —le pregunta a Pilu con disimulo.

Esta opta por callar. Reza por que nadie la haya escuchado.

—Hay un muerto, ¿verdad? —insiste.

—¡No! No lo sé… —responde bajando el tono.

Pese a que se esfuerza en mantener la calma, Pilu se da cuenta de que su respuesta no ha tenido la contundencia que buscaba. La expresión de su amiga muestra sorpresa, pero también la curiosidad propia de ella por este tipo de temas. Sara interpreta la posibilidad como una afirmación y resuelve que el asunto es aún peor de lo que esperaba. Pilu es consciente de que ya no hay nada que hacer, por mucho que le insista. La conoce bien y sabe que ahora se está debatiendo entre si debería pasar a la acción, como seguro que ansía, o dejarlo estar porque muchos volverían a cuestionar cómo es posible que ella conozca los acontecimientos antes que nadie y la condenarían de nuevo. Sin embargo, lo descubre pronto porque su amiga tarda apenas unos segundos en sacar su teléfono del bolso.

—No… —la interpela Pilu, tratando de adelantarse a lo que está por venir.

—Si ha pasado algo, todos tienen que saberlo. Por el bien de nuestros hijos, por el bien de todos —le dice Sara mirándola a los ojos.

Entonces escribe en el chat de El Rebaño:

Sara F.
Hay un cadáver

36

Tres años antes,
la noche de Halloween

Sentada en el restaurante del club, pegada a la otra garita, Carmen continuaba esperando novedades junto a varias amigas. El tembleque constante de su rodilla no era nada comparado con la manera en que se frotaba las manos, sin parar. Parecía que en cualquier momento fuera a rebanarse la piel en láminas.

Entre los que aguardaban en la puerta de entrada estaba Pilu, que vio aparecer a su marido con su parco disfraz (tan solo se había vestido y pintado los ojos de negro), el que llevaba puesto antes de desvanecerse. La mujer observaba con atención cada uno de sus movimientos; se preguntaba si alguien más sería capaz de adivinar lo que seguramente venía de hacer.

Ramón interceptó enseguida la mirada de su mujer, que se había colocado detrás del grupo, cerca de Sara. Tragó saliva y se acercó decidido a las mujeres.

—Qué faena... Estos americanos... Tenemos que estar siempre disponibles para ellos. Pero ya está finiquitado. He mandado todos los correos, he cerrado bien y he dado de cenar a Tibu, tranquila.

Pilu y las demás amigas lo miraron extrañadas por su incomprensible actitud. Ramón movió la cabeza a un lado y a otro, disimulando, y preguntó:

—¿Pasa algo?

Todas, incluida Carmen, sin poder evitarlo, se giraron hacia él. Nadie se atrevió a decir nada delante de la desamparada madre. Como tampoco se les ocurrió sospechar en ese momento que aquel hombre, el marido de su amiga, el padre de los amigos de sus hijos, su vecino y amigo, el hombre que a menudo visitaba sus casas, mentía y era el culpable de que Roberto hubiera desaparecido y ya no volviera jamás.

37

El mazazo

El mensaje que envía Sara al chat de Tercero A cae como un mazazo. En un primer momento impera el silencio en El Rebaño, pero no tardan en comentarlo en llamadas clandestinas, en chats paralelos o entre los que ya se amontonan alrededor del perímetro que ha cercado la guardia civil frente a la caseta.

Como era de esperar, aunque aún se mantenga en secreto, todos piensan que se trata de Roberto. Sara se ha encargado de que así sea; en cuanto le preguntaron, aseguró que tenía que ser él y nadie lo ha cuestionado. Si hay un cadáver, tiene que ser el del niño desaparecido hacía tanto tiempo. ¿Quién iba a ser si no? Así que crece la expectación de saber, por fin, qué le habían hecho al pobrecillo.

Es entonces cuando se crea una clara división entre los progenitores que de verdad sienten el triste final del menor y los que asisten a los acontecimientos como si se tratara de un espectáculo. Los primeros muestran una gran sensibilidad y empatía, y no solo porque también son padres, sino porque vivieron la desgracia de cerca. Ellos saben bien cuánto repercutió en la vida de Carmen y Luis, que se separaron a los pocos meses, y en la de Joaquín, su hijo mayor. Los segundos, en cambio, solo se interesan por el morbo, y es entonces cuando cobran mucha importancia las redes sociales y el valor de la imagen. Ansían conocer los detalles, por escabrosos que sean, y captarlos para después compartirlos. Su objetivo: ver el lugar donde ha aparecido y las condiciones del cadáver.

Comienza así una exacerbada actividad en sus móviles. Cuantos más padres se juntan, más escandaloso es el sonido de los mensajes que reciben o envían. Muchos no pueden evitar sacar alguna fotografía de los agentes, del lugar, aunque sea desde lejos, y compartirla con gente cercana o en los mismos chats de padres y vecinos.

Recurren a los dispositivos para preguntar si alguien sabe algo y contar lo poco que conocen ellos. Así lo ocurrido corre como la pólvora y, en menos de un minuto, el pánico comienza a expandirse por el ambiente. Lo que resulta innegable es que la mayoría aprovecha la tranquilidad que les brinda el saber que no se trata de su hijo para regodearse en lo que pasó aquella noche y, cómo no, buscar culpables: que si Carmen debería haber estado más pendiente de Roberto; que si Luis, el padre, había bebido; que si el hermano estaba todo el día pegado al móvil y aunque se lo hubieran llevado delante de sus narices no se habría dado cuenta; que si el niño estaba tan oprimido que seguro que se alejó para buscar libertad, y se lo había buscado por separarse tanto de noche y siendo tan pequeño... ¡A quién se le ocurre!

Las discusiones y debates entre ambos bandos son frecuentes cuando sale el tema a colación, pero hay algo que todos ellos comparten en secreto y que ha vuelto a aflorar a raíz del hallazgo, y es el sentimiento de alivio y gratitud porque algo tan horrible le esté pasando a otro niño y no a los suyos. Por terrible que resulte, es así.

Pilu lee los mensajes y, arqueando las cejas, mira a los padres, que ya empiezan a amontonarse: no hay nada que les guste más que dar lecciones cuando le pasa algo al hijo de otro.

Carmen y su marido no saben qué le ha sucedido a su hijo pequeño, y de sus vecinos y amigos han recibido más críticas que consuelo y entendimiento. Al igual que Pilu, que, después de esa noche eterna, también quedó señalada para siempre. Por eso cuando la inquietud aumenta y las teorías sobre cómo había podido llegar Roberto hasta allí vuelan, las cabezas se giran hacia ella. Sabe que, si se trata de la Ovejita, irremediablemente toda la atención recaerá sobre los suyos. Una vez más tiene que esforzarse para que no huelan su miedo y lograr proteger a su familia.

38

Tres años antes,
meses después de la noche de Halloween

Nunca había tenido dificultades para dormir, pero desde la noche de Halloween, hacía unos meses, a Pilu le costaba horrores pegar ojo. Quizá fuera porque se culpaba a sí misma por no haber intervenido a tiempo y haberse quedado esperando, impasible, a que Ramón volviera después de haber hecho Dios sabe qué. Tardó dos días en conseguir plantarle cara y exigirle que le contara la parte que ella no pudo presenciar. Quería conocer todos los detalles y ser consciente del monstruo que tenía como marido. Él terminó por hacerlo, aunque ella sabía que seguramente había sido aún peor de lo que confesó. Le cantó las cuarenta, pero decidió participar en la mentira. Pilu se vio en una encrucijada, pero al final optó por luchar para que algo tan horrible no se supiera. Tenían que mantenerlo en secreto para no perjudicar a sus hijos. Sin embargo, todo se estropeó cuando Joaquín vio el disfraz de conejo manchado de barro escondido en el armario más recóndito de su casa. Ahí es cuando comenzó el verdadero insomnio.

No sospechaba entonces que el infierno que se había cernido sobre sus vidas no había hecho más que empezar.

Estaba acostada en la cama de su dormitorio viendo, sin sonido, las imágenes que daban del niño en la televisión. Tenía lágrimas en los ojos. Un ruido la hizo incorporarse de golpe. Llegó desde la planta de abajo, habría jurado que era el crujido de las escaleras. Corrió al rellano a tiempo de ver una silueta negra que avanzaba en medio de la noche hasta la entrada.

—¿Adónde vas? —preguntó cuando escuchó que su marido metía la llave dentro de la cerradura.

Él la miró sin responder; sus ojos expresaban cansancio y agonía, pero Pilu no se ablandó. Lo miró con desconfianza. Ella no contaba con que, después de unos meses, las circunstancias se volverían contra Ramón y los arrastrarían a todos. Se arrepentía de no haber cogido el toro por los cuernos cuando estuvo a tiempo, haberse armado de valor y haber actuado con la misma sangre fría con que él lo había hecho, sin sentimientos ni contemplaciones.

—Tengo que ir a solucionarlo, no puedo permitir que vengan a por nosotros.

Pilu escuchó la voz de su marido como un susurro ahogado antes de verlo desaparecer y que la oscuridad se apoderase de su hogar.

39

Carmen

El único hábito que mantiene Carmen desde la desaparición de su hijo, lo que no ha cambiado en todo este tiempo, aparte de los continuos rezos y súplicas al Señor, son las muchas horas que pasa sola frente al televisor. La diferencia es que ahora no tiene que dar explicaciones a nadie. A las pocas semanas de la ausencia de su hijo su fuerte temperamento la hizo estallar contra su marido. Esa noche Luis durmió en casa de su madre y ya no le dejó volver. Las salidas a la calle en busca de su pequeño han ido menguando; la esperanza de encontrarlo con vida se desvaneció cuando descubrió a Pilu quemando el disfraz de conejo. Desde entonces Carmen vive en las tinieblas, como una zombi, pero no se da por vencida ni olvida su cruzada.

No hay nada más doloroso que no saber qué le ha ocurrido a tu hijo. Desea encontrarlo, aunque solo sean sus restos, para despedirlo y tener un lugar donde rezarle e ir a hablar con él.

Es lo único que la mantiene con vida: la esperanza de hacerle justicia. No descansará hasta saber qué hizo con él ese maldito bastardo.

En el tiempo transcurrido tampoco ha cambiado que siguen hablando de Sweet Bunny a todas horas en la televisión. Aunque, por suerte para ella y por desgracia para otros, después de su hijo vinieron muchos más y ya no se ceban con su pequeño. Apenas lo nombran de pasada cuando remarcan los casos que aún quedan por resolver. El último, un par de días atrás: en un centro comercial de las afueras de Madrid, una mujer denunció la desaparición de su nieta en una sala de cine.

En la pantalla del televisor aparece una mujer de unos setenta años en un plató lleno de luces fluorescentes. Junto a ella, el presentador de moda que conduce el programa de las tardes de la cadena de máxima audiencia posa fraternalmente su mano sobre la rodilla de la señora mientras habla a la cámara.

«Marta, le agradezco mucho que tenga fuerzas para estar esta tarde con nosotros. Estos días tienen que estar siendo muy duros para toda la familia...».

La señora asiente a la vez que respira hondo para no llorar tan pronto.

El presentador sonríe con cara de circunstancias y se dirige a los espectadores con la vista clavada en la cámara.

«Tenemos en nuestro poder una grabación que muestra el instante en el que el conejo abre la puerta y baja con la niña inconsciente por las escaleras de incendios. Permanezcan con nosotros porque, después de verlas, seguiremos hablando con Marta, la abuela de Lucía, la niña desaparecida».

Carmen mira fijamente el televisor. Cuando vio por primera vez las imágenes en las que aparecía su hijo en las mismas circunstancias, se derrumbó al pensar que se lo había llevado el secuestrador de niños en serie. Pero ahora sabe que no fue él. El culpable solo se aprovechó del anonimato que le brindó el perverso disfraz. Lo que le sucedió a Roberto fue algo aislado, sin relación con los demás casos.

Suena el timbre de su teléfono. No conoce el número y, aunque hace tiempo se propuso dejar de contestar para evitar a periodistas y timadores, algo le dice que debe cogerlo. Cuando escucha lo que tenían que decirle, deja caer el aparato al suelo y sube las escaleras de su casa a toda prisa para salir escopetada a la calle.

40

Clara

El nerviosismo se intensifica entre los padres y Pilu no encuentra la excusa para desaparecer y llegar a secretaría sin llamar la atención. Así que ha vuelto a llamar a su hijo para tratar de hablar con él. No le ha cogido el teléfono, pero se siente algo aliviada porque esta vez, por lo menos, no le ha colgado. Quizá haya bajado el volumen. Teme que le carguen el muerto —nunca mejor dicho—, pero se convence de que, si le estuvieran tendiendo una encerrona, sería él quien la habría llamado. Mira a su alrededor; es consciente de que en cualquier momento aparecerá Carmen. Tal vez tenga suerte y no repare en ella. Aun así no puede dejar de lanzar miradas furtivas calle arriba por donde debería llegar. Entonces ve a su amiga Clara.

Clara está embarazada de ocho meses y, aunque es bastante pequeñita y de constitución delgada, la tripa ya empieza a ser bastante evidente. Lleva viviendo en la urbanización desde la mitad del curso pasado, cuando se mudaron desde Galicia porque a su marido le salió un puestazo en Madrid. Ella es la jefa de prensa de un conocido *showroom* de marcas gallegas que también tiene sede en Madrid y, pese a lo que pudieran haberle contado sobre Pilu, desde entonces se han hecho inseparables.

Sin embargo, desde hace un par de meses, empiezan a ser notables las diferencias entre ambas. Clara goza de una situación económica muy superior a la de su amiga y es una persona muy organizada y efectiva, por algo su marido la llama la Alemana —también porque es muy rubia y parece germana, pese a haber nacido en Galicia y ser una fan empedernida de las novelas de Domingo Villar—. A su lado, Pilu resulta desordenada y le cuesta organizarse y tomar decisiones, si bien al final siempre sale adelante y puede con todo. Estas diferencias también se traducen en su vida familiar: Alonso, el vástago de Clara, parece sacado de un anuncio y es tan echado para delante que resulta un poco dañino que sea tan *perfecto* y tan poco problemático en comparación con Christian y Pablo. Aun así, cuando hace balance, a Pilu le puede, con diferencia, la alegría de tener cerca a una mujer tan centrada y con tanta cabeza que la ayude a resolver sus problemas.

Desde primera fila, donde se encuentra aún junto a Sara, Pilu ve que su nueva amiga estira el cuello para localizarla entre las personas que aguardan alrededor de la caseta. También se han formado corrillos en distintos puntos a los dos lados de la calzada. Se fija en la tripa cada vez más grande de Clara y en que, aparte de las gafas de sol y una gorra, lleva puesto un jersey fino de manga larga. «Qué exagerada es con el sol y los modelitos *fashion*, se va a asar», piensa para sí, pero la verdad es que la gallega, además de ser una amante de la ropa, también tiene varios familiares y amigos con cáncer de piel, por lo que, al poco de llegar al colegio, emprendió una cruzada personal para que se pusieran toldos en los patios.

Clara se abre paso hasta ellas.

—Menuda rabieta ha tenido Bego justo cuando me iba, no me dejaba salir —se excusa por el retraso.

—No te has perdido nada —responde Pilu.

—¿Es verdad que hay un muerto?

Pilu la mira, pero no responde. Nota cómo los ojos de Sara se han clavado en ella. En ese momento el murmullo se detiene de golpe y se hace un silencio que corta el aire. Todas las cabezas se giran en la misma dirección. Carmen se acerca, mucho más delgada, con un chándal gris ancho y gafas de sol. Pilu coge aire tratando de que no le supere el torbellino de emociones que el reencuentro le provoca. Entiende el calvario en el que esa mujer vive desde que le quitaron a su hijo, pero, por su culpa, también ella sufre su propio tormento.

41

Tres años antes,
meses después de la noche de Halloween

P ilu estaba sentada en la cocina de su casa. Frente a ella, los dos guardias civiles que investigaban la desaparición del pequeño Roberto, de la que dentro de un par de meses se cumpliría un año. Ella había decidido colaborar sin requerir la presencia de su abogado. Sabía que habían venido por culpa de la insistencia de Carmen, a la que ya no le bastaba con hacer que todas las miradas de sus vecinos y conocidos se centraran en ellos. Aun así, pensó que no ofrecer resistencia alguna ayudaría a dar mayor credibilidad a sus palabras. Sin embargo, conforme avanzaban las preguntas de la teniente Candela Rodríguez, Pilu se iba arrepintiendo de su decisión.

—Hay testigos que afirman que su marido desapareció de la fiesta justo antes de que se llevaran a Roberto…

—¿Está insinuando que Ramón le hizo algo a Roberto? Ese niño es como si fuera nuestro hijo —interrumpió Pilu, que se había propuesto ir a muerte.

—No estoy insinuando nada, simplemente le pregunto el motivo por el cual su marido abandonó la fiesta.

—Pregúnteselo a él, pueden ir a buscarlo al trabajo si tanto les urge.

—Claro que nos urge, la vida de un niño de la edad de su hijo está en juego… Por eso ya hemos hablado con él antes de venir a verla a usted —respondió Candela con un brillo de victoria en los ojos.

Pilu tragó saliva. Quizá se tratara de un farol. Ramón la habría avisado, pero, ante la duda, se echó a temblar igualmente.

—Estaba en la fiesta, pero recibió un correo de trabajo de Estados Unidos y subió a responderlo a casa, tenía que mandarles no sé qué. Está siempre así…

—¿Y le dijo que debía ir a trabajar?, ¿la avisó de que subía?

—No —respondió de inmediato. ¿Por qué le hacía esa pregunta?, ¿buscaba incriminarla?

—¿Y por qué sabe adónde fue?

—Nos lo dijo él… en cuanto volvió al poco tiempo…

—¿Sabría decirme a qué hora fue eso? Su vuelta, me refiero…

—Al poco rato.

—Roberto ya había desaparecido, ¿verdad? —Pilu asintió—. Y los grupos habían salido a buscarlo. —Otro gesto afirmativo—. ¿Carmen estaba en el club o también buscando?

Pilu era consciente de que con eso la guardia civil sabría el tiempo aproximado porque Carmen participó durante un rato en la búsqueda, antes de que tuvieran que medicarla.

—Estaba ya sentada, esperando —respondió como disimulando la evidente importancia del dato.

—O sea que tan poco rato no fue… ¿Su marido después se unió a la búsqueda?

—Claro, en cuanto le contamos lo que había sucedido se puso a ayudar.

—¿Y usted?

A Mateo, el ayudante de la teniente, se le escapó un asomo de risa que cortó de inmediato.

—Yo no, bueno, antes sí, pero… —buscaba las palabras con sumo cuidado— luego quería estar con Carmen… Ella también nos necesitaba.

—Ajá.

La guardia civil hizo una pausa.

Su compañero la miró de reojo y Pilu supo entonces que lo peor estaba por venir.

—¿Su marido tiene un disfraz de Sweet Bunny? —preguntó Candela al fin.

—¿De qué?

La teniente sonrió amargamente.

—Vuelvo a repetir la pregunta: ¿su marido tiene un disfraz de conejo igual que el de la persona que aparece llevándose a Roberto en el vídeo?

Ahora Pilu debía desplegar toda su concentración para permanecer inalterable. Neutra, ningún tembleque ni ningún tic extraño, ninguna duda o similar...

—No.

—Quizá he formulado mal la pregunta. ¿Su marido tenía un disfraz de conejo igual? Porque tengo entendido que usted lo quemó y se deshizo de él.

—¿Qué?

—Mire, la madre del niño ha venido a denunciar que su hijo descubrió que tenían en su casa un disfraz igual, con las patas de peluche blanco manchadas de barro. Los días anteriores a la desaparición de Roberto estuvo lloviendo sin parar y todo el campo estaba embarrado...

—Yo no he quemado nada.

—No me haga pedir una orden para...

—Lo que dicen Carmen y Joaquín no es cierto —la interrumpió—. El chico está conmocionado, no está bien desde que secuestraron a su hermano. Nosotros lo conocemos desde pequeño, es el mejor amigo de mi hijo y, por eso, como a Roberto, lo cuidamos como si fuera el nuestro. ¿Usted cree que yo lo iba a invitar a casa y lo iba a dejar que husmeara si tuviera el disfraz ese?

—Dígamelo usted.

—¡No! Esa mujer no está bien y lo siento en el alma porque no quiero ni imaginarme el dolor por el que está pasando, pero quiere ver cosas que no ha visto y no voy a pagar yo por ello. Así que, si no me cree, vaya pidiendo la orden esa, yo no tengo nada que ocultar. O pregúntenle a mi marido, Ramón; les dirá lo mismo que yo. Es un hombre honrado y no tiene nada que esconder.

Su mentira y triunfal alegato sonaron convincentes, aunque hubo de controlarse para no contarles toda la verdad. Si ella pudiera explicarles todo lo que sabe y que le obligan a callar... ¿En qué momento permitió que la acorralaran de aquella manera y la pusieran en duda? Debía calmarse, no obstante; no tenían nada en firme contra ellos y no merecía la pena soltarlo todo y que después no pudiera dar marcha atrás. Esa habría sido su condena: irse de la urbanización, dejar su hogar. ¿Cómo se lo habrían explicado a sus hijos, además? Siempre soñó con brindarles una infancia feliz y la vida más perfecta que se pudiera permitir... Y aquello les habría arruinado su niñez y adolescencia y los marcaría para siempre, estaba convencida. «Maldita Carmen», pensó. Se estaba cavando su propia tumba por lista. Como los agentes siguieran así, jamás descubrirían lo ocurrido con su hijo, y esa sí que sería la peor de las condenas.

42

Tres años antes,
meses después de la noche de Halloween

Candela y Carmen se hallaban frente a frente en el porche trasero de la casa de la madre del niño desaparecido. Entre ellas existía una evidente cordialidad porque las dos conocían el peor de los dolores.

La teniente acababa de explicarle las coartadas de las personas que se habían disfrazado de Sweet Bunny. Todos afirmaban haber estado en las instalaciones rodeados de amigos y vecinos. Ninguno de ellos se había ausentado más de cinco minutos y en muchos casos, además, lo habían hecho acompañados. Por mucho que Candela y, sobre todo, Mateo, que se dejó la vida, quisieron demostrar la culpabilidad de Ramón, lo único que pudieron probar es que el marido de Pilu mintió y no se ausentó de la fiesta para trabajar, puesto que no envió correo alguno ni estuvo conectado a ninguno de sus chats del trabajo ni en una reunión telemática. No fueron capaces de aportar nada firme que respaldara el testimonio de Carmen y su hijo Joaquín, que afirmaban que el marido de Pilu se había disfrazado de conejo y que después esta se había deshecho del disfraz. Solo tenían indicios y suposiciones, y con eso poco podían hacer.

—Le aseguro que le hemos dedicado mucho tiempo a comprobar cada coartada al detalle, lo he hecho como si fuera mi hijo al que estuviera buscando, créame, y no tenemos ninguna prueba que inculpe a ninguna de esas personas.

Carmen la escuchaba con los ojos vidriosos, mirada que Candela interpretó como de congoja.

Sin embargo, esta no era la razón por la que la madre de Roberto controlaba su rabia. Todos habían mentido: Ramón el primero, igual que Pilu. Después del numerito del disfraz tenía muy claro que su supuesta amiga estaba metida en el ajo, incluso su hijo Christian. No sabía si también habían participado o encubrían al cabeza de familia, pero ambos eran cómplices. Por eso, a diferencia de lo que verbalizaba la teniente, ella estaba convencida de que quien se llevó a su hijo pertenecía a su núcleo más cercano y no albergaba la mínima duda de que había sido Ramón.

43

Paula

Pilu, Sara y Clara están pendientes de Carmen, que espera apartada en uno de los laterales de la caseta, acompañada de un joven agente. Es Toni, que, a día de hoy, es el favorito de Candela porque es rápido, entregado y servicial. Sus padres son chinos, pero él nació en la capital de España y su acento marcado y chulesco del Madrid más castizo tiene mucha gracia.

Pilu sigue tratando de ponerse en contacto con Christian. Esta vez prueba a escribirle un mensaje, acaso así tenga suerte.

> Pilu
> Christian, es importante. Cógeme el
> teléfono o llámame cuando veas esto. Me
> tienes preocupada

Una notificación las avisa de que alguien ha escrito en el chat CHICAS. Es Paula.

> Paula
> Dónde estáis? No os veo

Las tres se giran y ven a Paula en la acera de enfrente, entre la multitud que ha ocupado un carril de la carretera de bajada y que obliga a los coches a ocupar el contrario para poder avanzar. Sara levanta el brazo y le hace gestos. Enseguida la integrante que faltaba se une a ellas.

Paula y su marido, Julián, llegaron al año de estar viviendo en la urbanización Pilu y Ramón. Ahí han tenido a sus dos hijos. Ella también dejó de trabajar cuando fue madre por segunda vez, pero, en su caso, no ha tenido que volver a hacerlo. Igual que Sara, destaca por su don para el cotilleo y por liarla a la mínima de cambio.

—No os lo vais a creer, he tenido un accidente...

—¿Qué te ha pasado? —Sara no contiene las ganas de enterarse de qué ha ocurrido.

—Me he dado un golpe con el coche. Bueno, mejor dicho, me han dado...

—¿Quién? —insiste Sara interesada.

—Nuestros nuevos amiguitos —dice Paula.

—No te creo... ¡¿Diego y Asun?! —exclama Sara bajando el tono de voz.

—Venían a toda leche y me han dado, pero dicen que no.

—Si te han dado será evidente, ¿no? —pregunta Sara.

—Sí, bueno, pero ya sabes cómo es esto: ellos dicen que he sido yo, y yo, que ellos. Ha sido en nuestra calle, en la mitad de la curva, que como es de doble dirección... Iban tan rápido que no me ha dado tiempo de frenar y a ellos tampoco, por mucho que me quieran culpar solo a mí. Solo conduce él y siempre va a toda hostia, flipado porque tiene el deportivo ese hortera. Pero es que además había bebido —las amigas abren los ojos como platos—, como siempre, olía a alcohol que echaba para atrás. Cómo iría que después de darme los datos para el parte y de que los he amenazado con denunciarlos por conducir así, se han dado la vuelta para casa con el coche...

En ese momento uno de los guardias civiles que había pasado detrás de la caseta, con Candela y su ayudante, vuelve a paso firme para dirigirse a los presentes allí congregados.

—Por favor, tienen que despejar la zona. Van a llegar los bomberos y necesitamos espacio. Quienes hayan aparcado aquí el coche tienen que moverlo. —Y ante los primeros murmullos y exigencias por saber el motivo continúa, respaldado por los compañeros que custodian la zona—: Necesitamos su colaboración. Por favor.

Pilu, que hasta ese momento escuchaba extrañada el relato de Paula, por fin tiene noticias de su hijo Christian.

Christian
Estoy en secretaría. Luego te cuento…

¿Cómo que luego le cuenta? ¿Está idiota o qué? Quiere cogerlo de las orejas y cantarle las cuarenta. Ella está hecha un manojo de nervios y encima su hijo le dice que espere. En los segundos que siguen se debate sobre si debería quedarse tranquila porque por fin ha contestado y no parece necesitar su ayuda, o si le está mintiendo porque es peor de lo que sospecha y teme que le eche la bronca. Cuando levanta la vista del teléfono ve que sus amigas la miran intrigadas. Cambia el gesto enseguida, es evidente que su expresión se ha alterado de golpe.

—Es que no sé si tengo que mover el mío…, lo tengo enfrente.

Al volver la cabeza hacia el vehículo se fija en la puerta del colegio, un poco más abajo de la calle, y descubre a Macarena asomándose entre los padres allí agrupados, que corren a preguntarle, pero se vuelve a meter dentro. Pilu se queda de piedra. Si la jefa de secretaría estaba en el acceso exterior al centro y Cristina en la caseta, ¿con quién se ha quedado su hijo?

¡María! Se echa a temblar. Ahora entiende por qué Christian la evitaba. Pilu se da un susto de muerte, pero no al constatar que su hijo está solo con la secretaria, sino por el grito desgarrador que acaban de escuchar.

Parte II

Oveja negra:

Aquel que de alguna forma no encaja o no se adapta y puede tener comportamientos o actitudes que difieren de las normas y expectativas familiares o sociales, lo que a menudo lleva a conflictos y tensiones dentro del grupo o sistema.

44

Tres años antes,
la noche de Halloween

Carmen se observaba detenidamente en el espejo de su habitación. No solía maquillarse, como mucho un poco de máscara de pestañas y una barra de labios suave, o simple cacao que le aportara brillo. Sin embargo, esa noche se había marcado la raya del ojo de negro y lo había difuminado. Le sentaba bien, le hacía una mirada felina, aunque, de pronto, dudó de si le gustaba porque le recordaba al protagonista de *Piratas del Caribe* que tanto les entusiasmaba a sus hijos. Los labios de negro tampoco la convencían, también la hacían pensar en el mismo actor, Johnny Depp, creía que se llamaba, pero en aquella película en que tenía tijeras en las manos… Estaba claro que lo suyo no era disfrazarse, pero se repitió que no podía echarse atrás. Si había accedido a ir a la fiesta de Halloween tenía que hacerlo bien, o sería peor y encima se lo echarían en cara. Paula y Sara se reirían seguro si llegara sin disfraz, aunque lo harían de todos modos. Al imaginarse la risa malvada de ambas, abrió el grifo y se frotó bien los labios. Se pasó una toallita y se dejó lo justo en los ojos, que fuera lo que Dios quisiera.

Recorrió el pasillo con su jersey negro, que tanto la abrigaba, y sus pantalones y botas altas del mismo color y llegó hasta la habitación que compartían sus hijos, pero solo encontró al pequeño, sentado sobre la cama con los brazos cruzados. Tenía el gesto torcido, con ese ceño fruncido y esos morritos que ponía cuando se disgustaba, aunque sabía que su enfado no podía ir a más, porque si lloraba o tenía una pataleta se quedaría sin ir.

—¡¿Qué pasa, que encima que vamos a la maldita fiesta de Halloween no estás contento?! —le recriminó.

El niño no dijo nada. Siguió mirando al suelo, aunque terminó por ladear levemente la cabeza hacia un lado, justo donde su madre le había dejado el disfraz, estirado sobre la cama.

—No me gusta —soltó finalmente entre dientes.

—Pues no tienes otro —sentenció ella.

—Pero ¡es que es Halloween y no da miedo! Lo llevé en el teatro del cole en Navidad, me queda pequeño…

—¡Te está justo, no pequeño, y además te tienes que aguantar porque no tienes otro! —interrumpió Carmen.

—¡No quiero ir de oveja, se van a reír de mí! Los del cole van con sangre, de monstruos y vampiros…, y yo de blanco… ¡Tú también vas de negro! ¿Ves? ¡No es justo! —le dijo señalándola.

La mujer no quiso caer en la trampa, bastante nerviosa estaba ya. Tenía un mal presentimiento, pero no se atrevía a expresarlo sin parecer una exagerada o una loca. Abrió el armario del niño decidida y le sacó una camiseta térmica de color negro, de cuando iban a esquiar, y un pantalón vaquero del mismo color y se los lanzó.

—¿No quieres ir de negro? Pues, hala, de oveja negra, y no quiero más quejas. Nos vamos en tres minutos.

Carmen se dio la vuelta antes de que Roberto pudiera siquiera reaccionar a su ultimátum. No tardaron tres minutos en salir, sino siete, para ser exactos, y toda su vida se arrepentiría de no haber hecho caso a lo que su intuición le decía solo por encajar en el rebaño.

45

No es tan complicado como dicen descuartizar a alguien, basta con ser metódico, muy paciente y, sobre todo, limpio y previsor. Tampoco hace falta haber estudiado Medicina para saber dónde cortar, ni siquiera poseer una fuerza extrema. Se ve en las películas y también en la televisión, donde se emiten falsas autopsias en horario de tarde, por ejemplo. Se ha llegado a un punto que, con tal de captar al público, ofrecen incluso un manual específico, con pasos detallados, para que resulte muy sencillo y, lo más importante, para que no se cometa ningún error. Todo ello bajo la excusa del interés general, claro. Solo así pueden justificar regodearse sin escrúpulos en cada detalle, sin pensar en los familiares de las víctimas o en el posible efecto llamada.

Había posado el cuerpo desnudo sobre un plástico grande pegado al desagüe de la ducha para que la sangre evacuase fácilmente y así controlar al máximo las salpicaduras y manchas que provocasen los cortes.

Intentó vencer los nervios y actuar con tranquilidad, pensando bien en cada paso antes de ejecutarlo. Era consciente de que, por mucho que se esmerase, muy probablemente hallasen restos de sangre, aun microscópicos. Por eso debía desmembrarlo dentro de la ducha y después meterlo en bolsas de basura y echar mucha agua para que no quedase ningún resto.

Una vez que lo había preparado todo —guantes de plástico, bolsas de basura, estropajos, un rollo de film de plástico para precintar bien las piezas anatómicas y que quedaran selladas para asegurarse de no dejar rastro y, lo más importante, el hacha de cocina perfecta para fragmentar el hueso, sin serrar, solo con un golpe seco por la cabeza y las articulaciones, un cuchillo más pequeño y afilado para las zonas que requerían mayor precisión y una sierra para los tejidos duros—, marcó los puntos concretos donde cortar y se puso manos a la obra.

Las indicaciones eran tan claras que, dentro de la dificultad, era como seguir una receta. Te advertían incluso de los posibles errores. Era sencillo, y precisamente eso era lo doloroso. El olor que desprendía el cuerpo mutilado, la tez que había perdido por completo el tono rosado y la sangre. Por mucho que se hubiera preparado, la hemorragia era abundante. Tanta que se mareaba, y en varias ocasiones tuvo que detenerse para tomar aire y poder continuar. Sin embargo, no fue suficiente para impedir que terminase lo que tenía que hacer.

46

Pánico

En la acera de la calle principal, alrededor de la zona acordonada, se masca la tensión. El grito ha sido tan crudo como ensordecedor. Tan escalofriante que tanto los agentes como los padres presentes se han quedado pálidos y tardan unos segundos en reaccionar. ¿Quién ha chillado? ¿De dónde provenía? ¿Qué ha pasado para que gritara así? Enseguida comienza el murmullo y, como no podía ser de otra manera, el chat de El Rebaño se activa de nuevo.

Sara F.
Alguien sabe qué ha pasado?

Paloma Sanchis
Quién ha gritado?

Fernando San Juan
No lo sé, pero ha venido del monte

Sergio Carmona
Del otro lado de la caseta

Aurora
A ver si salen ya los niños

Paloma Sanchis
Acaban de mandar esto al chat de clase
de mi hija Lola

Entonces sucede. La fotografía que envía Paloma llega al chat, pero a primera vista no se entiende. Son ramas secas, muchos árboles y hojas. Al hacer zoom se distinguen lo que parecen unas piernas colgando. Por el ángulo es difícil de precisar, solo se ve que lleva las piernas desnudas, unos calcetines caídos iguales que los del uniforme del colegio y unos zapatos oscuros. Roberto desapareció disfrazado de oveja, pero podrían haberle cambiado de ropa antes de matarlo. Lo que todos piensan, no obstante, es que, evidentemente, la imagen corresponde a una niña o un niño con la falda o el pantalón corto del uniforme; si es así, el muerto no sería Roberto, sino que podría tratarse de cualquiera de sus hijos.

Tres años antes,
meses después de la noche de Halloween

Pilu estaba en una de las aceras estrechas de la parte alta de la urbanización, junto al coche de su marido. La acompañaba la teniente de la Guardia Civil Candela Rodríguez, que se apoyaba en un coche patrulla, al lado de un camión de bomberos. Los equipos de búsqueda peinaban la zona, que colindaba con la parte más frondosa del campo y que desembocaba en una presa rodeada de montañas y barrancos.

—Creemos que se ha dirigido hacia los barrancos. Hay mucha altura, pero vamos a buscar hasta encontrarlo. Aunque no quiero darle falsas esperanzas, prepárese para lo peor porque no pinta bien.

La mujer mantenía la mirada perdida. Tragó saliva, pero no respondió; no tenía nada que decir. No acertaba a creer que Ramón hubiese hecho aquello de lo que lo acusaban.

Unos días más tarde, Pilu daba vueltas sin parar en la cocina. Bebía una infusión de tila, con el ruido de la televisión de fondo. Desde que saltó la noticia y corrió la voz, el chat de los padres de clase, El Rebaño, había estado más callado que nunca; nadie escribía ni para informar de algún control en la carretera o algún aviso sobre las clases o actividades en el club. Nadie decía nada, y ella sabía el motivo: se escribían en paralelo en otros grupos o individualmente. Todos comentaban, teorizaban y criticaban, y no le cabía la menor duda de que todos tendrían su nombre y el de su marido en la punta de la lengua todo el santo día. Todos. Ya lo habían condenado, como también hacían los medios, que dieron rápidamente su veredicto.

Cuando se informó de que el coche de un vecino y amigo de la familia del niño desaparecido había sido localizado en los barrancos, en el entorno cercano se decía que la madre de Roberto había señalado como culpable a Ramón, del que se había perdido todo rastro, y muchos medios manifestaron, sin ninguna prudencia, que estaban convencidos de que seguramente se había adentrado en el monte para enterrar al niño y había sufrido algún percance. Otros afirmaban que no se trataba de ningún accidente, sino que el culpable se había suicidado porque no podía vivir con su crimen, una teoría que otros rebatían diciendo que en realidad aquello no era más que una simulación para fugarse. Todas estas opciones eran posibles, no había cámaras en esa zona y alguien que conociera bien las rutas, como el hombre al que buscaban, podía habérselas apañado para desvanecerse sin problema. Pero Pilu estaba segurísima de que el padre de sus hijos no había huido, estaba muerto y no había cometido el crimen que unos y otros le imputaban.

Pero si los medios de comunicación y las habladurías de sus amigos y conocidos se habían convertido en su mayor quebradero de cabeza, no era nada comparado con lo que le esperaba a partir de lo que estaba a punto de aparecer en el programa de actualidad que tenía sintonizado.

La voz de Carmen la frenó en seco. Levantó de golpe la mirada que hasta hacía un instante tenía perdida en las baldosas del suelo de la cocina, y clavó los ojos en la pantalla del televisor. No se equivocaba, era ella. Su examiga estaba sentada en el sofá del plató, junto al presentador. No se lo podía creer: era la primera vez que la veía en la televisión después del obligado llamamiento que hizo junto a Luis, el padre de sus hijos, al día siguiente de la desaparición. Jamás había hecho declaraciones y había logrado que la respetaran y dejaran de seguirla. ¿Qué la había obligado a cambiar de opinión? Temía la respuesta porque sabía que Carmen era capaz de todo.

«Hoy he querido estar aquí y hablar en público por primera vez debido a los recientes acontecimientos y la oleada de teorías y de debate que están suscitando. Estoy aquí porque todo esto afecta a la investigación por la desaparición de mi hijo. He venido para decirles a todos que sigan buscando a ese monstruo, pero no muerto, como muchos se empeñan, sino vivo. Ese hombre es mucho más listo de lo que la gente cree y ahora mismo está feliz, campando a sus anchas. La prueba la tendrán cuando vuelva a desaparecer otro menor en nuestro país, a no ser que lo encontremos antes. —Las lágrimas empezaban a descender por sus mejillas—. Rezo para que así sea y que me devuelva a mi niño para poder despedirme y tener un sitio donde ir a visitarlo».

48

El otro

Mientras los bomberos, que acaban de llegar, trabajan, Candela y Jesús bajan la cuesta en dirección a la secretaría del colegio para hablar con Christian, el chico que ha encontrado el cadáver. Lo hacen a paso ligero porque los padres empiezan a agitarse, presa de la inquietud, y muchos los adelantan para llegar cuanto antes al centro. Los dos agentes desconocen la fotografía que se está compartiendo en los chats, pero sus compañeros también han visto el cuerpo desde la parte de abajo del campo y les han informado de que no va disfrazado de negro y parece vestir uniforme. Por eso la teniente ha dado orden para que Carmen volviera a su casa. No quería arriesgarse a que identificara el cadáver y no fuera su hijo. Candela resopla; para una investigación no hay nada peor que ver cundir el pánico porque todo se convierte en obstáculos.

Jesús aguarda a que su superior le confíe alguna impresión o le pida su parecer, pero no recibe nada más que indiferencia. Candela camina mirando al frente como si estuviera sola. Él se niega a darse por aludido, pensaba ir al grano, pero, visto que su jefa no quiere hablar, se va a tomar su tiempo.

—Pobre mujer —arranca el sargento—, tener que vivir con la intriga de qué le pasó a tu hijo…, saber que el que se lo llevó sigue por ahí suelto acechando a más niños…

—Yo no lo creo.

—¿El qué?

—Que quien se llevó a Roberto fuera el Sweet Bunny que sigue secuestrando a niños.

—Pero si está la grabación de la cámara, más claro, agua.

—En la grabación se ve a alguien con el mismo atuendo. ¿Y si Ramón, el vecino que desapareció, aprovechó la fama del conejo para llevarse al crío, imaginando que en la noche de Halloween, como en años anteriores, todo estaría lleno de gente disfrazada de él? Carmen dijo que vio a su mujer quemando un disfraz igual.

—¿La pillasteis?

—No, lo negó. Christian —Candela levanta las cejas—, su hijo, aseguró que no había ningún disfraz y que Joaquín, que no estaba bien, se había confundido…

—¿Christian Christian? —Jesús trata de encajar las piezas.

—El mismo —responde ella con una media sonrisa.

—Joder, y si de verdad lo quemó la madre, podría haber sido él y no el padre. ¿Por qué piensas que fue Ramón?

—Me ofendes…, porque lo tuve cara a cara y te digo que estaba encubriendo a alguien. Christian estuvo todo el tiempo en el club con su grupo de amigos, hay muchos testigos que lo acreditan. Además, tenemos indicios que demuestran que Ramón es la opción más válida. Carmen también creía que era él…

—Pues lo que yo te decía, pobre mujer, que tiene que vivir con la intriga de qué le hicieron a su hijo —repite en tono mordaz—. ¿Y por qué no puede ser Ramón Sweet Bunny y todos contentos?

—Porque creo que está muerto —sentencia Candela.

—Pero no hay cuerpo... y los niños siguen desapareciendo —insiste Jesús—. Mira la niña que se han llevado en la sala de cine.

—Ramón no era más que un imitador, es lo que tiene ser tan famoso... Tenía algún motivo para llevarse al niño... Yo hasta he pensado que igual estaba liado con Carmen y que Roberto era hijo suyo, y al final se trataría de un caso de violencia vicaria, tú fíjate...

—Pues tampoco me sorprendería mucho...

—Sea como fuere, yo creo que no pudo soportar lo que hizo y acabó quitándose la vida.

—Pero ¿y no ha aparecido?

—¿Tú has visto eso? —Candela señala hacia la parte más profunda del bosque, donde están los barrancos—. Cosas más raras hemos visto. —Sonríe.

—O sea, que crees que lo de Ramón y Roberto fue un caso aislado.

—Pienso que lo de lo Roberto fue algo puntual. No sé si Ramón lo hizo por placer o, tal vez, a su pesar, porque el niño vio algo... Tampoco ganamos nada teorizando.

—Por la zona no ha habido más incidentes. Nos encargamos de comprobar que nadie tuviera antecedentes por delitos sexuales en la urbanización.

—Tampoco los tenía el tal Ramón, ¿o sí? —Candela niega con la cabeza.

Jesús sigue disfrutando de retorcerle las tuercas a su jefa, pero aún le queda el golpe maestro, aquello que la teniente más teme en ese momento.

—¿Y si no es el cuerpo de Roberto? ¿Y si no es un caso aislado y Ramón ha atacado de nuevo? —insiste el sargento, que parece haberle leído la mente.

—¿Y si aceleramos un poco el paso para ver si conseguimos hablar hoy con Christian? —responde Candela incómoda mientras lo adelanta.

Jesús no se da por vencido y acelera para ponerse a su altura.

—Vale, según tú, fue él y está muerto... Pongámonos en que el cadáver es Roberto...

—Aún no lo sabemos, lo que han visto los compañeros desde abajo no se corresponde con la ropa que llevaba...

—Bueno, pero si lo es..., también podría haberle cambiado la ropa, ¿no?

—Sí —responde cayendo en su propia trampa.

—Si Ramón está muerto..., ¿quién cojones ha puesto ahí el cuerpo?

Candela se para en seco; parece que han llegado al punto que más la atormenta.

—Me inclino a pensar que alguien más sabía dónde estaba el cadáver, alguien que lo ayudó a ocultarlo, alguien de su círculo cercano que lo haya tenido todo este tiempo escondido y por eso nos ha sido imposible encontrarlo y que, por alguna razón, ahora ha decidido que es el momento de que lo hagamos.

—Como si se hubiera cansado y lo hubiera puesto en un lugar visible para que no tardaran en descubrirlo. Quizá es una llamada de atención, una señal —añade Jesús.

—Una amenaza.

—Un «ándate con ojo porque todo lo que sabemos podría salir a la luz...».

Se miran un segundo, por primera vez parece que los dos agentes se ponen de acuerdo. Nada más acceder el centro, Macarena les hace una seña desde la secretaría. Candela la conoce bien, porque siempre ha colaborado mucho y, pese a que junto con sus compañeras organizó todo lo que les pedían, más de una vez la teniente tuvo que consolarla cuando las semanas pasaban y la ausencia de Roberto se volvía una realidad para todos.

49

Horas antes del hallazgo del cadáver

Sentía que a cada paso el mundo temblaba a sus pies. Caminaba cuesta abajo por la calle principal, la única forma de llegar al paseo que rodea el colegio. Su corazón palpitaba a mil por hora; hacía mucho tiempo que no se cruzaba con ningún conocido y no podía arriesgarse a que aquel fuese el día. Precisamente cuando los nervios se habían apoderado de su cuerpo. La emoción también. Un gorro grande y unas oscuras gafas de sol velaban por su anonimato; cruzaba los dedos para que nadie descubriera sus intenciones. No quería volver a ser la comidilla de ese rebaño de depredadores, no pensaba darles más carnaza.

Por fin llegó al camino y se permitió andar más rápido, ya no temía llamar la atención. Por suerte a esa hora había poca gente por la zona. A media mañana la mayoría trabajaba o estaba en clase y solían sacar a los perros o salir a correr mucho más temprano, o ya por la tarde, cuando terminaba la jornada, a la caída del sol.

Miró el reloj, tenía que correr un poco más si quería llegar a tiempo al recreo de tercero de Primaria. Si no, tendría que esperar a la hora de la comida y sería mucho más arriesgado.

Prefería hacerlo con tiempo, sin prisas. Permanecer el rato necesario observando por las rendijas que quedaban entre las lamas de la valla exterior. Desde ahí veía a los niños jugar, discutir, incluso pelearse. Contemplaba sus comportamientos más crueles pero también los más inocentes. Eso era precisamente lo que necesitaba: perderse en su inocencia.

50

Macarena se despertó sobresaltada. Había tenido una pesadilla horrible, tan real que todavía sentía el miedo tan intenso que le había provocado la imagen de aquel perverso conejo lamiendo la cara de la pobre criatura. Lo peor era que sabía que el mal sueño no había terminado al abrir los ojos, difícilmente podría evitar regresar a ese infierno.

¿Quién le iba a decir al principio de esa noche, cuando veía tranquilamente el programa de sucesos en el salón de su casa, que las siguientes horas serían tan devastadoras? La noche había sido demoledora, la más dura que le había tocado vivir. Pobre Roberto. La angustiaba saber la ausencia que dejaría en sus padres y en su hermano, pero también pensar en todo aquello con lo que tendría que lidiar para que no salpicara al colegio. Si los medios informaban de dónde estudiaba el niño, sería difícil impedir que en adelante el centro se asociara a la desgracia, ¡con los sacrificios que ella hacía! Qué injusto había sido todo. Habría matado por poder rebobinar al principio de la fiesta de Halloween para rectificar y no quedarse en casa. Se habría disfrazado de hada madrina y habría bajado al club para estar pendiente de cada pequeño, no habría descansado ni un solo segundo para que ningún monstruo se los llevara. Ella habría estado presente y nada le habría pasado al pequeño Roberto. Se le saltaban las lágrimas solo de pensar en él. Pero no tuvo tiempo para darle más vueltas a la cabeza porque escuchó algo al fondo del pasillo, algo que la hizo estremecerse, porque le recordó que el peligro era real y que no había terminado aún.

Se levantó lentamente de la butaca y se dirigió hacia el pasillo con paso lento y sosegado. Ya había empezado a amanecer y no necesitó encender ninguna luz. Además, se sentía más segura pensando que así llamaba menos la atención. Según se acercaba por el estrecho camino hacia los dormitorios, la canción que acababa de escuchar en sueños se repetía en su cabeza al ritmo de una maléfica nana.

Tris tras,
quítate el disfraz.
Tris tras,
que te va a gustar.
Tris tras,
despiértate ya.
Tris tras,
o te voy a matar...

51

Secretaría

Una estampida de padres se dirige a toda prisa hacia la salida del colegio para recoger a sus hijos. En el ambiente impera un profundo desasosiego, un runrún que no cesa por el temor de que el cadáver pertenezca a uno de sus hijos. Sobre todo entre los progenitores de los alumnos a los que no han acompañado hasta dentro del centro y que podrían no haber llegado a entrar. Como no siempre avisan cuando están enfermos y se quedan en casa, a los profesores no les habría llamado la atención que faltaran y no se habrían puesto en contacto con ellos. Ahora intentan como locos comunicarse con secretaría, pero la línea está saturada.

Las amigas también han llegado al colegio. Pilu sigue preocupada por si alguien se atreviese a señalar de nuevo a su hijo mayor. También le atormenta una idea que le ronda la cabeza desde el principio: que el cuerpo sea el de su marido y su asesina lo haya vestido así para simular un ajuste de cuentas. Por eso tiene que hablar con Christian antes de que le intercepte alguien con malas intenciones y acabe diciendo lo que no quiere decir. Por suerte Aldara se ha quedado arriba, pero no se fía de María; esa mezcla de temperamento arrollador y frialdad extrema de la que hace gala es explosiva. No quiere que Christian esté solo con ella ni un segundo más.

—Tengo que ir un momento a secretaría. Dije que me pasaría hoy… —informa Pilu—. Quedaos con Pablo, yo vuelvo enseguida.

—Por supuesto —responde Clara mientras Sara sigue pegada al móvil.

El hall de entrada está abarrotado. Todos preguntan por sus hijos. Macarena y María piden calma y tratan de controlar el caos. Pilu, al verlas ocupadas, se cuela por uno de los laterales hasta la puerta de la pecera. Al fondo divisa a su hijo, está sentado junto a uno de los armarios; por suerte, allí pasa desapercibido. Le alegra comprobar que está solo y que va a llegar a tiempo para trazar una rápida estrategia.

Pero entonces, justo cuando consigue rebasar a los padres que llenan el espacio, todo se tuerce: Candela y su compañero se le han adelantado. ¡Mierda! Pilu se abre paso e intercepta la puerta antes de que se cierre. La teniente se gira sorprendida y las miradas de ambas se cruzan.

—Quiero hablar con mi hijo.

—Y nosotros también —responde con una media sonrisa Candela—. Solo van a ser unas preguntas.

—Pues yo quiero estar presente.

—No se preocupe, su hijo no es sospechoso de nada, es un procedimiento rutinario.

—Es lo normal —interviene el guardia civil para calmar las aguas—. Ha sido quien ha encontrado el cuerpo…

—¿Acaso deberíamos preocuparnos? —Candela atisba el miedo en la mirada de la madre.

—La que se preocupa soy yo. Les voy a ser muy clara: en esta urbanización pasan muchas cosas y nadie juega limpio. No quiero que nos vuelvan a endosar el muerto. Me niego a permitir que hagan con mi hijo lo que hicieron con mi marido. Pueden odiarme o difundirlo en los grupos, pónganlo en mayúsculas y entrecomillado si lo necesitan, pero no pienso consentirlo.

Pilu pasa por su lado y se pega a su hijo, que se ha puesto de pie al verla. Le rodea la espalda con el brazo. Candela no tiene más remedio que ceder, ya que Christian es menor de edad. Recuerda cuando lo interrogó hace tres años, también bajo la supervisión de su madre, y aseguró que no había ningún disfraz de conejo en su casa y que Joaquín se había confundido porque no se encontraba bien. Entonces fue consciente de que Pilar controlaba sus palabras, por lo que espera que esta vez tengan más suerte.

52

Tres años antes,
la noche de Halloween

Ramón había conseguido zafarse del club. Aparcó en una calle estrecha, detrás de los contenedores, allí no llamaría la atención. Salió del vehículo corriendo. Tenía que ser rápido, había mucha gente en la fiesta y seguramente nadie se daría cuenta de su ausencia, pero no quería tentar a la suerte.

Abrió el maletero y sacó de debajo de una manta el disfraz de conejo. Miró hacia los lados para asegurarse de que estaba solo. Se lo enfundó detrás del coche, aun siendo consciente del riesgo que suponía hacerlo allí mismo, pero se dijo que no debía entretenerse en subir hasta su casa. Ese margen de tiempo le daría la ventaja que necesitaba para actuar.

53

El fumador

Tres años después, Christian, acompañado también de su madre, vuelve a ser interrogado por Candela, salvo que esta vez el escenario es el colegio y Mateo no asiste a la teniente, sino Jesús, su nuevo subordinado.

—Christian, te repito que no eres sospechoso de nada —Candela lanza una mirada a Pilu—, así que, por favor, cuéntanos la verdad. No hace falta que te diga lo importante que es que colabores. ¿Qué estabas haciendo detrás de la caseta?

Como ya hiciera en el pasado, el chaval vuelve a mirar a su madre antes de hablar.

—Estaba fumando… —dice finalmente bajando la mirada.

—Es que… —Pilu finge enfado.

—¿Era la primera vez que ibas o sueles ir a esa zona apartada?

—Suelo ir, sí.

—Todos van —interviene Pilu—, los mayores del colegio, me refiero…

—Por la hora a la que llegaste aquí —corta Candela— habías salido antes de clase… ¿o es que tienes un horario especial?

Jesús se separa para atender una llamada. El chico no levanta la cabeza, esta vez no se atreve a enfrentarse a su madre.

—Me salté la última hora —responde con la boca pequeña.

—Has hecho pellas… No pasa nada, yo también las hacía —La teniente suena cómplice para ganarse su confianza y anotarse un punto frente a su madre—. ¿Viste algo que te llamara la atención, algo diferente, fuera de lo normal?

Christian parece pensar. Pilu contiene la respiración.

—Que yo recuerde no.

—Haz memoria, por favor —insiste Candela—. Cualquier cosa o detalle, por insignificante que te resulte, es importante. ¿Había alguna persona por los alrededores?

—No, no vi nada. Eso está lleno de basura…, y tampoco es que le prestase mucha atención. Me acerqué al borde, miré hacia abajo para liarme el cigarro y lo vi…, el pelo, vi solo el pelo…

Jesús interrumpe el relato. Le han llamado para informarle de que el médico forense ha llegado y de que los bomberos parecen estar a punto de sacar el cuerpo. Avisa a Candela, que da por finalizado el interrogatorio. Pilu respira aliviada, aunque teme que el problema no haya hecho más que empezar.

—¿Saben quién es? —pregunta.

—Aún no —responde Candela.

—No es Pablo. —Christian trata de tranquilizar a su madre—. Lo he visto en el comedor antes de salir. Además, no tiene el pelo rubio como él.

Pilu sonríe, agradece el gesto de su hijo.

En cuanto los dos agentes salen por la puerta, Candela le susurra a su subordinado:

—Te has dado cuenta, ¿no? —Jesús la mira expectante—. No huele a tabaco. Te digo yo que este no estaba fumando…

Candela se pregunta si de verdad es tan disparatado que, en el caso de que fuera Roberto, Christian hubiese sido cómplice de su padre y fuese quien hubiera colocado el cuerpo, vestido con su nueva indumentaria. Es arriesgado que fuese precisamente él quien dijera que lo había encontrado, pero sin duda representa una buena táctica para tratar de ser descartado.

54

El final

Las clases han terminado y los niños más pequeños empiezan a bajar en fila por las escaleras. Los guían sus profesores y, por la expresión de sus rostros, se adivina quién conoce el hallazgo y a quién le pilla completamente por sorpresa.

Candela y Jesús van a salir por uno de los laterales, pero antes se acercan a Macarena, que ahora está acompañada de un hombre de unos cuarenta años de gesto amable. María sigue lidiando con los padres que exigen ser informados de lo que sucede.

—Lo siento, pero nosotros no tenemos información, es la Guardia Civil la que se está ocupando. Seguro que enseguida nos dicen algo. Hay que estar tranquilos, sobre todo por los niños —repite de manera convincente.

—Necesito que nos acompañe. —Candela se ha pegado a la jefa de secretaría para que ni siquiera el hombre con el que habla la oiga, no hay tiempo para presentaciones—. Ya tenemos el cuerpo y nos vendría bien que alguien pudiera identificarlo antes de que lo vea Carmen. En el caso de que no sea Roberto, nos ayudaría mucho saber de quién se trata para avanzar y no perder demasiado tiempo. Sé que es mucho pedir, pero…

—No, no..., yo no puedo, perdone. Yo soy muy aprensiva, no puedo ver la sangre..., me mareo... —explica Macarena.

—No se preocupe, si nos comunicaran que está en mal estado o con...

—De verdad que no puedo —interrumpe de nuevo la jefa de secretaría—. Prefiero quedarme aquí. —Busca el apoyo del hombre que tiene a su lado.

—Doy fe de ello, Macarena controla cada rincón del colegio, salvo la enfermería. Soy Agustín, el director de Primaria. —Les estrecha la mano a los agentes—. Como les habrán contado, Amador, el director, tenía un asunto personal y todavía va a tardar en llegar. Me ha pedido que los ayude si necesitan algo.

Pese a la amabilidad que exhibe el profesor, Candela prefiere que los acompañe la secretaria, que seguro que sabrá el nombre y los apellidos de todos los alumnos, no solo de los de Primaria, como él.

La teniente hace un gesto a Jesús para que traiga a María, que está a un par de metros de ellos. Agustín y Macarena se muestran expectantes. La secretaria llega a su lado con mirada interrogante.

—Necesito que nos acompañe para identificar el cuerpo —pide sin rodeos Candela.

María no acierta a articular palabra alguna. Es evidente que no quiere ayudarlos. Candela es consciente de que es un tema muy delicado, pero la secretaria desprende tanta fortaleza y determinación que le choca su actitud.

—No se preocupe, yo también conozco a todos los alumnos, antes o después pasan por mí —los informa con una sonrisa amable Agustín, que parece que le haya leído el pensamiento a la teniente—. Además, a ellas las necesitamos aquí —señala a las dos secretarias—, son el alma del colegio. Sin ellas esto sería un caos. Aunque parece que llegan refuerzos. —Apunta ahora hacia la puerta.

La teniente y su ayudante se giran en la dirección que marca el director de Primaria. Cristina, la otra secretaria que los ha ayudado en la escena del crimen, entra acompañada de Aldara. En cuanto la vigilante pone un pie en el colegio se convierte también en el blanco de las preguntas de los padres pesarosos.

—Yo los acompaño también, no tengo problema, con no mirar cuando... —añade Macarena, siempre servicial.

—De acuerdo, venga con nosotros —le dice Candela a Agustín. Luego le sonríe a Macarena, que tiene el semblante compungido, pese a su ofrecimiento—. No se preocupe, mejor quédese aquí. Si la necesitamos, la llamamos o venimos a por usted.

Los agentes hacen un gesto al director de Primaria para que los siga. Macarena niega con la cabeza de nuevo; está preocupada, debería haber ido y no haberlo dejado solo. Pero es que la aparición del cadáver le trae demasiados recuerdos de todo lo que tanto ella como el resto de los miembros del centro y de la urbanización llevan años luchando por dejar atrás.

María, por su parte, se muestra satisfecha por haberse librado de acompañarlos. Quiere pasar el menor tiempo posible con ellos para que no sospechen nada.

Cristina avanza hacia ella con los ojos llorosos.

—Qué horror, qué horror —les dice nada más llegar a su lado.

En ese momento Pilu y su hijo Christian salen de la pecera disimuladamente, aprovechando que la atención de los padres está en recibir a sus hijos con los brazos abiertos o buscarlos entre los que asoman por el pasillo. Entonces sucede de nuevo: las miradas de Pilu y de Aldara se cruzan otra vez y vuelven a saltar chispas.

Tres años antes,
meses después de la noche de Halloween

Las primeras semanas después de que Ramón desapareciera fueron las más duras. Pilu estaba muy nerviosa, convencida de que algo horrible le había pasado, pero no porque hubiese tenido un accidente o se hubiera quitado la vida, como pensaba la mayoría, sino porque alguien se lo había quitado de en medio y ella solo acertaba a pensar que esa persona no podía ser otra que Aldara. Estaba claro que esa pretenciosa no se iba a dar por vencida y, antes de verse salpicada por todo el tinglado, se había deshecho de él. No había otra explicación. Que su coche estuviera estacionado frente al camino que conducía hacia los barrancos no significaba nada. Ni siquiera tenían una imagen de él llegando al lugar. Según los investigadores, se había aprovechado de los puntos muertos de las cámaras de la zona. Sin embargo, para su mujer era una prueba más de que Aldara era la culpable: la vigilante conocía mejor que nadie esos ángulos y controlaba las horas de menor actividad dentro de la urbanización.

Pilu, además, tuvo que acostumbrarse a escuchar los testimonios de vecinos y padres del colegio. Como Eva, que no se cortó en asistir a un programa de máxima audiencia para soltar sandeces, antes de mudarse con su familia a otra zona.

«La verdad es que ahora todo se ve más claro, pero entonces ninguno podíamos pensar que Ramón pudiera hacer algo así…», dijo la hasta entonces amiga de Pilu.

«Si viéramos las orejas al lobo, este difícilmente llegaría a atacar», intervino la presentadora, conciliadora.

«Así es. Pero es que Ramón siempre estaba con los niños, los adoraba. —Frenó un momento, consciente del valor de lo que acababa de decir—. Cuando estábamos todos jugaba con ellos sin parar, les hacía bromas e inventaba juegos para ellos. A nosotros no nos llamaba la atención, es más, nos encantaba porque los entretenía muchísimo. Eran juegos bonitos, de los de toda la vida, y los críos estaban felices con él. Lo querían, bueno, lo quieren muchísimo porque la mayoría no sabe nada. No hemos querido decírselo».

«Normal».

«Es que muchas veces, cuando sabía que estábamos liados, incluso se ofrecía a recogerlos del colegio cuando iba a por los suyos y nos los acercaba a casa o se los llevaba a la suya hasta que fuéramos a buscarlos. Se me pone la piel de gallina solo de pensarlo…».

Hasta entonces la jugada maestra le había salido bien a la vigilante y estaban lapidando a su marido públicamente, sin ningún pudor. Pero Pilu ya no podía más: tenía que desenmascarar a aquella zorra. Se había acabado, necesitaba saber qué había hecho con su marido. Así que ese día no se contuvo y bajó con su coche hasta una de las calles paralelas a la principal, desde la que se veía la garita de seguridad de la entrada de la urbanización. Allí esperó pacientemente a que Aldara se montara en su coche para hacer la ronda. En cuanto descubrió la dirección que tomaba, se apresuró a meterse por la calle que le permitiera cerrarle el paso. La vigilante no tuvo tiempo de reaccionar, más allá del frenazo que le obligó a dar. Pilu corrió hacia su coche. Abrió la puerta del conductor como una bestia y se agachó para quedar a menos de un palmo de su objetivo.

—Tú te crees que soy idiota, pero sé perfectamente lo que has hecho.

Aldara abrió los ojos como platos y tragó saliva.

—¿Dónde está?

—¿Qué?

—¡¿Dónde está?! —repitió Pilu, muy exaltada.

—¿Piensa que yo me llevé a Roberto? —preguntó la vigilante sorprendida.

—¡Mi marido! ¿Qué has hecho con Ramón?

—¿Qué? ¡Está loca!

Pilu pegó entonces su cara a la de ella y le habló mucho más lento, masticando cada palabra.

—No me hagas hablar… Bastante he tenido con callar hasta ahora por tu culpa. Porque no nos has dado otra opción, pero ya me da igual… ¡¿Qué le has hecho?! Dímelo o lo contaré todo.

—¡Nada! ¡No le he hecho nada, se lo juro!

—No te creo y más te vale no volver a meter cizaña ni insinuar cosas que no son ciertas si no quieres acabar de la misma manera que él —amenazó Pilu antes de alejarse y dejar a la vigilante con la palabra en la boca.

56

El forense

Después de atravesar el cordón de seguridad que rodea la caseta, a quien Candela y Jesús ven primero es a Gregorio, el jefe forense, de cuclillas, junto al cuerpo, que ahora yace en el suelo. Desde donde están los dos agentes solo vislumbran las pantorrillas con los calcetines del uniforme bajados y unos zapatos negros algo gastados. No ven el rostro, ni siquiera aciertan a decir si se trata de un niño o de una niña, aunque ya los han informado de que es un varón. El corazón de Candela late muy fuerte: después de tres años de búsqueda podrían haber encontrado a Roberto. El director de Primaria empieza a aminorar el paso, pero Candela le hace un gesto con la mano para que no se acerque más.

—Ahora le avisamos.

El hombre obedece. Los dos agentes llegan hasta el forense y pueden ver por primera vez a la víctima. No es Roberto. Es un niño que no debe de llegar a los diez años, de pelo castaño oscuro y que lleva el flequillo largo con la raya en medio. Su rostro está excesivamente pálido, y sus ojos marrones, muy abiertos y muy rojos. A los agentes les llaman la atención los arañazos en la cara, sobre todo en la barbilla. Candela cuenta tres de una pasada, bastante profundos.

—Yo calculo que tendrá ocho o nueve años —comienza a decir Gregorio. Candela y él tienen buena sintonía porque han trabajado juntos en muchas ocasiones—. Según la posición, debió de caer de espaldas...

—¿Se tropezó? —interrumpe la teniente.

—De momento no puedo asegurarlo porque no cayó a ras del borde y, si le hubieran empujado con fuerza, habría tomado más impulso y se habría quedado atrapado más lejos del filo... Sin embargo, el suelo está muy poco vencido. Justo en el extremo, fijaos, es casi imperceptible. Podrían haberle dado un pequeño empujón y que, al desplazarse, esto hiciera que se desprendiera y él cayera, o, simplemente, que perdiera el equilibrio y se fuera para abajo.

—¿Descartamos el suicidio entonces? —pregunta la teniente.

—Aún es pronto, pero me aventuro a decir que se trata de una muerte violenta, un pequeño empujón o toque que le hiciera perder la estabilidad, aunque también podría tratarse de un accidente.

—¿Sabemos ya si ha muerto por la caída o si le lanzaron después de haberlo matado? —pregunta Jesús.

—Las heridas que tiene en el cuello me hacen pensar que, al precipitarse, cayó en vertical y aterrizó en la rama robusta que lo sostuvo y en la que se quedó suspendido...

—¿Se ahorcó? —pregunta horrorizada Candela.

—Eso me temo. Muerte por suspensión.

—¿Heridas defensivas? —continúa la teniente.

—No, aunque hemos tomado unas muestras de las uñas, por lo que me inclino a pensar que intentó defenderse. Aparte de eso, no parece que haya más signos de violencia ni de haber sufrido una agresión sexual. Aunque, como decía, siempre puede haber sorpresas.

—Ahora nos queda saber de quién se trata. —Jesús mira a Candela, que ya se le ha adelantado y ha hecho una seña para que pidan al profesor que se acerque.

Antes de que Agustín llegue al cuerpo, la teniente le frena el paso.

—Le agradezco mucho su cooperación. Solo necesitamos saber su nombre. Será un momento, se lo prometo.

El hombre asiente con una medio sonrisa, agradeciendo las palabras de la guardia civil. Cuando ella se aparta, Agustín puede ver la cara del niño con claridad. Su rostro palidece al instante. No se lo puede creer. Lo único que alcanza a decir es un ahogado:

—Ah.

57

La oveja negra

Candela está atenta al director de Primaria, al que parece que le flaquean las rodillas, por si tiene que agarrarlo y evitar que se caiga al suelo. Agustín se ha quedado lívido y le cuesta articular palabras. Al ver el rostro pálido del niño ha cerrado los ojos, pero vuelve a abrirlos para cerciorarse de que no se trata de un error.

—Es Hugo —dice finalmente apartando la mirada, con el gesto compungido—. Hugo González, de tercero A.

Agustín se vuelve para darle la espalda al cuerpo sin vida del menor. Gregorio ordena el levantamiento del cadáver. Después Candela se gira hacia el director y le deja unos segundos para que se recomponga.

—Agustín, sé que es un momento complicado, pero sería de gran ayuda si nos diera alguna información sobre Hugo, si recuerda algo que ahora le resulte sospechoso, algo que le encaje con su muerte, alguna amenaza o conflicto…

El hombre la mira con tristeza y empieza a hablar, le tiembla la voz.

—Verán… Hugo lleva…, llevaba poco tiempo aquí. Era nuevo en su clase, empezó este curso y…, bueno, digamos que no encajaba demasiado. —Los dos agentes le miran expectantes y le animan a que continúe con la explicación—. En este colegio damos un trato muy cercano a los padres y alumnos, nos conocemos todos. La mayoría de los críos llevan juntos desde muy pequeños, somos una comunidad…, una familia. Pasan cosas, como en todos los centros, claro, pero en general la convivencia entre los alumnos, los padres y el profesorado goza de una gran armonía…

—Pero Hugo… —interviene Candela.

—Digamos que Hugo era un niño difícil, le costaba adaptarse y empezaba a dar problemas…, sobre todo a otros compañeros y profesores… Los tenía fritos. Estaba siendo difícil la cosa, digamos que era la oveja negra y había roto la sintonía del grupo.

—¿Había tenido algún incidente reciente, algo importante que debamos conocer? —pregunta Candela.

—El problema no lo tenía con un niño, sino con casi todos. He pasado mucho tiempo tratando de que modificara su conducta, pero no ha habido manera. Es una lástima porque era solo un crío —dice con los ojos empañados en lágrimas.

—¿Sabe si había sufrido *bullying* en sus anteriores colegios, alguna agresión? —pregunta Candela en un intento de conocer las motivaciones del fallecido.

—En ocasiones el agresor replica lo que ha padecido, pero no era el caso. Aunque suene duro, Hugo no era ninguna víctima, tan solo el verdugo. Aunque eso no es motivo para no volcarse en él; era un niño, no un perro rabioso —responde con empeño Agustín.

—¿Sabe por qué motivo estaba fuera del colegio? —Candela da por hecho, a la vista de que lleva el uniforme del centro, que Hugo había ido a clase.

—Seguramente había salido para ir a comer a su casa —dice Agustín—. Después de la última agresión a un compañero de clase, se decidió que podía salir al recreo de la mañana siempre que estuviera vigilado, pero que se iría a comer a casa para no estar en el recreo largo que hay después del comedor, porque ahí es cuando normalmente las organizaba. Solía venir uno de sus padres a buscarlo. Tiene una hermana mayor, Olivia, que va a segundo de la ESO. No sé qué habrá pasado hoy, la verdad.

—Llama a Toni y que confirme la hora a la que salió Hugo González del centro, y que localicen a los padres cuanto antes.

Candela mira de manera fulminante a Jesús, que enseguida manda el aviso. Otro agente está preparado para acompañar al director de Primaria fuera del recinto cuando la jefa se lo indique, pero, antes, ella quiere aprovechar el impacto del momento y hacerle una última pregunta, la más delicada.

—Agustín, no quiero que se sienta comprometido con lo que le voy a preguntar, pero ¿le viene a la cabeza alguien que, por imposible que parezca, quisiera matarlo, alguien que considerara que tenía razones para hacerlo...?

—¡No, por Dios!

—Nunca hay razones para matar a un niño. Por supuesto —puntualiza Candela rápidamente—. Me refiero a alguien que tuviera un conflicto abierto con él, algún compañero...

El hombre se queda callado un momento y después responde tímidamente, como si le diera miedo lo que está verbalizando.

—No sé..., todos..., cualquiera. Aunque... —dice levantando las cejas y con gesto de hastío—, si tuviera que decir uno...

58

Un mes antes

Pablo estaba sentado a la mesa de la cocina con un libro abierto delante y un bolígrafo en la mano, con el que jugaba a hacer movimientos mecánicos y continuos. No había tocado la merienda que su madre le había preparado, ni un solo bocado del sándwich de jamón y queso que tanto le gustaba.

Desde el marco de la puerta Pilu observaba cómo, aunque parecía que estuviera leyendo, su hijo pequeño en realidad tenía la vista perdida en la página. Le habló con cariño.

—Vamooos, que no has comido nada. Se te habrá quedado fría ya...

El niño dedicó a su madre una mirada fugaz y volvió a quedarse pensativo.

Pilu se sentó a su lado y le acercó el sándwich para que le diera un mordisco. Pablo obedeció.

—¿Te acuerdas de cuando eras pequeñito y todos los días te contaba cuentos? —Su hijo asiente—. Te voy a contar uno: había una vez una oveja negra que llegó nueva a un rebaño donde todas las ovejas eran amigas desde hacía mucho tiempo. Como la nueva era oscura y tan diferente a ellas, las ovejas se asustaron al verla y no le permitieron que se arrimara a ellas porque les daba miedo que fuera diferente. Esto provocó que la oveja negra cada vez se sintiera más desplazada y empezara a tratarlas mal. Así todas pensaban que era muy mala, y como no cambiaban de parecer, peor actuaba ella, hasta que un día una de ellas la encontró sola y se atrevió a acercarse, y se dio cuenta de que no eran tan diferentes. Fue corriendo a contárselo al resto del rebaño, que decidió aceptarla, y así comenzó una gran amistad.

Pilu miró con una sonrisa a su hijo, buscando un brillo especial en sus ojos o una señal que confirmara que la historia que se había inventado había provocado algún efecto en él. Pero no fue así, Pablo mantenía la misma expresión: seca e inerte.

Su madre controló las ganas que le entraron de levantarse de golpe, coger el coche y plantarse en el colegio. Trataba de hacer las cosas bien, pero era como darse contra una pared. En lugar de eso, se quedó mirando con ternura a su hijo mientras apretaba los puños por debajo de la mesa, con tanta fuerza que se clavó las uñas en las palmas de la mano. En ese momento no sabía que poco después sería su hijo mayor quien tomaría cartas en el asunto.

Dos semanas después, Christian estaba desesperado porque había vuelto a suceder y ya no lo soportaba más. Le podía la impotencia de ver que, por su culpa, todo se iba a ir al garete. Cada vez le costaba más contener la rabia; de hecho, en ocasiones como esta ya no se esforzaba porque sabía que sería peor. El hijo mayor de Pilu enfiló la papelera del patio del colegio. Corrió como un toro que está a punto de clavar sus astas en el torero. Le propinó una patada tras otra mientras gritaba y gemía.

—¡Aaag!

No dejaba de patearla, una vez y después otra y otra. Cogía cada vez mayor impulso y siguió golpeando hasta que la papelera se desprendió de la farola a la que estaba sujeta.

Al caer al suelo, gran parte de la basura quedó esparcida a su alrededor.

—¡Aaag! —gritaba cada vez más alto.

Aprovechó que su objetivo yacía en el suelo para seguir pateándolo.

Christian no llevaba bien la opinión que todos tenían sobre su padre. Escuchaba constantemente comentarios sobre él sin disimular, muchos compañeros le preguntaban a la cara, sin ningún filtro, si era cierto lo del disfraz, si era suyo o si él tuvo algo que ver. A menudo descubría a alguien por la calle que lo señalaba con descaro. Al principio trataba de justificarse a él y a sus padres. Pero enseguida dejó de hacerlo, ya que por mucho que se empeñara era una batalla perdida. Él mismo era consciente de que en su casa reinaba algo oscuro y que había dejado de ser un hogar. Nadie hablaba de ello porque «lo que no se nombra no sucede», como decía siempre su madre.

Todos pensaban que su manera de actuar se debía a ello. Sin embargo, se equivocaban. Esa rabia que Christian era incapaz de controlar no se debía a su progenitor, como sospechaban, sino a un nuevo problema que le quitaba el sueño y que se había convertido con diferencia en el peor de todos.

La desesperación del adolescente tenía un nombre: Hugo. Estaba hasta los cojones de que su estabilidad dependiera de ese pequeño dictador, de cómo se levantara ese día o qué se le hubiera puesto entre ceja y ceja.

Hasta entonces se lo habían permitido todo, parecía que nadie había podido con él y que sus actos no tendrían consecuencias. Pues las iban a tener, no consentiría que a él le acabaran echando y ese crío se fuera de rositas como había hecho hasta ahora. Por sus narices que las tendría. La impotencia que le provocaba lo cabreaba aún más. Tenía que encontrar la manera de darle su merecido y quitárselo de encima de una vez. Pero, de momento, había empezado por una de las papeleras del patio y aquello no era nada comparado con lo que pensaba hacerle a él si seguía jodiéndoles la vida.

59

El subordinado

Candela y Jesús siguen en la parte trasera de la caseta de ladrillo en la que ha aparecido el cadáver del niño. Mientras esperan a que Toni llame para confirmar la hora a la que Hugo salió del centro, Jesús expone con grandilocuencia la información que tienen hasta el momento. Candela ha enviado un mensaje a Mateo para decirle que el cuerpo no era el de Roberto y que lo llamaría más tarde, y ha pedido que informen también a Carmen. Solo puede pensar en lo que les ha dicho Agustín, que se ha apartado un poco junto con otro agente para tratar de localizar a los padres del fallecido. Hugo había tenido un conflicto con el hijo pequeño de Pilar. La familia de Ramón, el principal sospechoso de la desaparición de Roberto, vuelve a estar en el punto de mira. Se pregunta una vez más si madre e hijo les han mentido y por eso se han mostrado tan a la defensiva. ¿Realmente había vivido Pilar el conflicto con el niño nuevo como una amenaza tan grande como para acabar con él o había sido Christian? Incluso algo peor: Ramón. De pronto piensa que todo este tiempo podrían haber ocultado el paradero del cabeza de familia y que este, al enterarse de que Hugo acosaba a su pequeño, hubiera intervenido. Descarta el móvil sexual, puesto que, en un principio, según el forense, Hugo no presenta signos de agresión sexual. A riesgo de equivocarse, Candela continúa convencida de que ese fue el principal móvil para llevarse a Roberto. No quiere anticiparse, de modo que se centra en prestar atención al sargento.

—Hugo González, varón de nueve años —comienza Jesús con grandilocuencia—. En principio no hay signos de agresión sexual ni de pelea, pero sí unos restos en las uñas que pueden indicar que arañó a su agresor para tratar de defenderse. Por lo demás, está impoluto, más allá de algún arañazo provocado por el roce con las ramas al caer... Con todo eso tiene que haber sido alguien que lo empujó fríamente o —Jesús hace una pausa— que lo hizo sin la intención de matarlo. Teniendo Hugo tantos conflictos abiertos deberíamos centrarnos en Christian y su madre, ¿no? Si es con el hijo pequeño con el que fue peor la cosa, podrían haber...

—Está claro —lo corta ella—. No creo que Christian estuviera fumando ni que nos haya dicho la verdad. Oculta algo, como siempre...

—¿Por qué no le has pedido que sacara el tabaco y el mechero? —pregunta Jesús extrañado, porque es lo que normalmente haría Candela.

—Porque me hubiera dicho que lo había tirado, que se le había gastado el mechero o cualquier cosa...

—Pues que nos diga dónde lo ha tirado, a ver si es cierto que ha sido así...

—¿Y si lo tiene? No aceleres, tiempo al tiempo. Ese chico tiene muchas tablas, aunque no más que su madre. Prefiero que piensen que somos amigos para poder cazarlos en cuanto cometan el mínimo descuido. Lo primero que vamos a hacer es averiguar dónde estaba Pilar este mediodía y si hay testigos que lo corroboren. En cuanto llame Toni le pido que se ponga a ello.

Jesús entorna los ojos sin que lo vea su superior. Le jode mucho que sea tan evidente que Toni y no él sea su nuevo *favorito*. En ese momento se acerca el otro agente acompañado de Agustín.

—Aún no hemos conseguido localizar a los padres —informa—. Los están llamando, pero me dicen que salta el contestador del móvil del padre y que la madre lo tiene apagado.

Candela y Jesús se miran.

—Olivia, la hermana, debería estar en clase —añade el director de Primaria—, y no les permitimos los móviles dentro del centro, para eso somos muy estrictos, aunque luego hacen lo que les da la gana. Estamos criando verdaderos desequilibrados…, zombis dependientes. —Candela sonríe ante el comentario, no puede estar más de acuerdo—. La hermana también es una buena elementa, aunque nada comparada con lo que era él.

—Por aquí no hay cámaras, ¿verdad? —La teniente quiere saber si se les ha pasado alguna.

—Uy, no. Esta zona es la más discreta, queda tan oculta por las encinas y los arbustos que por eso vienen aquí a fumar como posesos. Se están arruinando la vida sin saberlo…

Candela mira impaciente hacia el colegio. Toni debería llamar ya para confirmar la hora de salida del crío y por dónde lo hizo para conocer el camino que recorrió. No puede permitirse perder el tiempo.

—Entonces el niño se fue a la hora de comer y… —dice la teniente casi para sí misma.

—Ah, bueno, no sé…, igual no, no sé —interviene Agustín.

Candela se extraña de que ahora el profesor dude.

—Usted ha dicho que Hugo estaba castigado y que a esa hora lo mandaban a casa para que…

—Sí, sí…, pero yo no estaba hoy, no puedo asegurarlo. Quiero decir, que yo no le vi salir, estaba ocupado.

La guardia civil se pregunta por qué tanto énfasis en dejarlo claro, no sabe si es por precaución o porque les está mintiendo. Mira a Jesús y por el gesto de su subordinado intuye que él también está pensando lo mismo.

60

Tres años antes,
días después de la noche de Halloween

Desde Halloween, Pilu no descansaba. La atormentaba tener que vivir con ello, sin poder compartirlo con nadie. Por eso intentaba mantenerse ocupada y olvidarse. Aquel día había decidido guardar la ropa de verano en el trastero. Al abrir uno de los armarios comprobó que tenía que sacar muchas más cosas de las que pensaba, ya solo sus abrigos de pieles, que conservaba como oro en paño por si necesitaba venderlos, ocupaban muchísimo.

Casi le dio un infarto cuando vio que uno de ellos sobresalía por abajo y estaba manchado de barro. «¿Quién lo ha manchado, si nadie los saca de aquí?», se dijo. Al verlo bien, sintió una puñalada seca en el pecho: no era un abrigo de su madre, sino el disfraz de conejo. La máscara colgaba de manera dócil de la percha, pero, aun así, la mirada de Sweet Bunny resultaba igual de intensa y terrorífica por sus enormes ojos rasgados. Cerró el armario de golpe, como si el animal fuese a agarrarla y acabar con ella. Necesitó tomar aire para bajar el nivel de pulsaciones o se iba a quedar en el sitio. Unos segundos después, armada de valor, volvió a abrir la puerta. Eso sí que no se lo esperaba, en su propia casa. ¡¿Es que no tenía cabeza?! «Va a acabar con todo, es un enfermo, tengo que frenarlo de una vez por todas o esto se acaba».

Esa noche, después de acostar a Pablo, se aseguró de que Christian no pudiera interrumpirlos. En el salón su marido veía una serie de Netflix. Cogió el mando y dejó en pausa la reproducción. Ramón se volvió hacia ella sorprendido.

—Tenemos que hablar —le dijo seria—. No puedo más, no me lo quito de la cabeza y encima... ¿Cómo se te ocurre guardar eso en el armario de abajo?, ¿estás loco?

—Pilu... —intentó explicarse él.

—¡¿Cómo lo traes a casa?! ¡Tenías que haberlo quemado! ¡¿Para qué lo guardas?! ¡¿Vas a hacerlo más veces?! ¿Es que no pensabas en las consecuencias, en lo que podía pasar? Qué horror, es que no puedo confiar en ti. —Ramón quiso defenderse, pero ella no lo dejó—. No me digas nada, de verdad. Estás enfermo. No quiero más excusas, lo que quiero es que te controles, porque como se entere alguien correrá la voz como la pólvora y te aseguro que eso sería el fin. Ya estoy harta de dar la cara por ti.

61

La grabación

Toni ha llegado en un suspiro a la secretaría del colegio. Ha de confirmar si, como piensan, Hugo había salido a la hora de la comida. Se dirige hasta Macarena, que, junto con María, sigue hablando con algunos padres en el hall. Al verlo aparecer, la jefa de secretaría se disculpa y va a su encuentro. El agente le pide que lo acompañe dentro de la pecera. Cuando escucha que se trata de Hugo, la mujer se lleva las manos a la cara, pero al instante se gira para que no la vean desde fuera. El shock le dura apenas unos segundos porque el guardia civil le recuerda que su ayuda es necesaria para esclarecer lo sucedido. En menos de un minuto, Toni se encuentra frente al control de las cámaras de seguridad, en un cuarto dentro de la pecera que alberga las mesas de trabajo de las tres secretarias. Macarena maneja el dispositivo para rebobinar las imágenes de la cámara instalada en el acceso principal al colegio.

—Aquí no tenemos vigilante ni bedel, mis chicas y yo nos encargamos de todo —dice la mujer mientras busca—. Menos mal que pusimos las cámaras. Yo creo que debió de salir a la hora de siempre, sobre las dos o dos y poco. Porque a esa hora yo estaba comiendo con Cristina, si no, lo habríamos visto. No sé si María llegaría a verlo porque subió antes… Vamos a ver, vamos a ver —dice Macarena mientras consigue que la imagen retroceda en el tiempo a gran velocidad—. ¡Ahí está! —exclama cuando ve que Hugo aparece en la pantalla.

El plano cenital del hall, tomado desde la cámara situada en la esquina contraria a la pecera, muestra cómo el niño cruza casi corriendo el espacio. Adelanta a María, la otra secretaria, que le hace un gesto con la mano, como si se despidiera, pero que el fallecido no llega a ver porque ya ha pasado de largo y desaparece del plano.

—¿Puede volver a reproducir solo esta última parte, por favor? —pide Toni, que prepara su teléfono para grabarlo y enviárselo cuanto antes a Candela—. Usted que lo conocía, ¿siempre salía así o cree que tenía prisa? —pregunta a Macarena.

—Era un niño muy enérgico, demasiado. Muchas veces ese era su problema, que no sabía qué hacer con toda esa energía que tenía…, pero parece más acelerado de lo normal, sí.

—Vendrá a buscarlo alguien, ¿no? ¿O vuelve solo a casa?

—Siempre lo viene a buscar uno de sus padres, a veces entran, pero casi siempre lo esperan fuera…, aunque hoy, por lo que parece, no han debido de venir.

Toni comprueba que en la grabación del teléfono se reconoce a Hugo y llama a Candela, que responde de inmediato.

—Dime.

—Jefa, tengo la grabación. El niño sale del centro a las catorce horas, pasa por secretaría hacia la puerta de acceso principal. Ahora mismo te mando un clip que he grabado de mala manera con el teléfono, no me eches la bronca, que se ve perfectamente. Además, Macarena va a dejar que vengan unos compañeros para volcar las imágenes en condiciones —dice mirando con una sonrisa a la secretaria, que asiente—, pero te adelanto que el crío sale a toda leche.

Toni le envía el clip a su superior y se mantiene a la espera. Candela tarda muy poco en responder.

—Aparte de las grabaciones, pide la lista de alumnos que hoy, igual que él, hayan salido antes y pregunta a las secretarias si alguno de ellos tenía algún conflicto abierto con Hugo. Mientras localizamos a los padres, tenemos que averiguar si fue detrás de la caseta por decisión propia o si alguien le llevó.

—Y si le estaban esperando o si lo siguieron hasta allí —añade él.

—Tienes que hacer algo más: busca a Christian, el chico que encontró el cuerpo, y a su madre. Deberían de estar por ahí o en su casa. Tenemos la dirección, está cerca de la entrada a la urbanización. Necesito que le preguntes a Pilar, que así se llama, qué hizo este mediodía y si hay alguien que pueda confirmarlo. Dile que es un mero protocolo. ¡Ah!, y buen trabajo.

Antes de ponerse en marcha, Toni sonríe a Macarena. Esa mujer le recuerda mucho a su madre. Está en todo y, como ella, parece que no se cansa de ser un sostén para todos. No ha podido tener mejor ayuda.

62

Tres años antes,
una semana después de la noche de Halloween

El colegio se había convertido en uno de los protagonistas de la crónica televisiva. No faltó ni un solo día en que no hubiera reporteros en la puerta y en los alrededores para entrevistar a unos y otros y hablar sobre cómo el triste acontecimiento había afectado a los alumnos del centro y a sus familias. También era frecuente que alguno de los progenitores hiciera declaraciones a las cámaras sobre cómo había sido la búsqueda, cómo se encontraban los niños, si se habían tomado medidas especiales de vigilancia por la zona y, cómo no, si temían que Sweet Bunny, el famoso conejo, volviera para llevarse a otro niño.

Claro que se tomaron medidas. Macarena fue la primera en ofrecer colaboración y transparencia, tanto con los investigadores como con las familias. Estas, presas del pánico, agradecieron un protocolo más estricto a la hora de la recogida de los niños.

Cuando volvía de trabajar, la jefa de secretaría leía todos los periódicos y veía perpleja cada noticia y reportaje para saber qué se decía y si había alguna novedad en el caso. No lograba entender cómo tantos conocidos se prestaban a hablar en público sin tener en cuenta que sus declaraciones pudieran afectar al centro y a las familias de la zona, incluida, por supuesto, la de Roberto. Cualquier cosa que tuviera que ver con la Ovejita y sus familiares estaba en boca de todos los comentaristas y tertulianos, así que el colegio también despertaba interés. Cuando se exponían las distintas hipótesis de dónde podrían haber escondido al niño, siempre se hablaba del centro en el que estudiaba. Al fin y al cabo, estaba muy cerca del club social y del camino que tomó el conejo blanco con el niño en brazos, donde se le perdió la pista.

Amador, el director, había pedido a todo el equipo del centro educativo que mantuvieran la calma y que no hablaran con los reporteros. Insistió en que todas las declaraciones se harían a través de un comunicado oficial firmado por él. Pero Macarena, tan pendiente como estaba de las tertulias y de los programas especializados en sucesos, con criminólogos y expertos opinando sobre todo, veía que la mayoría coincidía en que como poco resultaba *curioso* que el colegio se cerrara en banda. Eso despertaba de inmediato las teorías más rocambolescas. Ella no pensaba quedarse de brazos cruzados. El colegio tenía que salir del punto de mira o en dos días se atreverían a afirmar cualquier cosa.

Así que a la mañana siguiente convocó a sus dos compañeras de secretaría y, sin anticiparles nada, fueron a hablar con el director. Macarena lanzó su propuesta: Amador tenía que salir frente a las cámaras y, con la mayor tranquilidad del mundo, admitir que estaban sobrecogidos por lo sucedido y que ponían a disposición de la Guardia Civil sus instalaciones para facilitar la búsqueda. También habría que aclarar que si no se había hecho hasta entonces era porque solo habían solicitado revisar los exteriores. Era una tontería, porque los equipos de búsqueda no necesitaban su permiso, pero era una forma de mostrarse colaboradores y transparentes hacia la opinión pública. Los ponía en el foco de atención, aunque, por lo menos, de una manera positiva.

Cuando terminó de exponerlo, no le costó mucho recibir la aprobación del director. Para su sorpresa, fue su compañera María la que se opuso.

—Eso es ponernos en el objetivo, no hará más que arrojar leña al fuego y crecerán las especulaciones. Ya verás como haya restos de animales o algo parecido, la que se va a liar hasta que comprueben que no son de Roberto. Yo creo que es meternos en la boca del lobo, ¿estamos tan seguros de que tenemos las manos limpias antes de llamar para que examinen nuestra pulcritud? —preguntó intencionadamente.

—Claro que tenemos las manos limpias —sentenció el director.

Amador decidió que fuera Macarena quien saliera y hablara en nombre del centro. La imagen de una mujer de su edad resultaba más cercana y entrañable. Él, en cambio, se tensaba tanto que parecía distante y podía hacer pensar que escondía algo. Así, de paso, también eludía ser el rostro visible.

En una semana el equipo de la Guardia Civil les pidió acceso a las instalaciones. No era más que el protocolo de búsqueda, pero Macarena se colgó la medalla por haber transmitido la idea de que de puertas hacia dentro el colegio no tenía nada que esconder. Lo que se preguntaría después era por qué María se empeñaba siempre en llevarle la contraria. ¿Tendría en verdad miedo de los posibles bulos o en realidad escondía algo?

63

El sonido del eco de unos pasos avanzando por el pasillo resonó en la oscuridad que envolvía el colegio. Era María, que caminaba sigilosa.

—¿Qué pasa? —preguntó al encontrar a su jefa.

Al escucharla Macarena dio un respingo. Estaba sentada en el suelo, cerca de un escalón, con la cara descompuesta y el pelo despeinado. Parecía desorientada. María se acercó.

—¿Qué ha pasado? —insistió.

—¿Eh? —respondió su jefa con un hilo de voz.

—¿Estás bien?

Macarena la miró fijamente, desconfiada. Le había dicho a su ayudante que siguiera buscando a Roberto junto con el resto mientras ella se encargaba de coger las linternas. ¿Qué estaba haciendo entonces ahí? ¿Por dónde había entrado? Estaba tan nerviosa que no recordaba si se había dejado la puerta abierta. Tardó unos segundos en caer en que ella misma le había dado a su compañera una copia de las llaves.

—¿Qué haces aquí? —preguntó Macarena muy confusa.

—He entrado a buscarte, llevas mucho rato aquí. He pensado que te habría pasado algo y veo que no me equivocaba.

—Me duele la cabeza, me he dado un golpe.

—¿En la cabeza?

—Sí, me he debido de caer. No sé, no lo recuerdo bien. Me habré tropezado, supongo. Solo sé que he ido a por las linternas —repitió— y me he dado en la cabeza, pero estoy bien.

—También he venido porque necesitamos las linternas. Parece que se lo han llevado calle arriba y está muy oscuro.

A Macarena le extrañó que María no se interesara más por su estado. ¿Estaría mintiendo?

—¿Calle arriba?

—Sí, sí.

—¿Pero quién?

—El conejo, el que se lleva a los niños. —Macarena se sorprendió—. Vamos —continúa María—, también quería asegurarme de que todo estuviera en orden por si deciden pasar a echar un vistazo. Aunque espero que no. No quiero que entre la guardia civil aquí, que luego todo el mundo habla.

—Desde luego —Macarena estaba desconcertada, la miraba atenta.

—Así que sacamos las linternas y les decimos que estaba todo cerrado —sentenció la ayudante.

María se puso en marcha seguida por la mirada de su jefa, que no se fiaba lo más mínimo de ella en ese momento.

64

Los progenitores

Pese a que el interrogatorio de la teniente de la Guardia Civil a Christian no ha ido tan mal como Pilu esperaba, al salir de la pecera el corazón le late más rápido de lo normal.

—¿Tienes algo que contarme? —le susurra a su hijo disimuladamente en cuanto cierra la puerta.

—No, nada más —responde él con la cabeza gacha.

—No me mientas, si hay algo que deba saber, tiene que ser ahora. Luego será tarde. —El chico no reacciona—. ¿Me oyes?

—Sí y no, no ha pasado nada más que eso —reitera el chaval.

Fuera, el ambiente sigue siendo tenso. Los mensajes en los chats son frenéticos. Algunos padres están muy alterados porque sus hijos aún no han salido de clase y la duda de si están bien los consume. Otros intervienen para informar de que ya los han recogido. Están tan aliviados que no les importa que sus hijos, a los que agarran de la mano, se enteren de lo que acaba de suceder. El temor y la excitación han sido tales que son incapaces de contenerse, sobre todo cuando pensaban que el fallecido podría ser alguno de esos niños y que Ramón podría seguir vivo y haber vuelto a hacer de las suyas.

Madre e hijo son conscientes de que, después de lo que les ha costado ser aceptados de nuevo, aunque fuera superficialmente, la caja de Pandora se ha abierto una vez más. Por eso disimulan y aparentan tranquilidad para pasar desapercibidos. Se colocan en un rincón, a la espera de que Clara aparezca con Pablo y Alonso. Ven a Macarena y a María, que atienden a cada madre o padre que se les acerca.

Un rato después siguen en el rincón, en silencio, él pendiente del teléfono y ella apartándoselo con la mano para que no meta la pata y le cuente a algún amigo algo que no deba contar. Tienen que ser precavidos ahora que vuelven a estar en el punto de mira.

Una voz que no reconoce interrumpe el momento. Pilu da un brinco y levanta la mirada para descubrir de quién se trata. Es un joven asiático que los saluda amablemente.

—Buenas tardes. La teniente Rodríguez me ha pedido que le pregunte algo que se le ha pasado por alto antes —dice con una sonrisa.

Pilu lo mira escéptica, no sabe si se trata de una broma. En estas suena el *walkie-talkie* del agente, que baja el volumen de inmediato, y esto le hace salir de dudas.

—Usted dirá —responde con una sonrisa cínica.

—Necesitamos que nos diga qué estaba haciendo este mediodía, por favor.

—Estaba trabajando en el despacho, en la notaría de mis padres. He salido después de comer y he venido directa. Puede llamarlos para que se lo confirmen.

Pilu abre su bolso y saca una tarjeta que entrega al agente.

—Gracias, es mera rutina —dice Toni.

—Ya me imagino, ya —responde irónica.

Según se aleja Toni, Pilu vuelve a mirar a su alrededor. Quiere asegurarse de que nadie ha presenciado la escena y están hablando de ellos, además de comprobar si de una vez llega Clara con los niños, aunque su amiga le ha escrito para decirle que se retrasaría por el follón, pero que Pablo y Alonso están bien. También están descartados los hijos de Paula y de Sara, y la mayoría de los conocidos.

De pronto, Asun y Diego, los padres de Hugo, entran en secretaría.

«Estos, entre el golpe que le han dado a Paula con el coche y que no están en El Rebaño, no se habrán enterado de nada», dice para sí, negando con la cabeza.

El matrimonio mira a todos lados, como si buscaran algo. «¿Se os ha perdido vuestro demonio?», piensa Pilu con una medio sonrisa mientras se fija en que Diego no parece estar borracho, como decía su amiga, aunque igual es que lo disimula bien. No puede dejar de mirarlos; los detesta, ojalá se esfumaran. Desde que llegaron a la urbanización no han traído más que problemas. Es entonces cuando se da cuenta de que el gesto les cambia de golpe. Pilu hace un barrido con la mirada y ve que se trata de Macarena. La jefa de secretaría está hablando por teléfono, ajena a sus miradas. Cuando esta advierte la presencia de los padres, baja el teléfono de golpe con el rostro desencajado, como si acabara de ver una aparición. Christian tiene la mirada baja y ni se ha percatado de la escena, pero su madre lo capta enseguida. Los ojos de Macarena la delatan. Ya no tiene que preguntarlo más, acaba de enterarse de quién es el muerto: es Hugo, la oveja negra.

En ese momento aparece Clara con su hijo Alonso y con Pablo. Pilu abraza fuerte a su pequeño. No hace falta que le diga nada, Clara sigue la mirada de su amiga y se queda de piedra, como ella. Las dos mujeres se observan sin ser capaces de verbalizar nada. Lo primero que piensa Pilu es qué dirá El Rebaño cuando se enteren de que la víctima es Hugo y de que lo ha encontrado Christian, y si los recientes incidentes entre Pablo y el fallecido serán interpretados como un móvil y, por tanto, si su familia será objeto de linchamiento popular de nuevo. Sin embargo, en ese momento, un pensamiento cobra mayor fuerza: jamás lo reconocerá, pero en ese instante solo piensa en el favor que les han hecho.

—Madre mía, es como si alguien hubiera cumplido nuestras súplicas… —se atreve a susurrar al oído de su amiga, que aún tiene el rostro desencajado.

—Aunque ninguna deseábamos esto —remarca Clara.

—Por supuesto que no.

Ambas se miran.

65

Una semana antes

Llevaba más de cinco minutos golpeando la puerta de Pablo con los nudillos. Su hijo pequeño siempre había sido dócil y nada conflictivo, sobre todo si lo comparaba con Christian; Pablo la escuchaba y solía obedecer. Era un niño sensible y obediente, nunca había demandado una atención especial, y eso que en casa la situación era complicada. Cuando las cosas habían empeorado, su hijo pequeño se había mantenido al margen, se entretenía y jugaba solo. Precisamente en esos malos momentos él fue su principal apoyo: sus abrazos y besos habían sido su medicina. Pero aquel día las cosas parecían distintas. Quería saber qué había sucedido en el colegio para que un día más le costara alzar la mirada del suelo y sonreír. Ella se esforzaba por no perder los nervios y plantarse en el despacho del director; nada le dolía más que ver a su pequeño así, como si le estuvieran robando la alegría de vivir. Rabiosa, manipulaba el pomo de la puerta con violencia.

—Pablo, abre, por favor te lo pido… ¡Pablo!

Estaba perdiendo los nervios, de modo que soltó la puerta y dio un paso hacia atrás para controlarse. No quería llegar a eso, así solo conseguiría alejarlo más. La violencia no se soluciona con más violencia, de eso era precisamente de lo que huía su hijo.

A su espalda apareció Christian, quien, a su bola, pasó por su lado sin decir ni una sola palabra, lo cual enfureció a Pilu aún más.

—¿A ti qué te pasa?, ¿no vas a decir nada?

El adolescente se paró un instante y la miró con cara de no entender de qué le hablaba.

—Ahora la vas a pagar conmigo, ¿no? La culpa será mía...

—¡Pues sí! ¡¿Tú no sabes lo que le está pasando a tu hermano o qué?!

Christian no respondió.

Su madre le hablaba en un tono autoritario al que no estaba acostumbrado.

—Te voy a decir una cosa. Serás muy chulito y todo lo que tú quieras, pero luego eres un cobarde. Eres incapaz de mover un dedo por Pablo. Mucha patadita a las papeleras, pero al que le pega no le tocas ni un pelo... ¡Defiéndelo, coño, que es tu hermano! Sangre de tu sangre. Si no defendemos a la familia, a quién si no... Si no vamos a apoyarlos, ¿qué nos queda en esta vida? Estaríamos solos, joder. Si yo llego a ver que alguien pega o insulta a mi hermana cuando yo era pequeña, lo agarro del cuello y lo mato, ¡¿me oyes?! ¡Lo mato!

Pilu notó cómo el corazón se le salía del pecho. La situación se le había ido de las manos.

Desde que su marido desapareció vivía en la cuerda floja, no solo por lo que suponía su ausencia, sino porque debía encargarse de todo ella sola y había tenido que retomar el trabajo por las mañanas para no depender tanto de sus padres. Lograba tirar para delante y a ratos estar contenta, porque veía que los niños ya no preguntaban tanto por Ramón y que poco a poco habían dejado de estar en boca de todos en la urbanización y en el colegio, pero ver que lo de Pablo escapaba a su control y que Christian no hacía nada para evitarlo sacaba lo peor de ella.

Tomó aire y pasó de largo. El adolescente se quedó solo en la mitad del pasillo pensando en las palabras que acababa de escupir su madre.

66

Estado de shock

Asun y Diego llegan a la escena del crimen, acompañados por dos agentes, justo cuando se está realizando el levantamiento del cadáver. El cuerpo de su hijo yace sobre una camilla dentro de una bolsa. Candela y Jesús presencian el momento y, desde donde están, pueden ver cómo se les permite el acceso a los progenitores, que parecen bastante enteros.

La teniente acaba de colgar a Toni, quien le ha confirmado que la coartada de Pilu es válida: a la hora en la que Hugo salió del colegio ella estaba trabajando. Que haya obtenido la información a través del padre hace que Candela le reste credibilidad, puesto que, a menudo, los progenitores mienten para encubrir a sus hijos. Ya tendrán tiempo de corroborarlo si la investigación apunta en esa dirección.

Antes de que los padres de Hugo se acerquen hasta ellos, la teniente aprovecha para hacer una pregunta a Agustín, que hasta hace un segundo hablaba por teléfono, un poco más apartado.

—¿Sabría decirme aproximadamente cuánto tiempo hace que Hugo debería haber llegado a su casa?

Candela está muy interesada en saber el tiempo que han tardado en darse cuenta de la ausencia del niño. Si, como dicen, tenía que comer en el domicilio familiar, le resulta bastante extraño que no hayan llamado antes al colegio o salido en su busca.

—Más de dos horas. —El director parece darse cuenta de lo que insinúa la agente—. Justo he hablado con Macarena y me ha dicho que ella y Cristina, otra de las secretarias, estaban comiendo y no lo vieron salir. Por lo visto, estaba solo María. Esta le ha contado a Macarena que le dijo adiós, pero que no se fijó en qué hacía al salir. Dio por hecho que le estarían esperando fuera y que se montaría en el coche de sus padres.

—Es lo mismo que le ha dicho a nuestro compañero y lo que confirman las grabaciones de las cámaras —interviene Jesús.

El equipo de la funeraria, que porta la camilla, frena cuando se cruza con el matrimonio, que también aminora el paso al llegar hasta el cuerpo cubierto. Agustín los mira con tristeza y está a punto de acercarse a ellos, pero Candela se le adelanta.

—Soy la teniente Candela Rodríguez, la persona encargada de...

—Quiero ver a mi hijo —dice el padre con una mirada fulminante.

La guardia civil trata de justificar tal fortaleza y agresividad con el dolor tan intenso que ella sabe que está atravesando en ese preciso momento. No es capaz de negarse; mira a Gregorio, que hace una señal con la cabeza para que abran la bolsa. Uno de los operarios descubre lo justo para mostrar el rostro del niño, de una extrema palidez. «Al verlo así nadie podría creer la fama que lo precede», piensa Candela. Diego infla los orificios de la nariz con ímpetu y cierra los ojos un segundo para después abrirlos y abrazar a su mujer, que ha inclinado la cabeza y cuyas piernas flojean, aunque no rompe en llanto como cabría esperar.

El matrimonio acompaña la camilla. Los operarios avanzan con lentitud debido a las características del suelo para evitar algún tropiezo.

—Macarena también me ha contado que se han enterado cuando han ido a secretaría a preguntar por Hugo y se han encontrado con todo el follón, pero ella no ha sido capaz de decirles nada —continúa Agustín en voz baja cuando los padres ya no pueden oírle—. Solo les ha dicho que subieran. Dice que lo habrán intuido al verle la cara, pero que, conociendo al niño, tal vez no pensaran que fuera algo tan grave o que la víctima fuese a ser precisamente él. Lo que hubiéramos esperado todos es que Hugo fuera el culpable.

—Pues tampoco los he visto muy sorprendidos —comenta Jesús.

Candela no secunda a su compañero. Es muy peligroso entrar a valorar las reacciones de las personas ante el dolor. Su reacción encaja perfectamente con un primer estado de shock.

—El padre se ha justificado diciendo que se les había olvidado ir a buscarlo porque tanto él como su mujer estaban trabajando desde casa y han tardado en darse cuenta de que no ha ido a comer. Lleva poco tiempo saliendo a esa hora y, como el crío estaba castigado día sí y día no, no han caído... Se les puede haber pasado —explica el profesor.

La teniente, sin embargo, piensa que lo que no es normal es la conducta del niño y el aparente descontrol de la familia. Aunque quizá ese fuera precisamente uno de los motivos. Jesús la mira expectante, su jefa le lee el pensamiento enseguida. Los dos se preguntan si han podido ser ellos. ¿Estarían tan desesperados por los problemas que les provocaba que se habían librado de él? No sería la primera ni la última vez que sucediera algo así. Aunque, si acababan de salir de casa, como afirman, solo caben dos posibilidades: que los padres estuvieran mintiendo y hubieran vuelto después de cometer el crimen o que algún tercero los hubiera ayudado... ¡Su hija mayor! Candela parece haber encontrado una nueva línea de investigación cuando se fija en que Agustín los mira pidiendo atención, aún no ha terminado.

—Cuando han salido de casa para recogerlo han tenido un accidente.

—¿Qué les ha pasado? —interrumpe la teniente, descolocada.

—Por lo visto, una vecina les ha dado un golpe con el coche.

—¿Se han chocado? —pregunta extrañada.

—Solo me han dicho eso, que han tardado porque han dejado el coche en casa para no bajarlo así, les daba vergüenza y temían que se perdiera alguna pieza. Pero que no sabían que había sucedido algo hasta que han bajado la calle y han visto el gesto de Macarena. ¡Ah! Y que no los localizábamos porque Asun tenía el móvil sin batería y saltaba el contestador de Diego porque estaba llamando al seguro del vehículo. Podrán comprobarlo.

—¿Sabe quién es la vecina?

—Otra madre del cole, su hijo va a la misma clase de Hugo, Paula se llama.

Candela se gira y le da la espalda al profesor para que no escuche lo que tiene que decir a Jesús.

—Muy bien, tenemos que hablar con la tal Paula, a ver qué nos cuenta ella...

—¿Crees que están mintiendo? —pregunta Jesús.

—Tal vez sea ella la que miente. —Su subordinado la mira expectante—. Que los haya golpeado a propósito —aclara—, nunca se sabe. Ahora mismo no podemos ignorar ninguna posibilidad.

La teniente abre de nuevo su posición para dirigirse a Agustín.

—¿Puede avisar a Macarena para que llame a Paula y la cite en secretaría, por favor? —El hombre asiente y se dispone a llamar de nuevo—. Gracias. Vamos para allá.

Al encaminarse hacia el colegio, los guardias civiles ven cómo los padres de Hugo no quieren despegarse de la camilla, donde descansa el cuerpo sin vida de su hijo, en el momento en que los operarios de la funeraria se disponen a subirla a la furgoneta.

Muchos otros padres, vecinos de la zona y curiosos siguen amontonados alrededor del cerco que impide la entrada a la escena del crimen. Todos ellos tienen ahora la atención puesta en el matrimonio. No se pierden ni un detalle; de hecho, algún chaval, e incluso algún padre, aprovecha para hacer fotos o vídeos disimuladamente, y muchos no tardan en comentarlo en los chats.

67

El Rebaño

Transcripción del chat Tercero A de Primaria

Sara F.
Os habéis enterado? Es Hugo

Juanlu M.
Sí, acabo de ver a los padres
salir junto a la camilla con el
cuerpo

África Martínez
Madre mía...

Paloma Sanchis
Han mandado un vídeo en el grupo de la
clase de Jimena

El vídeo llega al chat. Unos segundos después Paloma vuelve a escribir.

Paloma Sanchis
No los veo muy mal

Fernando San Juan
Él está muy entero

Sara F.
Es un prepotente

África Martínez
Ella tampoco es que esté muy rota. Parece
que está actuando

Juanlu M.
No me extrañaría

Aurora
Aunque no es muy dada a expresar nada

Paloma Sanchis
Y tanto, no nos ha dirigido la palabra en
todo lo que va de curso…

Sergio Carmona
Él tampoco. Habría sido un buen detalle
que dijera algo el otro día en la reunión

Sara F.
Quién pensáis que puede
haber sido?

Andrea madre Jesús
Tal vez se ha caído haciendo el tonto…

Juanlu M.
O ha sido un ajuste de cuentas. No sabemos
a qué se dedican, pero están forrados… Vi
un documental de un caso así en Francia

Sara F.
Las desapariciones de los niños
se siguen dando…

Nadie responde, pero intuyen por dónde van a ir los tiros.

Paloma Sanchis
Ha sido Ramón, ha vuelto. No es la
primera vez que ocurre algo parecido aquí
y no podemos olvidarnos de ello. No ha
sido por azar, Ramón sabía perfectamente
a qué hora saldría

África Martínez
Pero si dicen que siempre iban sus padres
a buscarlo…

Paloma Sanchis
Quizá estuviera pendiente y ha dado la
casualidad, yo qué sé!

Sara F.
De verdad piensas que Ramón
ha vuelto para matar a Hugo?

Paloma Sanchis
Quizá nunca se fue… Pensad en la última
gorda que lio Hugo, quién fue el afectado?
Pensad en la reunión…

68

La reunión

Antes de que termine el primer trimestre, los profesores de cada curso y el orientador del centro convocan a los padres de las dos clases para informar sobre los progresos de los alumnos, los objetivos y las actividades del trimestre, además de las medidas que se tomarán con la finalidad de conseguir un resultado académico óptimo.

Don Miguel, el profesor de tercero A de Primaria, está de pie junto a Araceli, la profesora del grupo B. Ignacio, el orientador, está sentado a la mesa del profesor, en una esquina de la clase, y permanece atento a la exposición que tienen preparada. El grupo de padres se han acomodado en los pupitres que utilizan sus hijos, con los que han formado un semicírculo.

Como no podía ser de otra manera, aparecen los temas obligados, como limitar el uso de las pantallas, tratar de retrasar el acceso a los móviles, reforzar la autonomía para que se hagan cargo de sus cosas y se responsabilicen de las tareas que les mandan, o también distribuir las horas de descanso y deberes para que no se les hagan tan cuesta arriba y tener tiempo para desconectar y divertirse como los niños que son.

El orientador interviene cada vez que se aborda uno de estos puntos para llegar casi siempre a la misma conclusión: los niños nos imitan, luego hay que predicar con el ejemplo.

Todo marcha sobre ruedas, los padres participan en el debate y los docentes utilizan anécdotas de los niños que sacan a todos una sonrisa. A todos menos a una de las madres. Una que lleva, desde que ha comenzado la reunión, con un tembleque en la rodilla y que ya no aguanta más. De golpe, levanta la mano y dice:

—Bueno, sí…, pero ¡¿de que esté habiendo violencia física y verbal en las aulas y en los patios no van a decir nada?! Porque a mi hijo le están pegando y me dijeron que iban a hacer algo, y nada de nada. A este paso, como siga así, va a acabar con él…

Los profesores se quedan de piedra mientras el resto de los padres se giran y miran sorprendidos a Pilu, sobre todo los del grupo B, ya que muchos de ellos no estaban al tanto del problema.

Después de un primer silencio, llegan las excusas y las largas por parte del equipo del profesorado. Don Miguel calla, es evidente que no está de acuerdo, aunque no lo exprese. Sus compañeros se esfuerzan en tratar de quitar hierro al asunto y hacer parecer que son cosas de niños. Como si Pilu estuviera exagerando. Ella, sin embargo, busca el apoyo del resto de los padres, pero no responden a su llamamiento, incluido Diego, el padre de Hugo, que permanece serio mirando al frente, como si la cosa no fuera con él. Él y su mujer no están en el chat de clase, ya que no han mostrado el mínimo interés, pero los demás miembros de El Rebaño llevan calentándole la cabeza desde que se ha corrido la voz de lo que les pasa a Pablo y a otros niños. Pero, ahora, lo máximo que admiten es alguna alusión a que dicen más tacos y que se pelean más entre ellos.

Los profesores les piden paciencia.

—No seamos peores que los niños, hay que darle una oportunidad —dice el orientador—. No se le puede mandar a la hoguera. Estos casos son delicados y hay que confiar en que con trabajo se modifique su actitud.

Pilu mira con impotencia a Ignacio, que trata de convencerla con palabras dulces y estudiadas que a ella la suenan a libro de autoayuda. Le hierve la sangre porque siente que su hijo es el conejillo de Indias que se necesita sacrificar para llegar a curar a ese monstruo. No se puede creer que ahora nadie vaya a salir en su defensa. Se siente herida y utilizada, tanto que se plantea si le habían hecho una encerrona, metiendo cizaña previamente para que solo ella saltara y quedara como una loca, porque se la tenían guardada por todo lo que ocurrió tras las sospechas puestas en su marido. Lo que tiene claro es que, si otra madre de la clase, de las que están en su misma situación pero no quieren verlo o no se atreven a hablar por comodidad o cobardía, se hubiese atrevido a compartirlo como ella, no le habrían hecho el mismo vacío. Nunca más volverá a confiar en esa pandilla de cobardes; por su culpa, el colegio no va a hacer nada. Pero Pilu no se piensa conformar, hay que pararle los pies a ese mocoso, y, si no lo hacen sus profesores, tendrá que intervenir ella.

69

Chicas

*Unas horas después de la reunión
de tercero de Primaria*

Transcripción del chat de amigas

Sara F.
Pilu, qué tal estás? Yo no me lo quito de la
cabeza. Me parece increíble que al final no
sepamos lo que van a hacer

Paula
Es que no han dicho nada. Bueno, sí, que
no seamos así, que es solo un niño. Un
niño, dicen, será un matón!

Pilu V.
No van a tomar medidas y encima he
quedado de histérica…

Clara
De histérica nada, solo has dicho
verdades y el resto te lo agradecemos

🎤 Pilu V.

Sí, sí, pues ni Dios ha dicho nada, todos
callados… Bien que se me han acercado luego
para decirme que no han intervenido por no
interrumpir porque estaba siendo muy
contundente. Yo ya no pienso decir ni mu, paso
de quedar de mala.

🎤 Paula

Pero es que tampoco has dicho nada…
¿Qué hacemos si les está pegando y no
nos explican ni dan instrucciones?
Tendremos que ir directamente y cogerlo
del cuello para dejarle claro que no se
acerque a los nuestros, porque, si no, no lo
entiendo…

Sara F.

Lo coges del cuello y te meten en la
cárcel, vamos

🎤 Pilu V.

Don Miguel piensa igual que yo, la próxima
vez voy a hablarlo solo con él. Si el error
ha sido que me he calentado… Es que no
me parece normal que tengamos una
reunión y se hable de mil chorradas pero
no se saque lo verdaderamente
importante. Y que, por decirlo yo, encima
me crucifiquen.

Sara F.

Te han llamado los padres, te han dicho
algo?

Pilu V.
Qué va!

Paula
Con los profesores son encantadores, pero
a nosotros ni los buenos días. Ya un "lo
siento" me parece too much

🎤 Pilu V.
Es lo que más me molesta,
que entre los profesores y ellos nos
hacen el vacío. ¡Como si no fueran
nuestros hijos a quienes pega! ¡Joder,
que Pablo está depresivo total, no hay
derecho!

Paula
Ya sabéis el dicho: conociendo al perro se
conoce al amo

🎤 Pilu V.
Como además no se puede decir ya nada
porque todo el mundo se ofende y hay que
utilizar solo eufemismos…, ni siquiera he
nombrado al niño.

Sara F.
Yo es que al ver que el padre no decía ni
mu he dudado de si a lo mejor estaba
grabando todo. Por eso yo no he dicho
nada

Paula
Ni yo

Pilu V.

Creéis que lo han grabado? Aunque, mira,
a mí ya me da igual…

Clara

Que no hay vídeo, no la pongas
como una moto. Yo no he dicho nada
porque me iba a calentar y les íbamos a
dar la razón a los profesores. Es mejor
ir con calma y no perder los
nervios

Pilu V.

Tendremos que ser los padres ejemplares
que permiten que Hugo se cebe con sus
hijos porque el pobre es muy nervioso…

Paula

Si dirán que es culpa nuestra, que él no
pega porque sea un cabrón, sino porque
nosotros lo hacemos sentir distinto…

Clara

Lo hacemos sentir distinto porque les
pega. Es consecuencia de sus acciones,
no al revés

Pilu V.

Pues eso parece que no lo entienden

Paula

Es que no es lo que viene en el manual de
las buenas madres

Pilu V.
Pues sabéis lo que os digo? Que yo estoy
hasta los cojones ya de ser una buena
madre. Se acabó

Paula
Y yo! Si quieren guerra, la van a tener

70

REC

No fue hasta que yo perdí los nervios en la reunión que la tragedia que vendría poco después empezó a tomar forma. Los padres tenemos que cruzar los dedos para que nuestros hijos no se encuentren piedras por el camino que les hagan caer o desviarse hacia un trayecto peor. Estas piedras pueden estar en su grupo de amigos del cole, de su barrio o, peor, del veraneo… Alguien nuevo, normalmente mayor que ellos o con hermanos de más edad, que los corrompe o les hace la vida imposible.

»Pero ¿qué sucede cuando esta piedra es una imposición? Cuando a esa mala influencia la meten en su clase y, aunque ni tus hijos ni tú queráis que estén juntos, no dan otra opción y no les queda otra que convivir con ello y tratar de sobrevivir.

»Yo entiendo lo que nos repetía Ignacio, el orientador, durante la reunión. Los padres no tenemos que dejarnos influenciar por el resto para que no cunda el pánico y magnifiquemos las cosas. Lo de que no debemos construir el relato y decirles que ellos son los buenos, y el otro, el malo, porque lo único que conseguimos es victimizar a unos y condenar a otros.

»Pero ¿cómo se enfrenta uno a una amenaza real y continua contra lo que más se quiere si, encima, el culpable es un crío de la misma edad que el tuyo? ¿En qué momento un simple niño consigue sacarte la parte más agresiva que llevas dentro?

»Yo estaba tan enfadada que solo me preguntaba: ¿por qué no se lo cambia de colegio y punto? Y si no es capaz de convivir como un niño normal en ningún centro, que le pongan sus padres clases particulares, para eso están forrados.

»Porque ¿cuál es el límite entre proteger al autor para evitar que acabe señalado y justificarlo y consentirle todo?

»A la oveja negra no hay que encasillarla, incluso muchas veces se la cree. Pero cuando son nuestros hijos los que cuentan algo que les han hecho —porque les insistimos en que siempre hay que hacerlo—, son tan cuestionados que parece que sea una invención o que se lo hayan buscado, y los dejamos solos.

71

La vecina

Al llegar a secretaría un agente espera a Candela y a Jesús. Lo acompañan Macarena y una mujer, suponen que ha de ser Paula. El joven guardia civil se acerca a la puerta para hablarles sin que le oiga el resto.

—Toni ha ido a por la hermana. Paula está dentro; se ha puesto un poco chula porque ha tenido que dejar a su hijo con otra madre, pero acepta respondernos algunas preguntas.

Candela pasa de largo seguida de Jesús. Agustín se acerca a Macarena y cuchichean, pero los guardias civiles no alcanzan a escucharlo.

—Paula, ¿verdad? —La mujer asiente—. Soy la teniente Candela Rodríguez y este es el sargento Echevarría. Le agradezco mucho que nos atienda, no sé si ya sabe lo que ha sucedido…

—Acabo de enterarme, sí, siento mucho lo que le ha ocurrido a Hugo —dice fríamente.

—El motivo por el que queríamos hablar con usted es porque tenemos entendido que es vecina de la familia…

—Así es.

—Y que ha tenido un accidente hace un rato con los padres.

—Sí, me han dado con el coche al salir de casa. Yo iba a hacer un recado antes de venir al colegio y, en cuanto he salido, prácticamente se me han echado encima. Van siempre a toda leche, pero lo de hoy ha sido...

—Venían a buscarlo porque no había vuelto aún —indica Macarena.

—¿Pueden salir un momento, por favor? —pregunta retóricamente Candela.

Macarena y Agustín obedecen a la teniente.

—Iba mamao. Diego, el padre —aclara Paula, que se permite hablar con mayor libertad ahora que está sola con Candela y Jesús—. Irían a buscar a Hugo, no lo dudo, pero iba a toda hostia porque, como siempre, iba bebido. ¿Cuánto han tardado en aparecer? Porque ahí estábamos todos menos ellos. ¿No han llamado a secretaría siquiera?

—Llamarían, pero la línea estaría saturada o no estarían las secretarias —justifica Candela, pese a que sabe que la vecina lleva toda la razón.

—Porque iba mamao y, cuando le he dicho que iba a llamar para denunciarlo, en lugar de ir a por el niño, han dejado el coche en su casa para que no le hicieran soplar y no se les cayera el pelo por conducir borracho pegado a un colegio. Ella no conduce, así que por eso han bajado andando. Todo esto lo digo por si estaban pensando que era yo la que les había dado, que ya he visto cómo me miraban cuando lo he contado. Aquí todo el mundo tiene lo suyo y ya nadie se fía de nadie. Pero yo no estoy para gilipolleces. —Se detiene un segundo. Después continúa en un tono más confiado, como si hubiera bajado la guardia—. Ustedes no los conocen, pero en esa familia son de lo que no hay. Les oigo todo el día gritarle al niño, así estaba el pobre. ¿No han visto sus cicatrices? —Candela advierte que Jesús se gira hacia ella, pero permanece impasible escuchando a la vecina—. Desde mis ventanas se ve la parte de atrás de su casa. Él es un borracho y un soberbio,

221

pero por lo menos lo ves venir. Ella va de monja, pero la he visto más de una vez gritándole desesperada y zarandeándolo con mucha violencia. Yo creo que no podía más... Normal... ¿Piensan que ha sido uno de ellos?

Candela la escucha con atención, quiere darle seguridad para que, confiada, meta la pata. Es lo que hay que hacer cuando hablan mucho, ellos mismos caen en su propia trampa, sobre todo los que enseguida te resuelven el caso..., quizá para librarse ellos.

—¿Y si bebió más de la cuenta, se le fue de las manos, lo colocaron y después simuló el golpe para tener una coartada? —continúa Paula—: se olvidaron de él y prueba de ello es que chocaron con el coche cuando se dieron cuenta y trataban de encontrarlo. Es perfecto.

Candela frunce el ceño; no piensa darle bola, pero tampoco la frena y deja que siga hablando.

—¿Y si con la excusa de que tenían que dejar el coche en casa estaban ganando tiempo? Aunque quizá no han mentido sobre que estaban en casa y salieron tarde, y simplemente convencieron a alguien para que hiciera el trabajo sucio...

La teniente siente que ha llegado la hora del contraataque; demasiado bien se ha estado portando hasta ahora.

—Su hijo va a la misma clase que la víctima, ¿verdad?

—Así es, sí.

—¿Ha tenido algún conflicto reciente con Hugo?

Paula mira a Macarena y a Agustín a través del cristal de la pecera. Sabe que, aunque no puedan escucharla, si miente, ellos después contarán la verdad.

—¿Qué niño no ha tenido un conflicto con él? —responde finalmente.

—¿Eso es un sí? —insiste la teniente ante la atenta mirada de su subordinado.

—Sí.

—¿Podría contarnos qué fue lo que pasó, por favor?

—Nada en especial, lo normal. Los tenía a todos atemorizados, los insultaba y les quitaba las cosas y, si le decían algo, los zurraba.

Candela se gira hacia Jesús para avisarlo de lo que viene a continuación.

—¿Vive con su marido?

—Sí.

—¿Está él en casa?

—No, está trabajando.

—O sea, que hoy no ha pasado por casa después de marcharse a trabajar.

—Trabaja en Barajas, no le pilla muy a mano que se diga —dice irónicamente.

Candela hace cálculos. El marido podría no haber ido a trabajar o haberse apañado para ir y volver, pero no quiere presionar a la mujer. Ya tendrán tiempo de confirmarlo si encuentran algo más.

—¿Tienen alguien de servicio?

—Sí. Está en casa trabajando, una interna —Paula de pronto parece caer en algo—, pero si están pensando que ella lo forzó o vino hasta aquí, olvídense, que no le da para tanto...

Candela sonríe.

—¿Están contentos con ella?

—Sí. —Paula desconfía de la pregunta.

—Eso será porque es muy obediente, ¿no? —Paula afirma levemente con la cabeza—. Entonces podría haber cumplido órdenes. —La teniente le deja claro que es ella quien lleva las riendas de la conversación.

—No me venga con estupideces. Ese niño era un monstruo, era malo. Por mucho que justifiquemos a los críos siempre con que pobrecillos, que algo les habrá pasado y demás... Yo no sé lo que le habría pasado a este, pero no he visto a nadie con más mala hostia que él. Hacía las cosas a propósito y eso conseguía despertar lo peor de todos nosotros. —Paula hace una pausa. Los agentes aguardan ansiosos, quizá añada algo más fruto del calentón—. Pero yo no he sido. Si no se lo creen, ya se darán cuenta. ¿Puedo irme ya?

—Sí, gracias por su cooperación —dice la teniente.

—De nada.

La mujer sale con una sonrisa triunfal.

—Bueno, ¿qué? —le dice Candela a Jesús para que le dé sus impresiones.

—Pues que no suena nada descabellado eso de que, si realmente los padres estaban tan hartos de él, podrían haber dado el golpe al coche de Paula a propósito para tener una coartada...

—O sea, que piensas que han sido ellos. —La teniente suena retadora.

—Filicidio —añade dándoselas de entendido. Candela arquea las cejas—, está a la orden del día. Aunque...

—¿Aunque?

—Otra opción es que simularan el accidente para despistar y mandaran a su hija a hacer el trabajo sucio...

—Cosas peores he visto. A ver qué nos cuenta ella —dice Candela.

—Aunque igual pudo ser a la inversa: ellos dijeron que Paula les dio el golpe, hasta que llamemos al perito no lo sabremos... Pero podría haber sido así y que su marido sí estuviera en casa y se hubiera vengado por pegar a su hijo. Que hay mucho loco suelto, te lo digo yo, que casi me tengo que poner una armadura cuando voy a ver los partidos de fútbol del mío —replica Jesús buscando la empatía de la teniente.

Pero Candela se ha quedado pensando en quién miente, si los padres de Hugo o Paula. Tal vez todos ellos.

72

Unos días antes de la reunión

El telefonillo de la casa de Clara sonaba sin parar. Su pequeña estaba despierta, pero, aun así, maldijo en voz alta mientras se dirigía a la pantalla que había en la entrada para ver quién era.

—Perdona que no te haya avisado antes de venir —se excusó Pilu.

La mujer le dio dos besos y le tocó la barriga. Tenía los ojos llorosos.

—¿Qué hay?

Pilu rompió a llorar.

—Anda, pasa, que tengo a Bego en el parque de madera y se entretiene con los juguetes.

Pilu le dedicó unas carantoñas a la niña. Después las dos amigas se acomodaron en la barra de la cocina. Clara preparó unas infusiones.

—Es Pablo. Me ha llamado don Miguel, pero no lo he escuchado, así que me ha escrito un correo y, claro, cuando lo he visto me he preocupado porque no es normal tanta insistencia.

—No, desde luego —confirmó Clara atenta.

—Me ha pedido que no me asustara, pero que a Pablo le había dado una especie de crisis de ansiedad, se ha empezado a poner muy nervioso y no podía respirar bien...

—¿Se le ha pasado?

—Sí, sí. Le dije que me plantaba en el colegio, pero me ha pedido que espere, que ya estaba mejor y que igual para él es peor... Me he pillado un rebote porque me avisan a toro pasado...

—¡Ya! Es que... no hay derecho, ocurre algo y somos las últimas en enterarnos.

—Eso mismo pienso yo.

—¿Y por qué se ha puesto así?

—Alonso va feliz al colegio, y mira que pensábamos que con el cambio de cole igual... ¡Me tiene sorprendida!

—Pues qué suerte, porque Pablo lleva meses de capa caída.

Pilu se deshizo en lágrimas de nuevo.

—No llores, va... Tranquila, está bien, eso es lo importante, ya verás como...

—Pero es que Pablo estaba mal y no he sabido verlo. Lleva días diciendo que le dolía la tripa, que no quería ir a clase. Y, como yo voy como una moto, le daba Dalsy y punto... Como nunca habíamos tenido un problema así en el cole, ni idea...

—Mira, si don Miguel se ha dado también el susto, ya verás como no le vuelve a levantar la voz...

—¡Es que el problema no es don Miguel! Es el demonio ese, el nuevo..., el hijo de Asun y Diego, los bordes que no saludan nunca.

—¿Hugo?

—Me ha dicho que le ha agarrado del cuello y que, si no los llegan a separar, lo ahoga.

—Pero ¿qué me dices? Yo sabía que era un poco pieza porque Alonso me cuenta alguna de las que le hace al resto, que dice muchos tacos, pero a él le tiene bastante respeto. De hecho, por lo visto le hace la pelota para hacerse amigo suyo…, como tiene ese carácter de líder…

—¡Mejor para él! Yo sabía que a Marcos le había roto las gafas, que a Leo le robaba cromos de la mochila y cosas así, pero al mío por lo visto lo machaca. Me ha dicho don Miguel que Pablo lleva un tiempo mal por eso, que había tratado de controlarlo, pero que ya no podía más y por eso había decidido contármelo.

—¡Hombre, pues suerte, porque si casi lo mata…!

—Es que se lo callan y los tiene a todos aterrorizados.

—No creo que a Alonso le dé miedo, me lo habría dicho.

Pilu la miró con ganas de seguir rebatiendo, pero lo dejó pasar.

—Es que no sabes cómo está Pablo…, no quiere ir al cole, y yo pensaba que se aburría o no sé… Está alicaído, no parece él.

—¿Y qué van a hacer?

—No lo sé, que ya me dirán…

73

Amigas

A la entrada del colegio, los hijos de Clara y Pilu cambian cromos de la colección de la liga de fútbol, ajenos a todo. Mientras Sara continúa pendiente del móvil y habla con otros padres, ellas aprovechan para apartarse un poco con la excusa de que Clara necesita sentarse.

Pilu ha leído el chat de clase por si mencionaban a Christian y querría matar a Paloma por hablar así de Ramón sabiendo que ella iba a leerlo. Cruza los dedos para que no se corra la voz de que ha sido su hijo quien ha encontrado el cadáver de Hugo.

—Ahora me fumaba veinte cigarros, ¡joder! —dice la embarazada. Luego mira a Pablo y a Alonso—. No se han enterado, ¿verdad?

—No, no creo.

Entonces Clara se echa a llorar, pero enseguida se limpia las lágrimas.

—Pero, bueno, no te pongas así —la consuela Pilu—. Es horrible, lo sé. Yo es que, hija, ya estoy inmunizada. Después de tanto drama no me quedan ni lágrimas. —Dibuja una sonrisa amarga.

—Perdona, es que estoy con las hormonas disparadas... Qué ganas de que salga ya porque no me reconozco, con Bego y Alonso no estuve así —dice desconsolada—, es que...

—A ver, ¿qué pasa?

Clara hace una pequeña pausa aguantando el fuerte llanto.

—Es que he visto a nuestros niños y he pensado en algo horrible..., en lo felices que van a estar a partir de ahora, y me he sentido fatal, joder... Soy un monstruo.

—¡Anda ya! Lo que eres es una mujer sincera, y a mí me encanta que lo seas. ¿O te crees que no hemos pensado todos lo mismo? Nos tenía en un sinvivir, maldita sea, no vamos a ir ahora todos de santos.

Las amigas advierten las miradas de muchos de los allí presentes y Pilu recula, consciente de que ha elevado demasiado el tono. Después se fija en Christian, que está también fuera pero apartado del resto, mirando cada tres segundos su teléfono móvil.

—¿Y a ti qué te pasa? —le pregunta Clara—. ¿O te crees que no te conozco? Sé que estás preocupada...

Pilu valora si lanzarse a compartir con ella su temor o no. Finalmente lo hace.

—Es Christian...

—¿Qué le ocurre? —Clara la mira expectante.

—¿Tú crees que él ha podido... hacerle eso a Hugo?

—¡Qué dices! ¡No! ¿Por qué dices eso?

—Porque lo ha encontrado él, el cadáver.

—¡Dios mío!, pero eso no significa que haya sido él. —Clara trata de disimular.

—Yo lo animé a que protegiera a su hermano y a que le partiera la cara si era necesario. Me da miedo que haya podido hacer algo.

—Confía en que no... Yo me fío menos de Sara...

Pilu la mira extrañada. Todos conocen la mala fama de Sara, pero también que se le va la fuerza por la boca. No la ve capaz de hacer algo así.

—¿Por qué Sara?

—Creo que busca carnaza para despistar. El día en que desapareció el otro niño...

—Roberto...

—Sí. Cada vez que hablamos de eso, todas me acabáis contando la que se lio y que ella estaba tan tranquila con su tinto mientras todo el mundo...

—Ella es así...

—Déjame terminar. Lo que a mí me mosquea no es que supiera lo del conejo antes que nadie, sino que no fuera en busca de sus hijos. Si sabía que Sweet Bunny se había llevado a un niño ¿cómo no fue a proteger a sus hijos como hizo el resto?

—Ella dice que lo dijo por casualidad, no porque lo supiera.

—Vale, te lo compro, vamos a creerla. Pero si lo escribió en el chat es porque al menos era lo que ella creía en ese momento, si no, no habría hecho saltar las alarmas de esa manera. Entonces ¿por qué diablos fue la única que no corrió a por sus hijos? Tal vez porque sabía que no les iba a pasar nada porque estaba metida en el ajo. Piénsalo.

74

Tres años antes,
unos días después de Halloween

Un coche familiar condujo hasta la parte trasera de una gasolinera. El conductor aparcó frente al túnel de lavado y se bajó del coche. Era Sara, que llevaba una coleta escondida debajo de una gorra que le tapaba casi los ojos. Miró a su alrededor y no vio ningún vehículo. El coche que esperaba no tardó en llegar; estacionó justo detrás. Del asiento del conductor se bajó un hombre, Ramón, que caminó hacia ella a paso decidido.

—¿A qué se debe este misterio? —preguntó sorprendido.

Sara se le acercó a un palmo y le habló bajando la voz.

—Sé lo que has hecho. —Él fue a decir algo, pero ella se lo impidió—. No quiero escucharte. No tienes escrúpulos. Tienes suerte porque no le voy a decir nada a nadie, y te imaginarás lo mucho que me gustaría, porque te lo mereces. Me tienes que prometer que no volverás a hacerlo. NUNCA. Prométeme que no vas a volver a ser un peligro, que no me vas a poner en este compromiso nunca más. Aunque solo sea por tus hijos. ¡Joder! ¿Qué pensarían si lo supieran?

Ramón la miró fijamente y le hizo un gesto para que bajara la voz.

Descabellado

Candela llama a los de la Científica para ver cómo marcha la batida por la zona en la que ha aparecido el cuerpo sin vida de Hugo. La informan de que siguen recopilando muestras de la escena del crimen y que hay distintas huellas en el terreno, pero que, aparte de colillas y restos de basura, en principio no hay nada significativo que les pueda interesar. Al colgar se fija en que Toni se ha intentado poner en contacto con ella. La teniente le devuelve la llamada.

—Jefa, estoy llegando al patio de abajo del todo, el de los mayores —dice bajando el tono—. Según me han dicho, la hermana podría estar ahí. Pero quería adelantarte algo más.

—¿El qué?

—Una profesora dice que vio a una mujer merodeando por la valla del patio de Primaria a la hora del recreo.

—Sería otra que habría salido a fumar en su tiempo de descanso...

—Dice que estaba espiando a través de los huecos que quedan entre las rejas.

—Da igual, porque no nos sirve; en el recreo ya no estaba Hugo, estaba castigado y...

—No se refiere al de después de comer, sino al recreo corto que tienen por la mañana —interrumpe Toni—. Le pareció muy extraña porque, en cuanto se dio cuenta de que la había visto, salió corriendo de manera sospechosa. No pudo identificarla, llevaba un gorro, así que no podía ver si tenía el pelo corto o largo ni el color. Pero no le pareció muy alta y vio que no corría deprisa, que no parecía una persona joven o, al menos, ágil.

—Pues ya tenemos trabajo. —Candela eleva el tono para que también la oiga Jesús—. Hay que averiguar quién espiaba a la clase de Hugo antes de que lo mataran, quizá eso nos lleve hasta su asesino.

—Sigo revisando las cámaras —continúa Toni— y le he pedido a Aldara, la vigilante, que repase las grabaciones de la cámara de la calle principal a la hora del recreo. Por lo visto, después de lo de Halloween de hace tres años cambiaron los dispositivos y ahora cubren un tramo más hacia arriba, llega hasta el acceso al campo... Tal vez haya entrado por ahí para merodear alrededor del colegio, hasta la parte del patio que da a la zona más boscosa. Así se aseguraría de que nadie la descubriera. Estoy llegando ya a donde debería estar Olivia, la hermana. Me han dicho que seguramente no se ha enterado aún porque hasta hace un momento estaba como si nada.

—En cuanto la encuentres vamos para allá. —Candela cuelga y se vuelve hacia Jesús—. Estoy ansiosa.

La teoría de Jesús de que Olivia sea la autora no es tan descabellada. Si está tranquila, quizá sea por algo.

76

La hermana

Olivia, la hermana de Hugo, entra en la pecera de secretaría acompañada de Candela y Jesús. Las secretarias se quedan fuera atendiendo a los padres, pero también están pendientes de lo que pasa en el interior. Toni, por su parte, se pone en marcha para ver cómo van con las grabaciones de las cámaras de seguridad.

La adolescente no llega a sentarse en la silla que hace unos minutos ocupaba Christian. Al verla aparecer, los guardias civiles piensan que, efectivamente, quizá no se haya enterado de lo sucedido a su hermano, puesto que se muestra muy entera. A no ser que tengan ante ellos a una mente fría capaz de desprenderse de quien le hacía sombra o le amargaba la vida, o a alguien sumiso que hubiera obedecido las órdenes de sus padres, por ejemplo. Eso tendrán que descubrirlo.

—Olivia, verás… Tenemos que darte una mala noticia —comienza Candela.

La chica los mira desafiante, algo escéptica, como si estuviera siendo víctima de alguna broma de mal gusto.

—Pero antes necesitamos saber dónde has estado desde el mediodía.

Candela ha usado el tono más suave que ha podido para realizar la pregunta cuya respuesta ya conoce. En el intervalo que ha tardado Toni en traerla, ya ha confirmado con los profesores, y gracias a la ayuda de las secretarias, que Olivia no ha asistido a ninguna de las clases de la tarde, sin ninguna justificación para ello.

—Aquí…, en el colegio, ¿por qué?, ¿qué ha pasado?

—¿Te refieres a en clase o has estado…? —intenta apretar Candela.

—¿Qué ha pasado? Me acaba de decir que me va a dar una mala noticia… ¿Qué pasa? —insiste nerviosa.

Candela mira a Jesús. Ya no puede dilatar más el momento, no sería nada ético y, si luego Olivia no está implicada, podría ocasionarle problemas.

—Hugo…

—¿Qué ha pasado con Hugo?

—Lo han encontrado muerto.

—¡Lo sabía! ¡Lo sabía! Ha sido ese cabrón. No ha parado hasta matarlo.

77

Ese mediodía

Podría decirse que Christian era todo un especialista en faltar a clase y lograr escabullirse para librarse de los continuos rapapolvos. Pero ese día puso especial empeño porque no podía permitirse ser descubierto. Se jugaba mucho y no podía fallar. Tenía que ser algo rápido y fulminante para que nunca más volviera a meterse en su camino. Una sola acción y conseguiría deshacerse de una vez por todas de ese maldito prepotente de poca monta.

Aprovechó que María, la más despierta de secretaría, había salido y que Macarena estaba entretenida buscando algo para escapar del colegio. No vio a Cristina y supuso que se encontraría en el comedor. Estaba a punto de llegar a la puerta cuando la más joven de la secretaría salió de la pecera y se encaminó en su misma dirección. Esa maldita mosquita muerta iba a fastidiar todo el plan.

Christian tuvo el tiempo justo de meterse en el baño. Dio unos pasos hacia atrás; esperaba que de pronto Cristina abriera la puerta y, al descubrirlo, le preguntara qué hacía allí. Para su sorpresa, eso no sucedió. Oyó, sin embargo, la puerta del baño de chicas. Abrió una rendija para comprobarlo. Macarena continuaba de espaldas a él, enfrascada en los cajones de un archivador. Sin pensarlo ni un segundo salió corriendo y, hasta que no dobló la esquina, hacia la calle principal, no se le quitó la sensación de que, en cualquier momento, le mandarían volver a voces. De hecho, se giró varias veces para confirmar que nadie seguía sus pasos. Todo habría sido más sencillo si se las hubiera apañado para que le castigaran y le enviaran a comer a casa, con su historial no habría resultado extraño. Pero cabía la posibilidad de que lo expulsaran una temporada. Su madre se lo habría llevado al despacho y le habría sido imposible escaparse para llegar a la hora precisa al lugar indicado: la parte trasera de la caseta de ladrillo, oculta a los ojos de los transeúntes. El único lugar cercano y discreto desde donde podría cumplir su cometido a la perfección.

Tenía a la víctima, el cebo, el horario exacto y el lugar perfecto, donde nadie lo molestaría. Nada podía salir mal. «Maldito cabronazo, vas a pagar por todo lo que estás haciendo», se repetía Christian. No permitiría que los separaran. Nadie que lo intentara quedaría impune.

78

Segunda oportunidad

Al escuchar la noticia, Olivia quiso sentarse. La teniente le ha ofrecido llevarla junto con sus padres, pero la chica ha insistido en que quiere contarle quién ha matado a su hermano.

Bebe un sorbo de agua de un vaso, que le pasa Jesús. Lo ha traído Macarena, que sigue pendiente en el hall junto al director de Primaria y sus compañeras de secretaría. Los dos agentes la miran expectantes.

—Ese hombre le hacía la vida imposible a Hugo. La tenía tomada con él, todos los días me contaba que don Miguel lo agarraba fuerte en clase y le hacía moretones.

—¿Tú los has visto? —pregunta Candela. A la espera de las conclusiones del anatómico forense, según Gregorio, a simple vista el niño no presentaba heridas defensivas.

—¡Claro!

—¿Ahora las tenía?

—Siempre, sucedía a diario.

Los dos agentes se miran.

—Olivia, me han dicho que tu hermano se metía en muchos líos, esos moretones podrían... —dice la teniente.

—¡Me da igual, no me crea si no quiere! Pregunte a esos —señala a Agustín y a las secretarias— o a cualquiera de sus compañeros de clase. Les dijo a mis padres que no iba a parar hasta expulsarlo del colegio, que él no iba a consentir que siguiera haciendo lo que quisiera... —Aprieta el gesto para contener las lágrimas, pero se le escapan—. Es que mi hermano en el fondo era muy sensible. Se comportaba mal porque no sabía cómo expresar todo lo que le pasaba, se lo dijo un psicólogo a mis padres. —Hace una breve pausa mirando al suelo—. Hemos cambiado varias veces de colegio y de casa y eso es muy fuerte, cuesta bastante. Son muchas cosas que cambian de golpe. Para todos, pero sobre todo para él. Mi madre siempre dice que no está bien que un niño viva con la sensación de que no encaja en ningún lado y de que te quieren echar, y que todos merecemos una segunda oportunidad, ¿no le parece? —Candela asiente, de verdad lo cree—. Hoy me he ido de clase antes porque quería hablar con don Miguel, quería pedirle que por favor parara. Contarle lo mismo que les estoy contando a ustedes para hacerle entrar en razón y que lo ayudara en lugar de condenarlo. Lo cité en el huerto, pero él no apareció, y ahora sé el motivo. No ha parado hasta conseguirlo.

Olivia rompe a llorar de nuevo.

—Te agradezco mucho lo que nos has contado, te repito que podemos acercarte a donde están tus padres, creo que deberías estar con ellos —le ofrece Candela.

—No, no, prefiero esperar aquí. Gracias.

En una situación normal la teniente le explicaría que, dado que se trata de una adolescente, su obligación es informar a sus progenitores de su paradero para que no se preocupen y puedan acompañarla.

Sin embargo, han optado por no hacerlo desde un primer momento para poder hablar con ella a solas, y ahora les conviene correr un tupido velo.

Olivia comienza a escribir en el móvil, pero los agentes solo llegan a ver que está manteniendo una conversación con alguien por WhatsApp.

—Salgo un momento —le dice Candela a Jesús, que entiende que se tiene que quedar con la chica.

Una vez fuera, la teniente se aproxima al corrillo que han formado Agustín y Macarena con un grupo de padres. Al lado, María y Cristina hablan con otros. Candela le hace un gesto disimuladamente al director de Primaria para que se acerque.

—Necesitamos hablar enseguida con don Miguel, el profesor de Hugo.

Al escucharlo, Agustín se gira hacia Macarena, que se ha acercado y ha llegado a escucharlo.

—¿Sucede algo? —pregunta Candela al ver su reacción, pero no obtiene respuesta alguna—. No parece que los sorprenda que pregunte por él —insiste.

—Pero ¿es que está relacionado con lo que le ha pasado a Hugo? —inquiere la mujer.

—Digamos que no nos han hablado muy bien de él —resume la teniente.

—Eso es porque es un poco especial. Sus métodos son de la vieja escuela y a muchos no les gustan y los critican —aclara Agustín.

—Entiendo que, si es el profesor de la clase de Hugo, cuando el niño salió del centro, a la hora de la comida, él estaría pendiente de ellos —le dice Candela a Macarena.

—No, a esa hora tiene su descanso, a la hora del comedor y el patio —responde la jefa de secretaría con la boca pequeña.

—En ese horario suele tener también las tutorías con los padres —añade Agustín.

—¿Saben si hoy ha tenido alguna? —continúa la teniente.

—No —responden Macarena y Agustín a la vez—. Normalmente son los lunes y los viernes —añade el hombre.

—¿Estaba en su despacho?

—No sabría decirle —ahora es Macarena la que contesta.

Agustín manifiesta con un gesto que lo desconoce. La jefa de secretaría indica a sus compañeras que se acerquen. María y Cristina obedecen, intrigadas.

—¿Sabéis si don Miguel tenía hoy alguna tutoría a la hora de la comida?

María no dice nada, parece pensativa. Sin embargo, su compañera responde enseguida.

—No, se fue de golpe. Yo lo vi salir hacia la parte exterior. Desde ahí hay salida al campo —señala Cristina, consciente de la importancia del dato.

—¿Sigue en el centro?

—Sí, tiene dos clases extraescolares por la tarde dos días a la semana. Hoy es uno de ellos —contesta de nuevo Cristina, eficaz.

—¿Pueden llamarlo, por favor? —pide Candela.

—Voy a avisarlo. —María se pone en marcha.

En ese momento suena el teléfono de Candela. La teniente contesta.

—Dime, Toni.

—Estoy en la garita con Aldara. Ya sabemos quién es la mujer que observaba en secreto a los niños. No te lo vas a creer. Se trata de Carmen, la madre del niño que desapareció en Halloween.

Unos días antes

Don Miguel llevaba meses contemplando cómo el barco que pilotaba se hundía. La mayoría de sus alumnos, que llevaban años en el centro, se sentían cada vez más inseguros y sumisos, mientras que Hugo, que acababa de llegar, se crecía y ganaba más territorio. Lo había intentado por las buenas y también por las malas. Había recurrido asimismo al resto de los profesores. Agustín, el director de Primaria, dedicó mucho tiempo a hablar con la oveja negra para que cambiara de actitud. Pero seguía igual.

El profesor ya no sabía qué más hacer. Él no se iba a dar por vencido, pero su dureza y sus formas muchas veces eran cuestionadas. Había decidido dejar de centrarse en Hugo y poner toda su energía en el resto de la clase para que su autoestima y su conciencia de grupo crecieran y defendieran lo que era suyo. Para ello, pensaba hablarles de la mentalidad de rebaño y de los peligros de terminar haciendo lo mismo que los demás solo por no llevar la contraria y ser el diferente. Con eso pretendía que levantaran la voz para contar lo que el nuevo les estaba haciendo sin miedo a ser señalados como cobardes o chivatos. Tenían que apoyarse entre ellos y sumar sus fuerzas para combatir los abusos que sufrían. Sin embargo, en cuanto empezó a hablar sobre el tema un ruido constante y molesto lo interrumpió. Era Hugo, que estaba dando patadas a la silla de la alumna que se sentaba delante de él.

—¡Hugo! Las patadas…, ¡para ya!

El niño obedeció, aunque al segundo volvió a la carga con más ímpetu. El profesor fue hacia su mesa y, sin previo aviso, dio con la palma de la mano sobre el libro que el niño tenía abierto con tanta fuerza que por poco se la destroza.

—¡Que pares, te he dicho! —gritó preso de la ira.

Los niños lo miraban muy atentos, incluido Hugo, que, al sentir la furia del profesor, por una vez dejó de dar patadas y ni parpadeaba en su sitio.

Pero don Miguel solo veía a Pablo. Desde hacía una semana aquel niño parecía una tortuga escondida dentro de su caparazón, y él tenía que sacarlo de allí.

Un par de horas más tarde, mientras los alumnos disfrutaban del primer recreo, don Miguel se encerró en su despacho. Ya no quería seguir siendo cómplice de una situación inadmisible y que se le empezaba a ir de las manos. Buscó los datos de contacto de los padres de sus alumnos, cogió el teléfono y llamó a Pilar, la madre de Pablo. Debía enterarse de lo que le estaban haciendo a su hijo, necesitaba su apoyo para frenar el abuso inadmisible. Dejó sonar el tono, pero no obtuvo respuesta. Volvió a intentarlo, aunque finalmente optó por escribir un correo electrónico:

Hola, Pilar:

Te he llamado hace un rato, avísame si tienes hueco y lo vuelvo a intentar.

Miguel

80

La pareja

Candela termina la llamada con Toni. Al apartarse el teléfono de la oreja, se da cuenta de que tiene el volumen tan alto que tanto las secretarias como Agustín han escuchado lo que le acaba de contar: Carmen es la mujer que espiaba a la hora del recreo, cuando aún estaba Hugo. El director de Primaria está a punto de decirle algo a la teniente, pero se detiene cuando Olivia sale de la pecera y pasa por delante de ellos sin darles opción a que puedan pararla para consolarla. Su actitud resulta tan esquiva que capta la atención de todos ellos. Fuera, Christian la está esperando. Todos observan cómo, cuando llega a su lado, se funden en un abrazo. Jesús, que ha salido detrás de ella, llega también para ver la escena.

—No, si al final te voy a tener que dar la razón —le dice Candela casi en un susurro.

Pilu, Clara y parte del grupo de madres de la clase, entre las que están Sara y Paula, también presencian el momento.

La expresión de Agustín cambia por completo al verlos. Los dos agentes los observan, conscientes de que esta relación es bastante significativa porque, evidentemente, abre nuevas posibilidades y dudas.

—Antes no se lo he dicho —dice el director de Primaria a Candela y Jesús— porque no he caído en que pudiera tener algo que ver, pero ahora que su compañero ha mencionado a Carmen, creo que deben saber que ella y la familia de Hugo han tenido algún que otro problema. —Las secretarias asienten—. Cuando llegaron al colegio, al principio del curso, Olivia empezó a salir con el hijo de Carmen, Joaquín, que era el mejor amigo de Christian hasta que sucedió lo del disfraz en la casa de este. —El hombre da por sentado que Candela, que llevó el caso, sabe perfectamente a lo que se refiere—. La familia de Hugo no tiene muy buena fama por aquí, ya desde el primer día. Así que cuando Carmen se enteró de que los chavales estaban juntos, vino exigiendo que cambiáramos de clase a Olivia. Desde lo de Roberto no viene nunca, pero cuando lo hace tiembla hasta el suelo; está muy pendiente de Joaquín, demasiado, pero no la puedo juzgar por ello. Le explicamos que eso no podía ser, que en todo caso podríamos cambiar a su hijo pero no a la otra alumna. Se puso hecha una furia…

—¿Qué pasó al final? —pregunta la teniente.

—Consiguió que la pareja terminara la relación y dejó de insistir.

Todos siguen observando ahora a Olivia y Christian, que se han sentado en un bordillo más apartados, y están hablando. Todos menos Macarena, que, enseguida, vuelve la vista hacia el pasillo por el que ha desaparecido María. La nota extraña y está tardando mucho en volver, lo que, por primera vez en todo el día, le hace preguntarse por qué había salido tan precipitadamente ese mediodía, y justo después de que lo hiciera Hugo.

Esa mañana

Don Miguel acababa de entrar por la puerta de la sala de profesores antes de empezar las clases cuando, de repente, recibió un mensaje en su teléfono móvil. Miró la pantalla y lo leyó preocupado. ¡Otra vez! No se podía creer que semejante mocoso fuera a traerle tantos disgustos. Lo peor era que el problema en sí no era la actitud chulesca y desquiciada de Hugo, sino todo lo que conllevaba: los quebraderos de cabeza y daños colaterales que le estaba ocasionando. Había empezado a tener miedo de sí mismo porque cualquier día iba a perder los papeles y entonces sí que tendría un problema grave.

¡No podía ser, encima eso! ¡Era increíble! Desde que llegó al colegio él y su familia lo llevaban de cabeza. Por mucho que Agustín, el director de Primaria, le dedicase tiempo a Hugo, este no presentaba ninguna mejoría, ni siquiera mostraba interés o actitud por intentarlo. Al contrario, se lo veía incluso más crispado. Se diría que se lo había tomado como un desafío y quería demostrar que podía con todo.

Pues con él no iba a poder, se negaba. Tenía que ser más listo. No volvería a perder los nervios y agarrarlo delante de todos, porque hasta ese momento había logrado que los chiquillos no dijeran nada. Pero, si se le iba la mano, los moretones hablarían por sí solos, y, estando en el punto de mira, ya no se podría permitir ni la más mínima duda sobre su comportamiento hacia el menor. Era increíble que al final el cuestionado y perseguido fuera él y no ese diablo. Él sería el malo de la película, el que maltrataba al pequeño y a quien temieran sus alumnos, en lugar de al verdadero peligro.

Debía acabar con esa situación de una vez, había llegado la hora de cortar por lo sano; la solución estaba en la palma de su mano. Don Miguel se quedó mirando el correo con una media sonrisa, convencido de su decisión. Después se guardó el móvil y llamó desde el teléfono de la sala a secretaría, a la extensión de María. Ella era la única a quien podía contar la verdad. Tenían el mismo carácter y no había mostrado reparos en confiarle que también estaba hasta las narices del niño y que la actitud de toda la familia se alejaba mucho de los principios del colegio, por lo que consideraba que había que pararles los pies de una vez. De hecho, después de una de las reuniones internas en las que se habló del tema de Hugo, ella fue a verlo para decirle que tenían que dar carpetazo al asunto antes de pasar a mayores. Por supuesto, lo instó a que contara con ella para lo que necesitara.

—He encontrado la manera de eliminar el problema —le dijo don Miguel en clave, sabiendo que ella lo entendería—, pero necesito que me ayudes. Tiene que ser este mediodía, a la hora del comedor. ¿Tú puedes escaparte un rato?

—Claro —dijo María convencida.

—Pero me refiero fuera del colegio —señaló él.

—Cuenta con ello.

82

El profesor

Después de lo que ha explicado Olivia, la imagen de don Miguel no se corresponde en absoluto con la idea que se habían hecho Candela y Jesús de él. El hombre debe de tener unos cincuenta y pico años, es bastante alto, aunque no tanto como Jesús, muy grande de cuerpo y de gesto amable. Sus gafas redondas y su largo flequillo le dan una apariencia peculiar, pero resulta bastante inofensivo. Mientras se acerca acompañado de María, lanza una mirada fugaz a Macarena, que espera junto a los guardias civiles. Agustín y Cristina siguen atendiendo a los padres que no dejan de llegar para preguntar por lo sucedido.

—Miguel Sánchez. —Les extiende la mano cuando llega frente a los agentes—. Me han dicho que quieren hablar conmigo.

—Así es. Candela Rodríguez, teniente de la Guardia Civil, y este es el sargento Jesús Echevarría.

El hombre los adelanta y entra en la pecera; la teniente hace un gesto a Macarena para que no les acompañe. Esta se queda fuera con María y ambas se unen a Cristina y al director de Primaria en la ardua tarea de calmar los ánimos entre los presentes. Los agentes entran tras el profesor y se quedan frente a frente sin tomar asiento.

—Imagino que es por Hugo. Lo he sabido hace un rato —dice don Miguel con semblante compungido.

—¿Puede contarnos qué relación tenía con él, por favor? —pide la teniente.

Él la mira con una sonrisa irónica dibujada en la cara.

—Era mi alumno.

—Hasta ahí llegamos. ¿Era un alumno cualquiera o tenía una relación especial con él?

—Puede ir al grano, no tengo nada que ocultar. A estas alturas todos sabemos la clase de alumno que era Hugo y…

—Sí, pero lo que quiero saber es la clase de profesor que es usted —interrumpe ella cortante.

—Uno que hace lo que puede para proteger a su rebaño. Soy duro, sí. Pero no me culpen por ello. Todo el mundo habla de Hugo como la oveja negra que no terminaba de encajar por ser diferente. No es cierto, él no desentonaba por su color u otras diferencias, como ocurre en el cuento, sino porque quería pasar por encima del resto de sus compañeros constantemente. Sabía lo que hacía y no paraba jamás; cuanto más intentabas hacerle entrar en razón, peor se comportaba porque más rabia le daba. Provocaba en todos nosotros, los profesores, una impotencia horrible. Como les decía, yo soy el pastor de este rebaño y mi trabajo es protegerlo por encima de todo. El de todos los que estamos aquí.

Pese a la sensatez que impera en el discurso de don Miguel, algo en su contundencia resulta siniestro. Quizá es su extrema sinceridad y convicción, pero les ha llegado a asustar.

—¿Dónde estaba al mediodía? —pregunta Candela.

—Comí algo en mi despacho, me traje un táper de casa.

—¿Las dos horas que tiene de descanso?

El hombre parece pensar.

—He ido un rato al huerto, me relaja. Cuando no tengo tutorías, aprovecho para ver cómo va lo que plantamos con los chavales. Si las plantas se mueren, prefiero saberlo antes para hablarles sobre ello. Les viene bien para aprender a tolerar la frustración y ver que en la vida las cosas no siempre salen como uno quiere.

Candela escucha y se pregunta si está refiriéndose a algo más.

—¿A ese huerto puede acceder cualquiera?

—No. La verja está cerrada, pero guardamos un juego de llaves en un armario cerca del huerto al que todo el profesorado tiene acceso. Solemos hacer excursiones por el monte y salimos desde ahí.

—¿Usted tiene esa llave?

—¿Me está acusando de algo? Porque, si es así, quiero hablar delante de mi abogado —dice templado.

—Llámelo, pero, si no tiene nada que ocultar, ahórreselo y a nosotros también, no estamos para perder el tiempo —responde Candela.

Jesús sonríe, no puede negar que es implacable.

—Es que tiene narices que piensen que haya podido ser yo. Si soy culpable de algo es de intentar hacer bien mi trabajo.

Candela hace una pequeña pausa. Jesús la mira, sabe que viene el momento tenso.

—Olivia —el hombre da un respingo al escuchar el nombre—, la hermana de Hugo, nos ha contado que el niño tenía marcas que le había hecho usted, moretones. Nos ha dicho que eran frecuentes.

—¿Y no le ha dicho lo que hacía ella conmigo? —pregunta el profesor perdiendo por primera vez los papeles—. ¡Pregúntele dónde estaba ella! ¿Qué estaba haciendo? A ver si eso también se lo cuenta… A ver qué se inventa esta vez. ¡Familia de mentirosos!

—¿Su trabajo es hacer moretones a sus alumnos? —insiste.

—¿Piensa que estoy orgulloso de ello? Ese crío se ponía como el demonio cuando se le llevaba la contraria o se le decía que no. No estaba acostumbrado a los límites y ya era hora de que se los pusieran. Sus reacciones eran desmesuradas. Aquel día intenté hacerle entrar en razón y que explicara al resto de la clase por qué había agarrado a Pablo tan fuerte que casi lo ahoga contra la valla del patio. Solo lo cogí del brazo, nada más. Pero me arrepiento de haberlo hecho tan fuerte.

El hombre toma aire y trata de calmarse, consciente de que la situación se le ha ido de las manos. Candela lo mira para que se lo cuente él, pero no imagina ni por asomo el siguiente giro que va a dar la historia.

83

La negativa

El profesor de Hugo sale de la pecera seguido por los dos agentes de la Guardia Civil. Los tres se dirigen hacia el exterior cuando Macarena se acerca tímidamente para hablar con Candela.

En ese momento suena el teléfono de la teniente, que se separa un poco para atender a Toni.

Jesús se queda esperando con don Miguel.

—Dime.

—Hemos llamado a Carmen a los teléfonos que nos han facilitado, pero no respondía. Los que están custodiando la caseta me han dicho que la habían visto por allí y que ha tirado para arriba, en dirección a su casa, andando. Iba a pie, así que he subido a toda hostia con un coche patrulla y la he alcanzado.

—Tráela —ordena Candela, que está deseando colgar para enfrentarse a Olivia.

—Se ha negado en redondo, me ha dicho algo como que no la ayudamos, supongo que se referirá a cuando sucedió lo de su hijo en Halloween... No sé si he hecho bien, pero la he dejado irse.

Candela va a responderle que la traiga de los pelos si hace falta cuando repara en que Macarena le hace gestos para que la escuche.

—Un momento, Toni —lo interrumpe la teniente mientras baja el teléfono para escuchar lo que la mujer tiene que decirle.

—Perdone, pero es que estoy convencida de que Carmen no ha sido. Venía a decírselo, estaba esperando a que terminaran de hablar con don Miguel... No me ha parecido bonito hacerlo antes delante de todos. —Candela la mira expectante; la mujer baja la voz, como si fuera a revelar un secreto—. Carmen ha estado esta mañana viendo a los chavales, pero no ha sido la única vez. Viene cada cierto tiempo, no sabría decirle exactamente cuánto, va por temporadas, y le aseguro que no es para hacerles nada... Se planta allí y se pone a llorar. A esa hora suelo pasar por un pasillo de la última planta desde donde hay un ojo de buey y se ve perfectamente cómo se limpia las lágrimas. Al principio creía que venía en el cumpleaños de Roberto, pero me parece que viene cuando está más triste de lo habitual. Pobre mujer, es lo que le falta, que encima pensemos que es una asesina. —Candela y Jesús bajan levemente los ojos—. No hay derecho a que un monstruo le hiciera algo a ese angelito. Ese no saber... tiene que ser la mayor tortura. Pueden traerla de los pelos si quieren, pero yo creo que lo hace porque es la única manera que tiene de sentir vivo a su hijo.

Candela la mira un instante y vuelve a subir el teléfono.

—Has hecho bien, de momento déjalo estar. Pero tengámoslo en el radar —le dice a su subordinado antes de colgar.

Macarena sonríe agradecida. Los dos agentes vuelven a acelerar el paso. De camino hacia la salida se cruzan con el director del colegio, que, al no ir uniformados, no cae en que son miembros de la Guardia Civil. Amador solo se había fijado en Agustín y en las secretarias y va directo a su encuentro para que, pese a haber hablado con ellos por teléfono, lo informen en detalle de lo sucedido. Macarena le explica lo que saben hasta el momento. Le muestra un gran respeto; lo conoce desde que era un niño, por eso sabe que es mejor no verlo enfadado. El director de Primaria aprovecha para ir a su despacho a revisar todos los correos y cosas pendientes, ya que no lo ha hecho en toda la tarde y supone que los próximos días van a ser muy intensos. Mientras, Candela y Jesús localizan a Olivia y a Christian, que se habían movido hasta quedarse un poco más apartados, y se dirigen hacia ellos. Se acabaron los jueguecitos, es hora de hablar claro.

84

Tres años antes

La puerta del despacho del director del colegio estaba cerrada, pero los gritos se oían desde fuera. Por suerte, había tenido la delicadeza de esperar a que no quedara ni un solo alumno para recibir a Teresa, la jefa de cocina del centro. Macarena se había quedado en una de las esquinas del pasillo; no necesitaba pegar la oreja para saber lo que ella estaba diciendo, ya habían hablado antes y le había contado lo sucedido. Las llamadas y los correos de numerosos padres de alumnos de diferentes edades y grupos no solo habían llenado el buzón de secretaría, sino que también estaban llegando hasta él. Los progenitores habían puesto el grito en el cielo porque muchos niños habían sufrido vómitos y malestar a causa de una intoxicación, y daba la casualidad de que ninguno de los afectados traía táper de casa para la comida, todos comían el menú del comedor.

Macarena había intentado quitarle hierro, aunque no había sido suficiente. Ahora rezaba para que Amador no la tomara con su prima, que parecía una mujer fuerte y solvente pero que no toleraba que le hablaran con mal tono y enseguida se venía abajo. Estaba segura de que se debía a la relación que tuvo con su padre, que fue un verdadero dictador que se crecía ante el error ajeno. Por mucho que Macarena le tuviera cariño y la justificara, el director del colegio no lo era menos y, a tenor de las voces que escuchaba, este había cogido carrerilla y no iba a parar hasta hacerla llorar.

Veinte minutos después, Teresa salió bañada en lágrimas y con la cabeza gacha. Macarena intentaría hablar al día siguiente con él para decirle que seguramente se había tratado de un virus estomacal, pero no por un descuido o porque algo se hubiera pasado de fecha. Cuando su prima pasó por su lado, la jefa de secretaría estiró el brazo para mostrarle su apoyo, pero esta lo apartó con un gesto brusco, sin ni siquiera mirarla.

Macarena la vio marchar dolida, consciente de que la culpaba por no haber logrado calmar las aguas ni haber impedido que el director llegara a ese extremo.

Después de aquello, en el comedor no hubo ningún otro incidente y el suceso quedó en el olvido, salvo para Teresa, que, aunque disimulaba delante del resto del profesorado y del equipo del colegio, no había vuelto a dirigirle la palabra a su prima.

85

La foto

Christian y Olivia están sentados uno delante del otro, con las frentes prácticamente pegadas y las manos entrelazadas. Cuando advierten que los agentes se aproximan, se separan. La chica guarda su teléfono y ambos los miran expectantes. De pronto parecen nerviosos y Candela se da cuenta de que no estaban cogidos de la mano, sino que miraban algo en el móvil que, por la velocidad a la que ella lo ha guardado, seguramente no quieren que ellos vean.

—¿Qué sucede entre don Miguel y tú? —pregunta la teniente sin preámbulos.

Los dos jóvenes se miran. Olivia tarda en responder, tiene los ojos enrojecidos, parece que ha estado llorando y ahora no se atreve a hablar.

—¿Te ha hecho a ti lo mismo que le hacía a Hugo?

Olivia, al final, se anima a contestar. Baja la mirada y muestra una gran fragilidad.

—Me tiene amenazada, dice que si no hago lo que él me pide conseguiría que nos echaran a mi hermano y a mí del colegio.

—¿Y tú le obedeces?

Olivia no despega la vista del suelo, sin llegar a dar una respuesta. Su lenguaje corporal insinúa que sí y que lo que le pide no es nada bonito, pero no tiene por qué ser cierto. Los agentes miran al chico para ver si en él pueden leer un atisbo de verdad o mentira que los ayude. Pero él no aparta los ojos de su novia.

—No pensaba hacerlo más —dice la chica levantando la mirada—. ¿Quiere saber dónde estaba hoy en lugar de en clase? Él me había citado en el huerto y yo he ido, como tantas veces, pero le he avisado de que no iba a suceder nunca más, que iba a contarlo todo. Ese cerdo me toca —se echa las manos a la cara—, ha abusado de mí y en cuanto le he dicho que nunca más lo iba a permitir ha salido corriendo, y ya ven lo que ha pasado.

Candela y Jesús se miran. ¿Era ese suficiente motivo para matar a Hugo? ¿Lo había hecho por despecho, para vengarse de ella?

—Olivia, don Miguel nos ha contado que eres tú la que lo estás chantajeando a él y que le habías citado en el huerto.

—¡Venga ya! ¿No lo creerá? —salta la chica.

—¡No me jodas! —se suma Christian.

—Nos acaba de contar que le habías pedido que tuviera mano ancha con tu hermano para que no os echaran y que cuando se negó empezaste a decirle que ibas a contar que te acosaba sexualmente.

—Sí, claro. No es listo ni nada... Le cuenta eso y como lo ha dicho él ya tiene que ser verdad, ¿no? Puto mentiroso... —espeta enrabietada. Pero al ver que los agentes la siguen mirando de manera analítica, se exalta aún más. «Solo hay que dejarlos hablar», piensa Candela con una sonrisa que no expresa—. ¡Es mentira, solo iba a decirle que parara! Además, ¿cómo iba a amenazarlo, a quedar con él? Mire mi móvil, no le he enviado ningún mensaje...

Mientras habla, Olivia desbloquea el aparato con el reconocimiento de cara y se queda de piedra cuando lo primero que aparece es una imagen que sería lo último que les querría enseñar. Trata de pasarla rápidamente, pero es tarde, el resto ha reconocido de qué se trata: es la escena del crimen, el borde por el que cayó Hugo. ¡Eso era lo que estaban viendo! Candela hace gala de su pronto y le arrebata el teléfono de golpe saltándose todos los protocolos. En efecto, es el lugar de los hechos: se aprecia la cabeza del niño desde arriba, tal y como la habían visto al reconocer el espacio. Sin embargo, hay otra cosa que llama su atención: un objeto plateado que no vieron porque, está segura, no estaba allí. Candela hace zoom. Es una figura geométrica de color plata. Parece una escultura hecha al fusionar varias letras o algo similar. Le resulta un tanto ostentoso. Al ampliar aún más distingue en uno de sus extremos una anilla. No necesita más para saber que es un llavero que se ha roto. En ese preciso momento cae en que la foto no pertenece a la galería de imágenes, sino a una conversación de WhatsApp, y arriba aparece el nombre de la persona que la envía: Christian.

Este traga saliva cuando nota que todas las miradas se dirigen hacia él.

86

El llavero

Los dos guardias civiles miran con escepticismo a los adolescentes, que se sienten tan acorralados que, de pronto, han pasado a parecer niños.

—Creo que tú también tienes mucho que explicarnos —le dice Candela a Christian. Como no responde, le increpa de nuevo bajando la voz y pasando su brazo sobre el hombro de Olivia para que todos los presentes piensen que están consolando a la joven y no haciéndoles tantas preguntas—. Empieza por contarnos por qué tienes una fotografía del cadáver. —El chico mira hacia abajo, como si pensara—. Lo mataste, ¿verdad?

—¡No! ¿Qué dice?

—Habla más bajo —le indica con una sonrisa.

El chico obedece.

—Yo me lo he encontrado, ni siquiera sabía que fuera Hugo.

—¿Qué estabas haciendo allí? —pregunta Jesús, cansado de estar en un segundo plano.

A Candela le gusta el gesto y le deja tomar el mando, aunque permanezca alerta por si no consigue hacerlos hablar.

—Iba a hacer unas fotos...

—¿Del cadáver? —interrumpe Candela sin poder contenerse.

—¡No! De ese asqueroso. Es cierto que lo había citado en el huerto —señala a Olivia—, pero es que teníamos que hacer algo para que dejara de acosarla y pensamos que, si yo conseguía hacer unas fotos o algún vídeo desde lo alto, podríamos utilizarlo para chantajearlo de verdad y que parara de una vez.

—No sabía qué hacer… Al principio accedí porque me dijo que nos iban a echar antes de que terminara el curso. Ya había avisado a mis padres varias veces y él se pasaba el día haciendo campaña contra mi hermano. No iba a parar hasta que le empezaran a poner partes por su comportamiento y justificar así la expulsión. Tendríamos que cambiarnos de nuevo de colegio y, como las anteriores veces, eso significaría mudarnos otra vez y alejarnos —dice mirando a Christian.

—Por eso organizamos todo…, porque queríamos adelantarnos y que lo echaran a él por acoso —interviene el chico.

—Pero no apareció —continúa ella—. Le estuve esperando, pero no vino. Yo creo que él se olía algo y pensaba que le saldríamos con algo de Hugo, por los moretones y demás. Por eso fue a por él… —afirma con la seguridad de quien les está brindando la resolución que andaban buscando.

Candela no necesita mirar a Jesús para saber que ambos piensan lo mismo: si los chavales no mienten, podría ser cierto que el profesor matara al niño al sentirse acorralado y por eso no apareció. Decidió actuar por sí solo y dar un golpe final, el jaque mate que terminaría con todos los jueguecitos. La teniente dirige la vista a don Miguel, con sus gafitas y su pelo relamido y que continúa en la entrada, junto al director del centro.

—Yo le tenía mucha rabia —explica Christian mirando a Olivia, y parece sincero—. Me refiero a Hugo. Cada dos por tres Olivia tenía que comerse alguno de sus marrones y, al final, estábamos siempre condicionados por él, por lo que decidiera montar ese día. A mí me jodía mucho porque veía que cualquier día lo iban a echar y Olivia acabaría en otro colegio y seguramente se mudaría lejos de aquí. Pero eso no significa que lo matara. Como les digo, habíamos encontrado la forma de impedir que lo echaran. Yo fui a hacer mi parte del plan y, mientras esperaba, me acerqué al borde y vi la cabeza. Sé que no debería haber hecho la foto, pero es que me quedé flipado, aunque al principio ni siquiera estaba seguro de lo que era. Por eso la hice.

—¿Y el llavero? —pregunta Candela.

Christian lo saca del bolsillo y se lo muestra.

—Estaba ahí, donde se ve. Aún no lo había tocado. No sé por qué me lo llevé. Pensaba devolverlo, no sé ni de qué es —se excusa.

Los agentes no le creen, es evidente que el objeto tiene un valor que ellos desconocen.

—¿Seguro? —pregunta Candela con una media sonrisa.

—Seguro, seguro. Ni puta idea. Estaba muy nervioso, yo qué sé por qué…, parece bueno y…

—¿Sabes de quién podría ser? —lo interrumpe.

Niega con la cabeza.

Ahora urge averiguar de quién es ese ostentoso llavero, parece demasiada casualidad que estuviera justo por donde cayó el niño.

Candela se da la vuelta y camina hacia el hall, donde se encuentra Macarena, a quien pide que se acerque.

—Necesito que pregunte entre los padres de los demás niños de la clase de Hugo si saben si alguno de ellos tiene un llavero como este. —Se lo enseña.

—Uy, para eso la pueden ayudar más Cristina o María, que tiene niños en el colegio y está en los chats de sus clases. No en el de la clase de Hugo, pero seguro que pueden compartir una fotografía por ahí y lo averiguan enseguida. Este es un colegio pequeño y al final nos conocemos todos. El llavero llama mucho la atención, sin duda alguien lo habrá visto antes.

—De acuerdo, pero que no digan que se lo hemos pedido nosotros, sino que se lo han encontrado en secretaría, por ejemplo.

—Sí, sí. Ya lo había pensado, ya —responde Macarena, que llama a sus compañeras para informarlas de la misión.

María y Cristina se acercan y escuchan atentas las instrucciones. Después sacan sus teléfonos, hacen la fotografía al llavero y, mientras la primera la comparte en los grupos de chat de las clases de sus hijos con la excusa que habían acordado, la segunda se la manda a todos los compañeros del centro con los que tiene relación. «Si podéis reenviarlo, os lo agradecería», escriben al final del mensaje que mandan con la imagen. En pocos segundos llegan las primeras respuestas, aunque ninguna ayuda a dar con la persona que había perdido el llavero. Además, con las prisas, no han contado con que más de una persona pregunte por qué tanta urgencia cuando, normalmente, si se pierde algo, lo guardan en objetos perdidos en secretaría. María responde sin dudar: estaba fuera, en la acera, y parece de valor. A Cristina varias profesoras le dicen que les suena, pero que no sabrían decir de quién es. En el chat de María alguien aporta la primera pista útil: «Es el logo de una marca famosa, no sé el nombre porque es japonesa. Es de ropa y objetos muy *cool* que cuestan una pasta». La secretaria corre a compartir la información con sus compañeras y los agentes. Sin embargo, no tienen tiempo de divagar porque alguien en el mismo chat responde a ese mensaje:

Alba

Claro! Ya sé de quién es, es de la nueva...

Todos piensan irremediablemente en Asun, la madre de Hugo. Esa mujer les ha mentido y es muy probable que sea porque ha matado a su propio hijo.

87

Un día antes

Como cada mañana, Asun fue la primera en levantarse para poner en marcha el funcionamiento de su casa. Un lugar que, pese a que ella se dejara la vida, se parecía más a un perenne campo de batalla que al hogar que intentaba crear. Había dormido menos de cinco horas y estaba agotada. Su insomnio no era ninguna novedad. Se quedaba despierta hasta las tantas pensando qué podía cambiar para que Hugo dejara de dar tantos problemas, cómo podía ayudarlo.

Su hijo estaba cada vez más asalvajado. Aunque no era nada nuevo porque ya había tenido problemas de adaptación en el colegio anterior por los que lo acabaron echando. Era un niño muy nervioso con evidentes problemas de atención. Si se lo proponía, parecía muy seguro y resultaba muy desafiante, pero ella sabía que, en el fondo, era extremadamente sensible e inseguro, y por eso actuaba así, para imponerse y marcar territorio antes de que se lo comieran por su fragilidad.

Asun reconocía ese comportamiento porque su marido era exactamente igual. Diego era un tipo muy echado para delante, de esos a los que se les suele llamar «fanfarrón». Se pasaba el día presumiendo, aunque tampoco fuera muy consciente con tanto alcohol como tomaba.

Asun odiaba a los borrachos, le resultaban insufribles, y tener uno dentro de casa, metido en su cama, era el peor castigo. Por eso no se quejaba cuando pasaba noches fuera, ya no preguntaba, no quería saber. Solo agradecía no tener que aguantar el aliento a ron, aunque tuviera que lidiar sola con todas las llamadas del colegio y posteriores charlas con Hugo. ¡Cómo no iba a ser chulo y amenazante si era lo que veía en su padre! Por eso respondía así y saltaba a la primera de cambio, a la defensiva. Era el ejemplo que tenía en casa. La violencia no era heredada, pero estaba calando en él de una manera evidente. Asun ya no sabía qué hacer para evitarlo.

Había intentado empezar de cero con la esperanza de que la nueva casa y el cambio de cole, con nuevos amigos, ayudaran, pero se había encontrado con que era aún peor. Ya ni podía salir a la calle con la cabeza alta, no era capaz de dirigir la palabra a ninguno de los padres de los compañeros de sus hijos porque se le caía la cara de vergüenza. Ella intentaba por todos los medios que Hugo y Olivia se comportaran, pero si luego aparecía su marido hablando a gritos y soltando barbaridades, tacos e insultos, ¿qué iba a hacer?

A veces se planteaba contarlo, pedir que la añadieran al chat de clase y dejar un audio explicando su situación para que la entendieran, ¡joder! Pero no quería darles carnaza y mucho menos lástima. Solo agradecía no haber asistido a la maldita reunión, aunque esperaba que, al menos, hubieran visto que de tal palo tal astilla y que el comportamiento de su marido hubiera hablado por sí solo.

Mientras preparaba el desayuno de los niños, pensaba en cómo se habían precipitado las cosas en el último mes, cuando debería haber sido lo contrario. Agustín, el director de Primaria, le pedía que confiara porque las tutorías con él le vendrían bien. Le decía que, a veces, cuando hay alguna avería hace falta tener paciencia para desmontar y después volver a colocar las piezas en el sitio correcto. Quizá tuviera razón, pero ella no estaba dispuesta a esperar. Esa noche no pensaba hacerse la tonta y por la tarde iba a llamar a Diego para ponerle los puntos sobre las íes. Había llegado el momento de tomar una determinación con Hugo. Si su marido era tan duro como alardeaba, debería demostrarlo de una vez. No consentiría seguir así ni un día más.

88

El líder

Cuando el equipo de secretaría y los dos agentes de la Guardia Civil aún se están recuperando del impacto de saber que el llavero pertenece a la madre de Hugo, llega un nuevo mensaje que María les muestra corriendo:

Alba

La rubia, amiga de Pilar, la de Ramón…

No terminan de leerlo y llega otro:

Lola C.

Clara se llama, seguro que es de ella.

Trabaja para un showroom de moda

Candela se dirige a las secretarias.

—¿Esta Clara tiene un hijo en la clase de Hugo? —Necesita encajar las piezas.

Las mujeres asienten.

—Ahí la tiene. —Macarena señala la puerta doble de cristal de la entrada, que deja ver el acceso exterior al recinto, donde hay muchos padres con sus hijos. En uno de los grupos está la susodicha y al lado un niño rubio, como ella, cambiando cromos con otro.

Candela se fija en que está embarazada y en que su actitud no destaca entre el resto de las mujeres con las que habla.

—¿Saben si su hijo…?

—Alonso —puntualiza María.

—¿Saben si Alonso ha tenido algún problema con Hugo? —Las mujeres se miran entre ellas; son tantos los conflictos y castigos que había tenido el fallecido que les cuesta recordarlos todos—. Algo en especial, me refiero, alguna agresión o insulto que haya abierto un enfrentamiento entre Clara y la familia, por ejemplo —trata de refrescarles la memoria.

—No, seguro que no. Nos acordaríamos si hubiese sido algo así, algo grave —dice Macarena.

—Entonces no ha tenido ningún conflicto público con la familia. —La teniente pide con la mirada la colaboración de su compañero.

—Perdone que interrumpa, pero es que Alonso es bastante líder, incluso un poco estirado, si me lo permiten —afirma Macarena.

—Quizá simplemente ha pasado por ahí. Si no se ha asomado, ni siquiera habrá visto a Hugo—comenta Jesús.

—¿Puede pedirle que vaya un momento a la pecera? —solicita Candela a la mayor—. Llamará menos la atención que si lo hacemos nosotros, invéntese cualquier excusa.

La jefa de secretaría asiente y sale fuera. Candela observa a la embarazada y se pregunta si una mujer en su estado sería capaz de matar a un niño de la edad de su hijo.

89

La pecera

En poco tiempo la parte menos visible del exterior de la pecera se ha convertido en el centro de operaciones para recabar, de una manera informal, las primeras declaraciones a los posibles implicados que van apareciendo conforme avanza la investigación. Hace nada era Olivia, acompañada de su novio, Christian, quien estaba ahí sentada, y después vino don Miguel, el profesor del fallecido. Todos ellos aseguran haber contado la verdad, pero se acusan mutuamente. Sin embargo, una de las partes miente y la otra podría no haber sido sincera del todo. Ahora le toca el turno a Clara, que, cuando entra con Macarena, se queda de piedra al ver que los dos agentes la están esperando. Estos se fijan en que la mujer tiene los ojos rojos, parece haber estado llorando. Macarena sale en cuanto empiezan las presentaciones.

—Buenas tardes, soy Candela —empieza amigablemente para ganarse su confianza— y este es Jesús, mi compañero. —El agente sonríe—. Nos estamos encargando de investigar lo ocurrido. Supongo que se habrá enterado, ¿verdad?

—Sí, claro. Es horrible, pobre crío.—Los ojos de Clara vuelven a empañarse.

—Tengo entendido que no llevan mucho en la zona...

—Nos mudamos en verano porque a mi marido lo trasladaron a Madrid y mi trabajo tiene sede aquí, así que nos venía bien a los dos. Estamos muy contentos, no nos imaginábamos que algo así podría ocurrir en un sitio como este...

—¿No estaban al tanto de la desaparición del otro menor, Roberto?

—Ah, sí. Pero nos enteramos después. Conocí a Pilar y, bueno, me fueron llegando las historias y rumores sobre su marido...

—Yo llevé la investigación —señala Candela.

—Pues entonces sabrá más que yo...

—Y se ha hecho muy amiga de Pilar...

Clara mira a las secretarias, que permanecen fuera y lanzan miradas furtivas. Es evidente que les han informado.

—Lo digo porque la he visto con ella —añade Candela.

—Sí, sí. Nos apoyamos mucho la una a la otra.

La teniente se vuelve hacia su compañero. ¿Estará pensando lo mismo que ella? ¿Podría haber ayudado Clara a su amiga Pilu a deshacerse del niño que hacía *bullying* a su hijo? Pero si era cierto que Pilar estaba trabajando a la hora a la que salió Hugo, tendría que haber sido solo ella. Candela la observa. Valora de nuevo si alguien con un embarazo tan avanzado se arriesgaría a hacerle algo a un niño tan violento como Hugo y que este le pudiera dar un mal golpe en la tripa. Quizá la mujer de Ramón se las había apañado otra vez para que alguien mintiera por ella y en realidad había conseguido llegar a la escena del crimen para matar a Hugo ayudada por Clara. No debe embalarse; que hayan encontrado su llavero en la escena del crimen no significa que haya sido ella.

—Eso está bien. Entonces sabrá que su hijo pequeño tenía problemas con el fallecido...

—Pablo, sí, bueno, él y todos...

—¿Alonso también?

Clara parece sorprendida por que la teniente mencione a su hijo por su nombre, pero responde igual de atenta.

—Algún roce, ya le digo que Hugo no discriminaba a nadie, a todos les hacía alguna…, pero, vamos, nada importante.

La puerta de la pecera se abre y aparece Macarena junto con María. Ambas tienen cara de haber visto un fantasma.

—Perdonen, necesito que vengan conmigo un momento —dice la jefa de secretaría intentando aparentar normalidad.

Candela y Jesús son conscientes de que debe tratarse de algo importante para interrumpirlos así. No tienen tiempo de decir nada a Clara, que también los mira extrañada, porque María se les adelanta.

—Yo me quedo contigo. Toma un vaso de agua, que estarás seca. Además, con el calor que hace hoy… —le dice con simpatía mientras llena uno en el dispensador que hay junto a la puerta.

Los agentes salen acompañados de Macarena, que, tan pronto como cierra la puerta a su paso, les dice excitada:

—Tienen que venir corriendo al despacho de Agustín, no se lo van a creer.

90

El correo

En cuanto entran en el despacho del director de Primaria, este se disculpa mientras les ofrece que tomen asiento. Candela y Jesús obedecen. Macarena cierra y vuelve a la pecera.

—Siento hacerlos venir, pero tienen que ver un correo que he recibido esta mañana, y la cuenta del colegio la tengo solo aquí, no la llevo en el teléfono personal. Por eso no lo he visto hasta ahora.

Los agentes se sientan frente al hombre, que se queda de pie pero apoyado en el otro lado de la mesa, y comienza a leer en voz alta:

—A ver..., esperen que voy al grano... —Lee en voz baja hasta que elige un punto más avanzado—. «Tiene que parar esto, ese niño es un monstruo». Se refiere a Hugo —aclara—. «Los está destrozando a todos, se los va a llevar por delante. Se lo advierto, no pienso quedarme de brazos cruzados. No quiero reuniones ni tutorías, quiero que se encarguen de ese demonio, que nos lo quiten de en medio. Si no lo hacen ustedes a su manera, lo tendré que hacer yo a la mía».

Agustín aparta la mirada de la pantalla y la posa en los dos agentes, que permanecen expectantes.

—¿Quién lo firma? No nos lo ha dicho —señala Candela.

—¡Ay, sí! Perdonen, como ya lo había leído lo he dado por supuesto y no se lo he dicho. Es la madre de un alumno de su clase, otra familia que lleva poco tiempo en el centro. El niño se llama Alonso y ella es Clara. Macarena me ha dicho que justo estaban hablando con ella.

—Sí, pero mejor sigamos aquí —responde Candela.

—¿Debería avisar también a Amador? —pregunta Agustín.

—No hace falta que venga el director. De momento escuchemos lo que nos tiene que decir ella —responde la teniente, que no quiere celebrar nada antes de tiempo.

El director de Primaria descuelga el teléfono y marca la extensión de secretaría.

—Macarena, haga el favor de acompañar a Clara a mi despacho.

91

La noche anterior

El ambiente entre los padres de los alumnos de la clase de tercero A cambió desde que empezaron a notar que la situación en el aula se estaba volviendo hostil debido al comportamiento de Hugo, su nuevo compañero. La reunión con profesores y padres fue crucial en ese sentido. La mayoría no daban la cara, pero aprovechaban cualquier momento en el que se cruzaban, a la hora de salida o entrada de los niños, para trasladar su preocupación, aunque después nadie hacía nada. Clara los escuchaba, asentía y les animaba a hacer algo; si sus hijos estaban mal, no los iban a dejar desamparados. Ella también estaba preocupada y quería que le pararan los pies, pero lo decía desde la tranquilidad de saber que Alonso no se estaba viendo afectado por la actitud de ese mocoso prepotente. Su hijo era muy asertivo, tenía mucho carácter, y lo que ella temía no era que fuera víctima de *bullying*, sino de que se sumara a Hugo y empezara a vacilar o a liarla como él. En su casa, ella y Daniel, su marido, se pasaban de estrictos porque para ellos lo más importante eran los valores y no querían que su hijo se convirtiera en un tirano como esos niños caprichosos y malcriados que tan nerviosa la ponían. Sin embargo, esa noche la perspectiva sobre la situación con relación a su hijo daría un vuelco insospechado.

Durante la cena Alonso estaba especialmente callado. Daniel se encontraba de viaje y dormía fuera de casa, así que ella y su hijo cenaban solos, como muchos otros días. Sin embargo, en lugar de tener que rogarle que callase un poco y comiese cuando se emocionaba contando alguna batallita, tuvo que pedirle que se metiera algo en la boca, pero porque se quedaba ensimismado, con la mirada perdida y el cubierto en la mano, a punto de caerse, sin probar bocado.

—Me duele la tripa —le respondía cada vez que le insistía en que comiera.

Lo primero que pensó fue que, aunque lo que le había preparado le gustaba, querría ver algo o jugar. Pero recordó las palabras de Pilu, que le había contado que Pablo empezó a decirle que le dolía la tripa cuando se encontraba mal por lo que le hacía Hugo en el cole. A Clara se le encendieron todas las alarmas, así que decidió preguntarle.

—¿Quieres vomitar?

Cuando se ponía malo era lo primera que hacía. El niño respondió que no. Después, cuando Alonso ya estaba acostado en su cama, Clara lo observó en silencio analizando su comportamiento. Veía al niño más bajo de energía de lo normal; no había querido leer nada ni había suplicado ver un poco la televisión. Se había colocado de lado y miraba fijamente la pared, sin tocarse el estómago como hacía otras veces cuando se encontraba mal. Parecía pensativo.

—¿Te duele mucho, cariño?

—Me duele la tripa. —Alonso se giró levemente.

—Es que no has cenado. ¿Te traigo un vaso de leche con galletas? —preguntó con picardía por si estaba mintiendo.

—No, no. No tengo hambre —respondió antes de girarse de nuevo y volver a darle la espalda.

—Pero ¿te pasa algo más? —preguntó tímidamente ella.

Alonso cerró los ojos; su madre sabía que era para que no le preguntara más, porque seguía despierto. Cuando por fin se quedó dormido, Clara se fue a su habitación. Trató de quitarle importancia para evitar darle vueltas al tema y dormirse relativamente pronto, pero terminó por llamar a Pilu. Su amiga volvió a hacer hincapié en cómo ella había ignorado las primeras señales, cuando Pablo empezó a mostrar los signos de abuso por parte de la oveja negra de la clase. La avisó de que no cometiera los mismos errores.

A la mañana siguiente, el problema seguía ahí. Alonso se levantó bajo de energía y su madre lo achacó al sueño. Pero en el desayuno no quiso casi comer y utilizó la misma excusa:

—Es que me duele la tripa.

Clara intentó mantenerse firme y que la tristeza e impotencia que sentía en ese momento no la derrotaran. No quería tratar a su hijo como una víctima, ni juzgar a nadie, pero necesitaba saber qué le sucedía.

—Cariño, ¿tienes problemas con algún compañero? —El niño no respondió—. ¿Alguien se mete contigo? —Ahora parecía asentir levemente—. ¿Sí? —El niño asintió—. ¿Y te ha pegado?

Alonso continuaba con la mirada baja y perdida, y tardó en responder.

—Sí… —dijo con la boca pequeña.

—¿Se mete contigo?

—Con todos.

—¿Y dónde te pegó? —El niño calló y ella insistió con la misma impotencia que le describió Pilu; su hijo se negaba a confesarlo por no parecer un chivato o un cobarde, por el miedo que le hacía sentir ese demonio, y ella iba a conseguir que se lo contara—. Dime, ¿dónde? ¿En el cuerpo? ¿En la cabeza?

Alonso levantó la mirada del suelo y ella lo interpretó como un sí. Clara se sentía cada vez más afectada.

—¿Cuándo ha sido eso?

—No me acuerdo, mamá —respondió Alonso para terminar la conversación.

—Ayer, ¿verdad? —preguntó Clara. Por eso estaba así en la cena.

El niño se echó la mano a la tripa. «Se está haciendo el enfermo para que pare», pensó, pero no lo iba a hacer. No iba a dejar que nadie le pusiera la mano encima.

—Y ha sido Hugo, ¿verdad? —Alonso no respondió—. Mírame, es Hugo el que te pega, el que os pega a todos, ¿no? —El niño asintió—. Es que no va a parar…, no puede ser…

—Hugo se porta muy mal, mamá, yo creo que lo van a expulsar. Ha pegado hasta a don Miguel…

Clara llevó a Alonso al colegio como todos los días. Se quedó esperando a que Pilu terminara de hablar con Paloma, que no podía ser más pesada y que se había acercado por interés, para saber si había algún detalle nuevo sobre la repercusión de la reunión: si la habían llamado, si habían tomado medidas y todo lo que alimentara la comidilla. No le importaba esperar porque, aunque estuviera muy revuelta y por el avanzado estado de embarazo la tripa le pesara más que nunca, necesitaba compartir su agonía con su amiga.

92

El regalo

Al poner el primer pie en el despacho del director de Primaria, Clara se encuentra con que, a su lado, están los dos guardias civiles con los que hablaba hace unos minutos, algo que ayuda a que aumenten sus nervios.

—¿Quiere más agua? —le ofrece Macarena desde la puerta.

La mujer niega con la cabeza con una sonrisa de compromiso.

—Entonces me marcho. Si necesitan algo, ya saben dónde estoy —dice la jefa de secretaría.

—No te asustes, Clara. —Agustín utiliza un tono amable—. Siéntate, por favor. —La embarazada le obedece—. Les estaba hablando a los agentes sobre los problemas de comportamiento que tenía Hugo y justo ha aparecido tu correo y, pese a lo ocurrido, me gustaría hablar contigo.

Clara mira a Candela y a Jesús con cara de circunstancias.

—Espero que no le moleste nuestra presencia, pero, de cara a la investigación, nos viene bien conocer la personalidad del fallecido —dice la teniente.

—Verán... Es que ya no tiene importancia. Ahora me arrepiento de haberlo escrito, en realidad no pienso eso ni mucho menos. Pero lo escribí por la mañana, en caliente. Mi hijo me acababa de decir que le había pegado alguna vez y que no decía nada porque tenía miedo de contárselo a los profesores, y me puse muy nerviosa pensando que pudiera acabar como Pablo, el hijo de Pilu. A él se lo hizo pasar fatal. Pero después se me pasó, me di cuenta de que estaba exagerando. Ya ni me acordaba de que lo había enviado —se justifica—. Es horrible que haya muerto, yo no quería que pasara algo así, solo que tomaran medidas serias, ustedes me entienden…

—Claro —responde cordial Candela, preparando el siguiente ataque.

—Me voy a tener que ir porque he dejado a la niña sola con la chica y estoy tardando mucho… Seguro que le da alguna perra y ella no puede verla llorar, no sabe cómo manejarla, ¿saben? —La mujer está visiblemente alterada.

La teniente no quiere perder la oportunidad y aprovecha para sacar el valioso llavero plateado que había guardado en su bolsillo. Clara se queda blanca. Todos aprecian su reacción.

—¿Reconoce este llavero?

La embarazada tarda unos segundos en responder.

—Sí, hay muchos. Es de una marca… —empieza, pero la teniente la interrumpe.

—¿Puede enseñarme sus llaves?

Clara saca las llaves de su bolso. Del manojo sale una cadena plateada de la que no cuelga nada y que casa perfectamente con el llavero encontrado. Entonces levanta la cabeza con el gesto compungido y se posa las manos sobre la tripa.

En ese momento Jesús repara en que la mujer viste una camiseta de manga larga, cuando lleva días haciendo mucho calor, y, por primera vez, se da cuenta de lo que aquello podría significar.

—¿Puede subirse las mangas del jersey, por favor? —le pide para sorpresa de todos.

Clara se queda quieta, no reacciona.

—Por favor —insiste la teniente.

—Clara, hazles caso —añade don Agustín.

La mujer obedece, temblorosa, y deja al descubierto varios arañazos recientes en su brazo izquierdo. Después rompe a llorar desconsoladamente.

93

Ese mediodía

Clara no había conseguido deshacerse del malestar que le habían provocado las palabras de Alonso en el desayuno. Estaba muy angustiada, tanto que después se había quedado a gusto redactando el correo para el director de Primaria, saltándose varios pasos. No pensaba andarse con tonterías. ¿Para qué iba a escribir a don Miguel si, por lo que llevaba visto, el tema jamás avanzaba? Un par de horas después, sin embargo, seguía nerviosa y muy inquieta porque, entre otras cosas, aún no había recibido respuesta y, por lo tanto, nadie estaba haciendo nada para paliar el sufrimiento de su hijo. Su pequeño… Le parecía increíble verlo así. Era una pesadilla. Nunca se había tenido que preocupar por él en ese sentido, hasta ahora nadie le había tosido. Alonso siempre había tenido mucho carácter, tenía alma de ganador, como su marido. Era un niño encantador y desde pequeño se había desenvuelto muy bien, incluso con los niños mayores que él. Nunca había mostrado timidez ni apocamiento. De hecho, en ocasiones le había tenido que dar un toque porque se pasaba de chulito. Y entonces, de la noche a la mañana, era otro. ¿Cómo podía ser? ¡Es que era increíble, un niño con tanta alegría y vitalidad! Ese chupóptero le estaba arrebatando la vida, como a Pablo y al resto de sus compañeros.

Intentó quitárselo de la cabeza, pero cada minuto era peor. No solo le preocupaba el estado de su hijo, sino que, encima, pasaban las horas y aún no había recibido respuesta por parte del centro. Sabía que Agustín estaría ocupado, pero la rabia la corroía. No podía evitar dar vueltas en bucle al tema, ¡qué falta de respeto! ¿Lo habría leído ya y la estaba ignorando? O quizá fuera ella la que se estaba precipitando. No sabía qué esperar: «No van a hacer nada, harán la vista gorda, en su línea, como hicieron con Pilu».

Necesitaba salir a pasear, moverse un poco para que no la comiera la barriga enorme que ya tenía. Se puso unas mallas y una camiseta ancha de manga corta de su marido y se colgó del cuello su llavero plateado de su marca estrella para que las llaves no la molestaran y no perderlas. No quería tener que esperar en la puerta a que la chica dejara de pasar la aspiradora para abrirle; la avisó para que en su ausencia le echara un ojo a Bego, que todavía dormía, y salió de casa.

Caminó hasta la calle principal, desde la que se accedía al campo, y comenzó a bajarla. Pero, antes de llegar, se encontró precisamente con Hugo, que venía de subida. No se lo podía creer. Sin pensarlo dos veces le chistó para hablar con él, pero el niño la ignoró.

Era el colmo. Volvió a llamarlo, pero de manera más evidente, para que no hubiera duda.

—¡Eh, Hugo!

Pero él pasó de ella y, en lugar de cruzar, como habría sido lo normal, se metió por uno de los caminos que rodeaban la cabaña de ladrillo con la evidente intención de dar la vuelta y sortearla.

—No te lo crees ni tú, niñato de mierda —masculló Clara—. ¡Hugo, oye!

El niño siguió ignorándola, no se detuvo y bordeó el espacio huyendo de ella.

—Hugo, soy la madre de Alonso, de tu clase —intentó explicarse ella con amabilidad, no deseaba asustarlo—. Quiero saber por qué...

Entonces el niño frenó a mitad del recorrido, pegado a la parte central de la pequeña pendiente.

—Tu hijo es un mierda.

Fue a darse la vuelta, pero Clara, sin poder contenerse, lo empujó levemente.

—¿Tú quién te crees que eres? —le recriminó al tiempo que veía cómo Hugo se desplazaba al darle el toque y, al echarse hacia atrás, parte del borde que pisaba se hacía pedazos y el niño perdía el equilibrio y caía al vacío.

Antes de desaparecer, el chico intentó agarrarse a ella desesperadamente. Con la mano derecha tiró del colgante y consiguió arrancar el llavero de la cadena que lo sujetaba y que cayó al suelo a la altura de los pies de Clara, y con la izquierda arañó el brazo de su agresora cuando trató de sujetarse.

Clara se quedó congelada. Aunque fue el niño el que cayó, ella sentía que el mundo se desplomaba a sus pies. ¿Qué acababa de hacer? Se asomó enseguida para tratar de ayudarlo. La zona estaba llena de ramas y arbustos y confiaba en que habrían amortiguado la caída. Comprobó que, en efecto, había quedado suspendido, pero no se movía ni pedía ayuda.

—Hugo, ¿estás bien? ¿Me oyes? —preguntó desesperada. Los nervios crecían al no obtener respuesta—. ¡Hugo! Hugo, contéstame, ¿me oyes?

La embarazada agarró una rama rota que había en el suelo y se aproximó cuanto pudo sin que llegara a ser peligroso, puesto que ya no se fiaba del terreno. El niño no reaccionó al leve roce, no respondía, podría estar muerto o inconsciente. Pensó que debería llamar a los servicios de emergencia o al colegio para que lo rescataran y lo llevaran al hospital, debería tratar de salvarlo antes de que la rama se venciera y se desplomara hasta abajo del todo y los daños fueran irreversibles. Pero, en lugar de eso, volvió a su casa lo más rápido que pudo y lo primero que hizo fue abrazar a su hija. Su pequeña le transmitió la paz que necesitaba. Se habría quedado a vivir en ese abrazo eternamente, como si la inocencia de su cría compensara el mal que había en ella.

Después se puso un jersey fino de manga larga para esconder los arañazos y esperó al borde del infarto a que llegara la hora de ir a recoger a Alonso. Tardó en salir de casa porque tenía el presentimiento de que alguien notaría que estaba muy nerviosa. Solo pedía que lo encontraran sin vida. Se sentía la peor persona del mundo, la más egoísta, ruin y cruel, pero suplicaba que fuera así, puesto que, con suerte, sería la única manera de que no lo contara, no ser descubierta y poder seguir en libertad y criando a sus hijos. Daría a luz al niño que estaba en camino y se ocuparía de los otros dos como si nada de todo eso hubiese ocurrido jamás.

94

La detención

Pilu continúa en la entrada del colegio junto a Sara, Paula y otras madres de las clases de sus hijos y alguna más de otros cursos. Los niños juegan en el patio del centro mientras ellas cotillean sobre Hugo y su familia y leen en voz alta los chats en los que encuentran algún detalle o rumor nuevos que enseguida ponen en común con las otras. El ambiente cada vez está más crispado porque las cámaras de televisión y los reporteros se amontonan a la salida y por toda la cuesta de subida hasta llegar a la escena del crimen, el lugar estrella. El nerviosismo y la preocupación son evidentes, y ninguno de los progenitores quita ojo a sus hijos.

Pese a eso, nadie sospecha lo que acaba de ocurrir en el despacho del director de Primaria; tampoco que Clara pudiera estar en el punto de mira por su llavero.

La única que tiene la mosca detrás de la oreja es Pilu, que se ha quedado con una sensación extraña después de que Macarena viniera a buscar a su amiga hace un buen rato. El resto no había dado importancia a que la jefa de secretaría quisiera hablar con ella, porque tanto Clara como su marido se las dan de importantes y en el colegio les hacen la pelota. Además, ella había mencionado algo sobre la posibilidad de extender los horarios por la tarde para que Alonso se quedara más tiempo cuando su nuevo hermanito naciera, y tenía toda la lógica. Sin embargo, no es por eso por lo que Pilu no para de darle vueltas al coco, sino porque es la única que está al tanto de algo que el resto desconoce: lo que había sucedido con Alonso esa misma mañana y la noche anterior y cómo la había afectado. Lo nerviosa que estaba, tanto como para enviar un correo bomba precisamente al director de Primaria. Y se pregunta si no será esa la verdadera razón por la que querían hablar con ella.

La intriga tarda poco en resolverse cuando la ve salir por la puerta de secretaría acompañada por la teniente y su ayudante. Detrás camina Amador, el director del centro, junto a Agustín, el de Primaria. Por último aparecen Macarena, María y Cristina. Pilu sabe que algo no ha ido bien. Entonces vuelve a fijarse en su amiga: Clara lleva la cabeza baja, pero la levanta intentando localizar algo. Sus ojos están llorosos, y Pilu se da cuenta de que está buscando a Alonso, que no repara en su madre porque sigue entretenido cambiando cromos. Entonces las dos amigas cruzan sus miradas y no hace falta que se digan nada. De pronto se hace el silencio en el grupo de madres y poco a poco entre el resto de los allí presentes. Todos miran desconcertados. ¿Está detenida? No lleva esposas, pero es evidente que la están custodiando hasta la entrada, donde otros agentes esperan para trasladarla al cuartel. Pilu no puede evitarlo y, aunque le cueste sudor y lágrimas por las habladurías que sabe que va a despertar, se acerca a ella.

—Daniel está de camino —le dice Clara antes de que ella pueda abrir la boca—. Me han dicho que se encargan de Alonso, pero, por favor, ocúpate tú de él hasta que llegue —dice con los ojos llorosos.

Pilu no puede articular palabra, no entiende nada. ¿Por qué detienen a su amiga? Es incapaz de creer que Clara haya matado a Hugo. Jamás hubiera pensado que ese sería el final del conflicto que había protagonizado sus vidas las últimas semanas.

—Ha sido un accidente —continúa la detenida—, no quería hacerlo. Se ha caído y he intentado salvarlo por todos los medios, pero no he podido hacer nada. —Entonces vuelve a mirar a su hijo y mientras borra el rastro de sus lágrimas le dice—: No le digas nada, por favor, que no se entere.

Pilu asiente. De pronto, entiende el motivo por el que antes su amiga había cuestionado el comportamiento de Sara durante la noche de la desaparición de Roberto: intentaba desviar la atención, quería hacerla parecer sospechosa.

Clara va hacia Alonso para despedirse. La escena es tristísima y, aunque aún está sobrecogida por lo que le acaba de contar su amiga, Pilu no puede evitar respirar aliviada: una mujer blanca de buena posición social, madre de dos hijos y a punto de dar a luz al tercero, mata a un niño de la clase del mayor. Es tan bestia que está convencida de que ni en los medios habrá hueco para hablar de Christian o de Ramón. Clara se acaba de convertir en la protagonista, más aún que el propio Hugo, y no se equivoca.

95

El dolor de tripa

El coche de la Guardia Civil está parado en la puerta del colegio, pero los agentes que custodian a Clara le permiten un momento para despedirse de su hijo.

—Cariño, tengo que irme ahora —le dice tratando de disimular su debacle emocional.

—¿Adónde vas? —pregunta el niño, que se fija en los agentes y es consciente de las miradas ajenas y del silencio que impera de pronto.

—Tengo que ayudar a estos señores, será solo un rato...

—Pero, mamá, ¿qué pasa?, ¿por qué?

—Ahora viene tu padre, tú quédate con Pilu, que enseguida llega...

Pilu se ha acercado corriendo al ver la escena y permanece detrás del niño, a cierta distancia, para permitir una mayor intimidad entre madre e hijo, pero lista para encargarse de él en cuanto arranque el coche.

Alonso mira de nuevo a su alrededor y traduce las miradas de los allí presentes hacia su madre.

Los periodistas y curiosos empiezan a amontonarse al otro lado de la valla.

—Pero ¿qué ha pasado? —pregunta el niño, visiblemente preocupado.

Las lágrimas caen por las mejillas de Clara, que tiene que aguantar el llanto para no preocuparlo más.

—Yo quería pararlo... —Alonso la observa sin comprender—. Te estaba pegando...

—¿Quién? —responde él, confundido.

—Hugo —dice extrañada. El gesto del niño es de absoluta incomprensión—. Tú me dijiste que te pegaba, esta mañana en el desayuno... —Alonso sigue sin decir nada—. No podías probar bocado...

—Porque me dolía la tripa —responde él.

—No, no comías porque te estaba haciendo la vida imposible, te pegaba en la cabeza...

El niño la mira sin entender.

—No, no comía porque me dolía. Te lo dije —responde de la manera más normal ante la estupefacción de su madre—, aún me duele. Menos, pero me duele.

Clara no se puede creer lo que está escuchando. Por un momento le parece que se trata de una alucinación.

—Pero ¡me dijiste que te pegaba en la cabeza!

—Yo solo te dije que me pegaba, como a todos. Lo de la cabeza me lo dijiste tú.

—¡No me dijiste que no!

—Para que me dejaras en paz. Estaba malo, mamá —dice al borde del llanto.

—Tenemos que irnos —dice uno de los agentes que la van a trasladar.

Clara está al borde del colapso. ¡¿Porque le dolía la tripa?! Una sola frase ha sido suficiente para hacerla aterrizar de nuevo en la realidad. Ella había creído que su hijo sufría abusos como el resto. Hace un rápido repaso a la conversación que tuvieron durante el desayuno; ella estaba convencida de que le había dicho que Hugo le pegaba en la cabeza, por ejemplo.

Pero no fue así, ¡es verdad! Se había quedado callado y ella interpretó que era porque no quería delatar a su agresor. Empieza a transitar por la conversación que tuvieron y encajaba con lo que Alonso le acababa de decir: le dolía la tripa y no quería hablar. Fue ella la que le fue preguntando y él solo asentía o callaba. Hugo le habría atizado, como a todos, pero no estaba así por eso, se lo acaba de decir.

A fin de cuentas, tenía sentido porque todos sabían que la oveja negra no tenía fijación por ninguno en concreto, sino con el primero que pillaba. Pero Alonso no estaba mal porque lo acosara. Era espantoso. Ella había interpretado sus silencios como afirmaciones, había insistido en que le contara qué le pasaba sugestionada por sus miedos y lo había sacado todo de quicio. Nunca lo habría mandado a clase si hubiera pensado que de verdad estaba malo. Tenía tan presentes todas las advertencias y avisos que se puso en lo peor y no dejó margen a la duda. Se lo habían avisado los profesores, pero, aun así, sin darse cuenta, fruto del pánico, había terminado haciéndolo. Ella, tranquila y calmada, una mujer sensata y educada, había condicionado sus respuestas, le había dado el nombre de Hugo a su hijo casi como única opción y él solo había asentido, como lo hacía tantas veces, para que se callara de una vez y lo dejara en paz. ¡Solo le dolía la tripa! Se lo había dicho, era cierto. Y ella ha matado a un niño por eso, aunque fuera un accidente. Estaba tan sobrepasada por lo que había hecho que fue tan idiota de dejarse el llavero, pero estaba tan en shock que ni siquiera lo vio.

Clara palidece y sale hacia el coche caminando despacio, consciente de que se ha destrozado la vida.

Las cámaras que hay en el exterior captan el momento en el que entra en el vehículo y el coche de la Guardia Civil arranca. Pilu ve la estampa desde dentro, donde permanece abrazando a Alonso. Paula y Sara, acompañadas de las demás madres, han salido para verlo alejarse. Sara no pierde ni un segundo para poner en marcha el chat. Coge el teléfono y escribe a El Rebaño:

Sara F.
No os lo vais a creer

96

La despedida

María aprovecha que la atención de todos los presentes está puesta en la partida del coche, en el que se llevan detenida a Clara, para lanzar una mirada a don Miguel. Ahora que ya no hay riesgo de que alguien piense que podían haber sido ellos, sería el momento de contar la verdad. Pero, después de conseguir que nadie cuestione el motivo de su repentina salida del colegio y de que don Miguel haya quedado libre de sospecha, no tiene sentido exponer su mentira. Lo único que puede traerles son problemas. Ese mediodía salió por orden del profesor de Hugo, que la llamó para contarle que sabía la forma de librarse del niño. Pero no de la manera en la que lo había hecho Clara. Don Miguel había encontrado la solución para dejar de dar vueltas sobre lo mismo, sin obtener resultados, y lograr, por fin, que desapareciera de su vista. Su intención no era que expulsaran a Hugo, como se habían propuesto sin éxito hasta ese momento, sino a su hermana, y que, por lógica, como habría pasado de ser él el expulsado, el niño fuera detrás.

Olivia se lo había puesto en bandeja: lo estaba chantajeando, pero no era más que una cría pasada de lista. Él lograría que la chica cayera en su propia trampa. Para ello necesitaba que María saliera del colegio y llegara por el camino del campo hasta la zona del huerto. Allí esperaría y, a través de las enredaderas que cubren la verja, filmaría la conversación plagada de amenazas que la adolescente proferiría contra él. Don Miguel solo tendría que pegarse a la valla para que su cómplice pudiera grabarlo todo bien y, además, con un sonido nítido. Con esa prueba podría demostrar que no la acosaba sexualmente y sería suficiente para expulsar a alguien de su edad.

Muy cerca de María, Candela y Jesús también ven partir el coche con la culpable de la muerte de Hugo. La teniente mira a su compañero, satisfecha. Después de todo, parece que no hacen tan mal tándem. El sargento se ha marcado un buen tanto al darse cuenta de la manga larga de la detenida para tapar las heridas defensivas causadas por la víctima. Hasta ese momento Candela pensaba que su nuevo subordinado no le sumaba demasiado, pero ahora lo ve con otros ojos. Una vez más, Sandra, su antigua compañera, le viene a la mente. Ella le diría enfadada que debe ceder y tener manga ancha para que él pueda hacer su trabajo, como le recriminaba siempre ella. Sin duda se sorprendería. Quizá le haga caso; Jesús por lo menos no le resta, algo es algo, y mientras consiga mantenerlo firme y recuerde que con ella no se juega ni funciona el rollito macho alfa que tanto le gusta a su superior, el capitán Prieto, todo irá bien. Aunque lo que realmente le apetece hacer ahora a Candela es llamar a Mateo y contárselo todo. La visita fugaz le había traído muchos recuerdos, aunque la mayoría sería mejor olvidarlos.

Los dos agentes se despiden de las secretarias, que están junto a Agustín y don Miguel. El director de Primaria tiene la mirada perdida, luce un gesto serio.

—Debemos mucho a este hombre —le dice Macarena a Candela refiriéndose a Agustín—. Se desvivía por Hugo. En realidad fue el único de todos nosotros que lo apoyó, pese a lo mal que se portaba. Tiene que ser muy duro para él y, aunque no lo parezca, debe de estar pasándolo muy mal.

Candela capta la indirecta, sonríe amablemente y se acerca hasta donde está el director de Primaria para agradecerle su colaboración.

—Gracias, Agustín. Sin usted no lo hubiésemos logrado en tan poco tiempo. —Le estrecha la mano.

—No me las dé, al fin y al cabo, es mi trabajo. En el colegio siempre decimos que los alumnos son nuestro rebaño. Necesitan un pastor que los guíe y que los cuide, y, aunque no sea posible en todos los casos, como en este, nuestra labor es advertirles y protegerlos de los lobos que acechan.

Candela se despide con una sonrisa y sale del centro junto con su compañero. El personal del colegio, los estudiantes y los grupos de padres, que escriben y comentan con euforia lo que acaba de suceder, quedan atrás.

REC

Después de conocer toda la historia, entenderéis por qué decía lo de que todo empezó con una llamada de don Miguel que no respondí.

»La conversación que tuvimos después lo cambió todo. Despertó en mí un espíritu de defensa extrema hacia mi hijo que trasladé al resto de los padres. Además, yo le transmitía mi preocupación a Clara, sin imaginar que calaría tan hondo en ella. Y eso que traté de calmarla la noche anterior a ese maldito día, cuando me llamó preocupada por Alonso y cuando, a la mañana siguiente, me dijo que el niño estaba aún peor. En ese momento no pensé que la cosa fuera a acabar así, lo habría impedido.

»Es terrible pensar que queremos tanto a nuestros hijos que podemos llegar a perder la cabeza y hacer cualquier cosa por ellos. Es comprensible, son nuestras criaturas y es nuestra ley, pero tenemos que reconocer que a veces la llevamos demasiado al extremo y nos equivocamos. Yo misma podría haber perdido los papeles, como Clara, y haber protagonizado los titulares que le dedicaron a ella: «Detenida una mujer por matar al niño que hacía *bullying* a su hijo».

»Ahora pienso mucho en los padres de Hugo. Sobre todo en su madre y en quién te prepara para ser el progenitor del acosador, del que hace *bullying*.

»A esos padres los dejamos solos y quizá solo necesitan sentirse aceptados en el rebaño, como dicen en el colegio.

»Por culpa de lo ocurrido, Asun y Diego han cambiado de colegio a Olivia, su otra hija, pero siguen viviendo en la urbanización, y el resto del rebaño no podemos ignorarlo. Yo la primera, que he sido la madre del agredido y, en algunas ocasiones, también del agresor, cuando a Christian se le iba la mano con alguno de los que se metían con nosotros; que he vivido el linchamiento y la exclusión social en mis propias carnes. He sido víctima de infinidad de bulos, mentiras y desinformación. Mis hijos han sufrido una barbaridad en los últimos años, se los ha acusado de muchas cosas, pero de lo único que son culpables es de tratar de seguir adelante lo mejor que pueden y, aunque a muchos les duela, no vamos a desaparecer, y la familia de Hugo tampoco. Su muerte trajo mis demonios de vuelta, pero me ha enseñado a vivir con todos ellos y a olvidar.

»Por eso quería contaros esta historia, mi historia, para que no cometáis los mismos errores y para demostraros que hasta de las peores experiencias se saca alguna lección: aunque Pablo y Hugo no se llevaran bien, no quiero perder la ocasión de mostrar a su madre todo mi apoyo y comprensión. A pesar de que nos resistimos a reconocerlo, el ser humano no está hecho para vivir en soledad. Necesitamos relacionarnos y siempre nos viene bien tener a una amiga cerca que nos escuche y nos dé un buen consejo en los momentos difíciles. Y creo que, después de todo, las dos tenemos mucho en común. Así que, ahora que no está Clara, ¿por qué Asun no podría convertirse en mi nueva mejor amiga?

Pilu entona la última frase a modo de despedida y sonríe a cámara. Después pulsa el botón de Stop y el teléfono deja de grabar.

98

La mañana del día de los hechos

La noche anterior a la muerte de Hugo, Pilu recibió un mensaje de Clara en el que le preguntaba si podía llamarla. En ese momento no se esperaba ni por asomo lo que su «nueva mejor amiga», como la llamaba cariñosamente, estaba a punto de contarle.

Cuando le describió el estado en el que había visto a Alonso durante la cena, Pilu se moderó para no ponerla más nerviosa, pero no se quitaba de la cabeza todas las veces en las que había sido a la inversa y Clara había aprovechado el momento de debilidad para recordarle lo maravilloso que era su hijo. Detestaba que hablara tanto de él y que a la primera de cambio recordara a todos lo perfecto que era. Aunque su amiga siempre la escuchaba y se mostraba comprensiva, se notaba que estaba convencida de que a Alonso nunca le iba a pasar algo así y sus comentarios resultaban condescendientes.

Además, a la hora de la verdad tampoco había movido un dedo y no se pronunció ni en la reunión ni después. La había dejado sola, como el resto de El Rebaño, creciéndose ante su debilidad. Y, mira por dónde, la vida da tantas vueltas que ahora también el invencible y perfecto Alonso estaba siendo víctima de *bullying* por parte de Hugo.

Por eso a la mañana siguiente, horas antes de que Hugo muriera, cuando en la puerta del colegio Clara le contó desesperada que Alonso había ido a peor, Pilu no pudo controlarse y esta vez decidió no dejar pasar su gran oportunidad de pagarle con la misma moneda. Iba a malmeter cuanto pudiera y exagerar la situación para que su amiga se plantara en el colegio y la organizara, como había hecho ella. Seguro que a la perfecta Clara, que era mucho más sofisticada y tenía mucho más dinero que ella, le hacían caso.

Por primera vez era ella la que tenía en su mano llevar al límite a otro, y nadie mejor que su amiga para empezar. Clara, la perfecta Clara, no iba a consentir que nadie tosiera a *su niño*, su orgullo no se lo permitiría, así que se esforzaría en alarmarla lo máximo posible. Pilu se convenció, además, de que los otros también entrarían en pánico porque, si había caído Alonso, seguro que también caerían los suyos. ¡Por fin! Estaba harta de que siempre fuera a la inversa y de que el resto de El Rebaño le calentara la cabeza para que ella lo resolviera todo y ellos no hicieran ni el huevo.

Las dos amigas se apartaron para hablar pegadas al campo. Pilu aprovechó para comentarle que quizá Alonso llevara más tiempo mal de lo que contaba, que había visto vídeos en los que se decía que la autoestima a esa edad era importantísima porque las tasas de suicidios se habían incrementado en niños cada vez más pequeños… Y mientras hablaba se daba cuenta del poder de sus palabras. Así, en lugar de calmarla, la fue encendiendo más y más. Sin embargo, lo hizo de una manera pasivo-agresiva, como hacía Clara: siempre con palabras amables que evidenciaban la debilidad de Pilu y así, indirectamente, ella quedaba por encima. «¡Que se joda, que sepa lo que es!», pensaba.

Cuando cada una volvió a su rutina, estaba eufórica y se sentía poderosa. No estaba acostumbrada a esa sensación porque, por una vez, la víctima era Alonso y no su Pablo. Sin duda, era mucho mejor ser la que da el consejo que la que lo necesita con urgencia. Es facilísimo tener la clave para resolver los problemas cuando a ti no te afectan.

Aquella mañana Pilu buscaba que su amiga interviniera, y vaya si lo hizo. Sus palabras condicionaron el relato de lo ocurrido y, por supuesto, sus consecuencias. La sugestionó para llevar al límite sus impulsos. Con todo, no se esperaba ni por asomo que Clara fuera a reaccionar de tal manera y acabara quitando el problema de raíz: expulsando a la oveja negra del rebaño para siempre.

Tras la detención de Clara, Pilu se sintió mal porque acababa de perder a una amiga, pero, por mal que hubiese hecho las cosas, no era peor que haber perdido a su marido. No obstante, después de todo, había salido ganando. Su nueva mejor amiga estaba detenida a la espera de juicio, sí, pero en todo eso también había una parte positiva: esta vez habían hecho el trabajo sucio por ella y no había tenido que mancharse las manos. Christian estaba limpio y lo que había pasado Pablo no era nada comparado con lo que le había sucedido a Hugo. El que avisa no es traidor. Sin duda, habría sido mejor que el niño no hubiera muerto, pero, si lo pensaba bien, en el fondo era un final feliz para una bonita amistad: lo que había hecho su amiga era injustificable, pero, gracias a eso, Pablo volvió a ser el de siempre. Christian pudo centrarse en Olivia de una manera mucho más sana, y Pilu se lanzó a contar su historia en las redes. El éxito estaba siendo enorme por el morbo que despertaba que fuese ella quien hablara sobre los motivos por los que había muerto Hugo, con la desaparición de Roberto de trasfondo y las referencias a su marido desaparecido y como principal sospechoso. Pero también fue muy aplaudida por sus reflexiones sobre temas difíciles que muchos calificaron de «valientes» y «necesarias». Pronto llovieron las llamadas para invitarla a pódcast y programas, sus seguidores fueron creciendo y le devolvieron el prestigio y nivel social que tanto echaba de menos. Y todo gracias a Clara, quien, con sus actos y sin saberlo, por fin la había ayudado. Después de todo, para eso están las amigas, ¿no?

99

Tres años antes,
la mañana siguiente a la noche de Halloween

Pasadas las ocho de la mañana, Macarena se encontraba de nuevo sentada en la butaca frente a la ventana del salón de su casa. Pero no miraba hacia el exterior, sino hacia la enorme maceta sobre la que se levantaba una frondosa yucca que tenía desde hacía casi una década. En su rostro se adivinaba el paso de las horas. Acababa de vivir los momentos más intensos que le había tocado encarar en años. Posiblemente lo peor a lo que se había enfrentado en toda su vida, porque sabía que lo sucedido esa noche en la urbanización lo cambiaría todo para siempre. Por un momento tuvo la tentación de recurrir a María como solía, pero eso habría sido un error y no podía cometer ninguno. Ay, María… ¿Qué estaba haciendo allí? Tenía que controlar ese pronto suyo, no le convenía ser tan impulsiva. No le traería más que problemas.

Macarena se frotó la cabeza enérgicamente, como si con ello fuesen a desaparecer el dolor y los pensamientos que la fulminaban con insistencia. Agarró la botella de whisky que vino en la cesta de Navidad del año anterior y que tenía guardada para regalar, la abrió con seguridad y le dio un sorbo largo. Apretó los ojos y sintió un fuego que le recorrió la garganta. Cuando los abrió de nuevo, al apartarse la botella, su mirada seca se había vuelto cristalina. No podía dejar de pensar en Roberto y en la inocencia que esa noche le había sido arrebatada para siempre.

Miró hacia el fondo del pasillo, a la puerta de su dormitorio, donde había dejado descansando a su improvisado huésped. Al principio parecía agotado, pero después, al tumbarse sobre la cama, había tardado en dormirse. Macarena se quedó contemplándolo desde el marco de la puerta. Parecía exhausto y no paraba de temblar, hasta que por fin cayó dormido como si nunca hubiese roto un plato.

PARTE III

Pastor, ra:

*Persona que guarda, guía y apacienta el ganado,
especialmente el de ovejas.*

100

Una semana antes de la muerte de Hugo

La honestidad era uno de los grandes valores que Asun quería inculcar a sus hijos, pero, por desgracia, ella se pasaba el día mintiendo, incluso a sí misma. Era la única forma que encontraba para poder seguir adelante sin mandarlo todo a tomar por saco.

Sus hijos se estaban criando en un ambiente en el que reinaban no solo las mentiras, sino también las excusas y el silencio como forma de omisión de la verdad, y tanto Hugo como Olivia lo imitaban. Aunque sobre todo el pequeño, que lo hacía tanto en casa como en el colegio. Asun estaba desesperada y se esforzó en recopilar todos los cuentos infantiles que encontró sobre las malas consecuencias de mentir para contárselos cada vez que podía. El primero fue su propia versión del clásico «Pedro y el lobo».

—Había un niño llamado Pedro que se aburría cuando llevaba a pastar a sus ovejas —empezó a contar cambiando el tono—. Un día, como sabía que había lobos por la zona y a la gente del pueblo les daban mucho miedo, para gastarles una broma gritó: «¡Que viene el lobo! ¡Que viene el lobo!». Y todo el mundo fue corriendo a auxiliarle, pero Pedro se tiró al suelo muerto de risa cuando los vio llegar. Los aldeanos comprendieron que les había gastado un broma y, como no les gustaba que se rieran de ellos, se fueron enfadados. —Asun giró la cabeza para mirar un momento a sus hijos y que entendieran que eso era importante—. Pues a Pedro no le pareció suficiente y volvió a gritar, aún más desesperado: «¡Que viene el lobo, socorro, que viene el lobo!». La gente del pueblo pensó que esta vez era verdad y corrieron de nuevo en su auxilio. Al llegar y comprobar que volvía a hacerles burla, se marcharon aún más enfadados. A la mañana siguiente Pedro paseaba a sus ovejas sin mostrar arrepentimiento por lo que había hecho el día anterior, cuando de pronto se le apareció el lobo de verdad. Al ver al animal le invadió el miedo y empezó a gritar: «¡Que viene el lobo, socorrooo…, que viene el lobo!». ¿Y sabéis lo que pasó? —El niño negó con la cabeza y su hermana estuvo a punto de decirlo, pero la madre se adelantó para dejar claro el mensaje—. Que nadie del pueblo le hizo caso porque ya no le creían, pensaban que les estaba mintiendo de nuevo. Por mucho que se dejó la garganta pidiendo auxilio, nadie fue a ayudarlo y el lobo pudo comerse todo el rebaño de ovejas. Pedro presenció la carnicería espantado, se arrepintió y aprendió a no mentir ni a burlarse de los demás. Así que no digáis mentiras porque luego no os creerán, mirad a Pedro, luego nadie le hizo caso…, y pasó la desgracia —terminó de contar con la esperanza de que la historia llegara a calar en ellos.

Sin embargo, pese a haberles repetido la moraleja hasta la saciedad, así como otras parábolas similares, Hugo seguía igual. Incluso peor. Así que Asun decidió que se habían acabado los cuentos.

Meses después los invitaron a cambiar al niño de centro y decidieron inscribir a ambos en el colegio que había en la urbanización en la que Diego acababa de comprar un ostentoso chalet de lujo para demostrar lo bien que iban sus múltiples negocios.

La mudanza y los arreglos que la casa necesitaba hicieron mella en el matrimonio y, cómo no, en sus hijos. A Hugo se le sumaron, además, sus evidentes problemas de adaptación y las mentiras salían de su boca como la pólvora.

Una tarde citaron a Asun con su hijo pequeño en el despacho de Agustín, el director de Primaria. En esa ocasión, Hugo había asustado a una niña y esta se había caído y le habían tenido que dar dos puntos en la barbilla. Al salir, Asun estaba enfadadísima. No servía de nada tratar de razonar con él.

—Ya has escuchado a Agustín, a partir de ahora irás tres veces por semana en el recreo de la mañana a su despacho. Y ya has visto que no se va a andar con chiquitas… —le dijo mientras subían la cuesta de vuelta a casa.

Pero Hugo no le prestaba ninguna atención, tarareaba una canción como si nada.

—«Tris tras…, me lo voy a llevar…».

—¡¿Qué te vas a llevar?!, ¿qué dices?, ¿qué cantas?

—Nada.

—¿Dónde has escuchado eso?

—En el colegio…

—¡Que no me mientas! Encima te pones a cantar, si es que además eres un vacilón. Vacilón y mentiroso, y a los mentirosos nadie los quiere, ¿me estás oyendo? —Asun, harta, agarró del brazo a su hijo para que atendiera. Se le había agotado la paciencia—. ¿Es que no te acuerdas de Pedro y el lobo?, ¿para qué cojones te lo he contado cien veces? ¿Eh? ¿Para qué? Si luego no haces ni puñetero caso. A ver si te enteras de una vez, que el que se inventa que viene el lobo eres tú. Y los del pueblo, a los que engaña sin parar hasta que llega un momento en el que ya pasan de él, somos nosotros, tus compañeros, tu familia, todos. ¿Lo pillas, como dices tú? —le increpó, fuera de sí.

—¡Qué pesada, sí, que ya lo había entendido! —se quejó Hugo, que se soltó del brazo y siguió caminando.

—¡Que nadie te va a tomar ya en serio porque eres un mentiroso y un orgulloso, como tu padre! —Asun bajó el tono, pero no la intensidad con la que pronunció las últimas palabras—. Un día te va a pasar algo, y cuando eso ocurra no vengas a pedirnos ayuda porque no te vamos a creer. Ninguno. Te vas a quedar solo.

La mujer se quedó mirando la nuca de su hijo mientras subían en silencio. Entonces no sabía que una semana después el final de su cuento sería diferente al del original y el lobo no aprovecharía la mentira de Pedro para comerse su rebaño, sino para devorarlo a él.

101

Es increíble la cantidad de utensilios que se pueden encontrar en una buena cocina bien equipada. Con ellos se puede hacer de todo, cualquier elemento y acción está a tu alcance. Da miedo. Sobre todo en aquella situación en la que el sudor le corría por la frente y caía en forma de infinitas gotas que le bajaban por el cuello, la espalda y hasta las palmas de la mano.

Sin embargo, solo necesitaba un aparato en ese preciso momento en el que la adrenalina borró por completo el innegable agotamiento.

Solo quedaba un último empujón y no tendría que preocuparse por ello jamás.

102

Ramón

Tres años antes,
la noche de Halloween

Ramón estaba bebiendo y fumando con su grupo de amigos. Enfundados en sus disfraces, hablaban sobre la semana y hacían alguna broma. Todos se divertían menos él porque, aunque sabía que era una locura y que podía acarrearle muchos problemas, su obsesión lo traía de cabeza. Solo pensaba en las ganas de salir de allí y sentir el prohibido roce de su piel. Tenía que ser rápido y no levantar sospechas. Toda esa gente con la que pasaba tanto tiempo no se imaginaba lo que llevaba haciendo en secreto tantos meses. En este caso no lo habrían entendido y lo habrían condenado.

Lo tenía todo muy pensado, pero debía aprovechar un momento en el que no lo observaran. Saldría corriendo y llevaría el coche a la zona elegida para cambiar su atuendo sin que nadie lo viera por el disfraz de moda, el de Sweet Bunny, uno de los pocos monstruos presentes que existían en la realidad. Sabía que habría tantos que nadie se percataría de la presencia de uno más. Y mucho menos de que sería él quien estaba dentro. Efectivamente, así fue.

Todo salió como esperaba y consiguió volver al club en tiempo récord. Enfundado en su nueva piel, divisó a su objetivo y fue hacia él aminorando el paso hasta quedarse justo detrás, pegado a su espalda. Entonces su presa, que con el ruido de la música y el jaleo no se había dado cuenta de su presencia, se volvió de golpe y dio un brinco hacia atrás. Ramón no pudo evitar soltar una carcajada. Estaba disfrutando con ello, pero tenía que controlarse o no conseguiría que se escapara con él. Necesitaba salir de allí, aunque solo fueran diez minutos, y sentir que le pertenecía. Aunque fuera algo rápido, no necesitaba más.

La suerte le sonrió esa noche. Unos minutos después su presa salía delante de él, caminando como si nada. Él siguió sus pasos sin llamar la atención, sin que nadie se fijara en que abandonaban juntos el club. Llegaron a la calle principal y emprendieron la cuesta. Hizo verdaderos esfuerzos para no lanzarse ahí mismo, porque, incluso escondido bajo la máscara de conejo, no podía arriesgarse a que repararan en ellos.

Antes de alejarse se cruzaron con otra persona disfrazada también de Sweet Bunny, alguien que se dirigía a la fiesta tarareando una melodía.

En ese momento Ramón no se imaginaba que lo que estaba a punto de hacer condicionaría el resto de sus días.

103

Pilu

Tres años antes,
la noche de Halloween

Aquella noche de Halloween no solo cambió para siempre la vida de la familia de Carmen, también la de la de Pilu. Pero la pesadilla no comenzó en el momento en que desapareció Roberto, sino un mes antes. Sin embargo, no fue hasta esa mañana cuando decidió que ya no podía seguir así. Estaba cansada de ese continuo runrún que no la dejaba vivir, de las constantes mentiras y de los reproches. Ramón le apartaba la mirada cuando buscaba su complicidad y cada vez les costaba más tener un momento íntimo. Se comportaba de manera diferente, salvo cuando estaban los niños, con los que se transformaba y se volvía un corderito, o cuando había más gente. Había llegado el momento de averiguar si eran imaginaciones suyas o no. Necesitaba confirmar sus sospechas antes de volverse loca del todo y saber de qué era capaz la persona con la que compartía su vida. Así que decidió que la noche de los muertos sería un punto y aparte. Estaría pendiente de su marido en todo momento, sin bajar la guardia, y no iba a parar hasta conseguir desenmascararlo. Tenía que hacerlo ella antes que cualquier otra persona de El Rebaño o de la urbanización y que se corriera la voz.

Gracias a su persistencia, captó el momento en el que Ramón se mezcló entre la gente para alejarse de manera escurridiza, creyendo que no llamaba la atención, hasta llegar a la entrada del club. Pero cuando logró zafarse de su grupo de amigas, para su sorpresa, en lugar de ir hacia la garita, como ella esperaba, su marido se dirigió hacia el aparcamiento.

Pilu salió escopetada y llegó a tiempo de ver marchar el coche familiar. Inmediatamente miró hacia la zona de la garita y vio a Aldara fuera, observando a la multitud. No parecía haber reparado en Ramón. Entonces ¿adónde había ido su marido?

Intrigada, volvió al club. Se quedó entre la gente que había en la entrada, pendiente de quien creía que era el objetivo de Ramón. No entendía nada. A los pocos minutos alguien disfrazado de Sweet Bunny se quedó a un palmo de a quien Pilu observaba. Esta se giró de golpe y se dio un susto, pero, al momento, dibujó una enorme sonrisa y dijo algo que ella no llegó a entender. De pronto tuvo un presentimiento; era él. Se jugaría el cuello a que su marido se había escondido bajo otro disfraz. Era aún más ruin de lo que esperaba. El conejo le rozó la mano a su objetivo y dejó que este caminara delante. Sus enormes patas de peluche siguieron sus pasos.

Ambos se alejaron sin llamar la atención de los vecinos que entraban y salían festejando. La única que sabía lo que estaba a punto de suceder era Pilu. No se equivocaba. Presa de un arrebato, pensó que aquel era el fin, aunque no imaginaba hasta qué punto.

El resto lo vivió casi a la velocidad del rayo, sin imaginarse que cada nuevo acontecimiento sería peor que el anterior. Primero la desaparición y la tensión por la búsqueda. Luego, en casa, la gran bronca y tener que mentir y encubrirle cuando la ausencia de Ramón en la fiesta empezó a circular entre su grupo y los chats de vecinos. Pero no fue hasta que, meses después, Joaquín encontró el maldito disfraz de conejo manchado de barro que la madre de Roberto decidió que ya no quedaría nadie que dudara de su culpabilidad. Ahí comenzó la campaña: Carmen se lo contó a todo el mundo, incluida la Guardia Civil, y provocó que Ramón estallara y se marchara de casa precipitadamente para «arreglar el asunto» y tratar de que no les siguiera afectando. Pilu no lo volvió a ver nunca más. Lo llamó y lo llamó al teléfono, pero estaba siempre apagado. Más tarde los investigadores le dirían que tal vez su marido no quería que se descubriera su paradero, pero ella estaba convencida de que no fue obra suya. Trató de lidiar con la desesperación hasta que los agentes llamaron a su puerta para notificarle que habían encontrado su coche aparcado, pero sin rastro de Ramón en el interior.

Pilu tuvo que convivir con dos teorías, a cual peor: o se había fugado para secuestrar niños libremente o había muerto mientras intentaba deshacerse del cadáver de Roberto. También podría haberse suicidado, como muchos afirmaban, pero lo normal era que hubieran aparecido sus restos. En lo que todos estaban de acuerdo, gracias a Carmen, era en que su marido era el responsable de la desaparición de la Ovejita.

En ese momento fue cuando Pilu supo que ya no había nada que hacer; los habían sentenciado y tendría que sufrir horrores para tratar de conseguir que aquello no los salpicara ni a ella ni a sus hijos. Pero era una batalla perdida. A partir de entonces, por mucho que disimularan y lo negaran, serían el centro de todas las conversaciones y siempre se mantendrían las sospechas sobre su posible implicación. Aun así, a pesar de lo que le había hecho sufrir, no se arrepentía de haber protegido siempre a Ramón. Por el amor que tuvieron, pero, sobre todo, por sus hijos. Su ausencia dejó un vacío infinito y la culpable pagaría por ello.

104

Aldara

*Tres años antes,
la noche de Halloween*

Aldara no estaba de buen humor esa noche. Cada año se juntaba más gente para celebrar Halloween y le faltaban ojos para estar a todo. Por suerte no llovía, pero todo estaba embarrado. Había salido fuera de la garita y se había quedado cerca de la entrada controlando la gente que entraba y salía del club. Era un ir y venir de disfraces, por lo que resultaba una tarea casi imposible.

La vigilante trataba de entretenerse mirando a la multitud para no pensar, pero, aunque intentara ignorarlo, estaba triste. Por mucho que le dijera lo contrario, sentía que no era suficiente, solo un capricho de usar y tirar. Estar ahí y verlo con sus propios ojos, tan cerca y a la vez tan lejos. Porque una cosa era saberlo y otra muy distinta encontrárselo en la cara. La hacía sentirse mal, muy mal. Pero la noche dio un giro inesperado cuando, de repente, notó una respiración muy pegada a su nuca. Una presencia amenazante. Se giró y vio a Sweet Bunny, el enorme conejo blanco, con sus grandes ojos negros y rasgados, que tanto miedo le daba. Estuvo a punto de gritar, pero le escuchó decir:

—Boba, que soy yo, tu conejito.

¡Era él! Aldara tuvo que disimular su felicidad, no se podía creer que Ramón estuviera tan loco de cambiarse de disfraz para poder verla delante de su familia, ¡de todos! Era la muestra de amor que necesitaba en ese momento.

Enfundado en su disfraz, Ramón le explicó dónde tenía aparcado el coche. Le pidió que saliera ella primero y, para no llamar la atención, él la seguiría unos pasos por detrás.

Lo prohibido estaba más presente que nunca, y ambos estaban muy excitados. En cuanto se alejaron un poco corrieron calle arriba hacia el coche, no sin antes cruzarse con otro Sweet Bunny que se dirigía a la fiesta tarareando una canción con ritmo de nana que no llegaron a escuchar.

Para no demorarse, atajaron pasando por el barro, y lo hicieron, sin preámbulos, detrás del vehículo familiar. Él se colocó de espaldas a la calle para que, si aparecía alguien, no pudieran verla detrás de él y así tuvieran mayor capacidad de reacción. Por suerte, no hizo falta. Les dio tiempo a uno rápido, su especialidad por desgracia.

Los gritos llegaron enseguida. Quiso ignorarlos, pero el teléfono de Aldara sonaba sin parar. La estaban buscando. Tenía que apañárselas para entrar al campo y salir dando una vuelta para simular que estaba haciendo la ruta. Jamás olvidaría lo que vino después: las miradas, las malas palabras, los reproches y las acusaciones. La búsqueda sin descanso, la impotencia y, sobre todo, la culpa. Si hubiera estado en su puesto de trabajo, es probable que hubiera visto al niño y difícilmente se lo habrían llevado con tanta facilidad. Esa noche la vida de Aldara también cambió para siempre, y no solo por lo que tendría que aguantar debido a su grave error, sino porque más tarde se enteró de que detrás de ese coche habían concebido a su hija.

No obstante, aunque viviera una ráfaga de esperanza, después de los acontecimientos todo fue peor que antes. Ramón rompió su relación como consecuencia del ultimátum que le había dado su mujer y le insistió a Aldara para que interrumpiera el embarazo. Sin embargo, ella decidió seguir adelante. Dolida, en más de una ocasión tuvo la tentación de contárselo a todo el mundo para intentar acabar así con su matrimonio, pero no lo hizo, consciente de que ella también saldría muy mal parada si se sabía el verdadero motivo por el que había desaparecido en el momento en que se llevaron a Roberto. Así que optó por pasar página; por duro que resultara, era mejor encajar el golpe y recibir con los brazos abiertos el regalo que la vida le estaba dando.

Aunque lo más duro vino después, por culpa del maldito disfraz que el hermano del niño aseguraba haber visto en casa de Ramón. Entonces empezaron los rumores que lo acusaban de ser el culpable de la desaparición. Ella sabía que era imposible, pues habían estado juntos todo el tiempo. Si la gente lo supiera, sabría lo absurda que resultaba esa teoría conspiratoria.

Ramón le suplicó que lo contara; prefería ser odiado por infiel y traicionar a su familia que por las aberraciones que afirmaban que había cometido. Si lo condenaban por ello, el daño a su mujer y a sus hijos sí que sería irreparable. Pero ella se negó en redondo: iba a ser madre, pese a los intentos de su examante por evitarlo, y necesitaba su puesto de trabajo para salir adelante sola. Si la verdad hubiera salido a la luz, se habría arriesgado a que la despidieran, cosa que no podía permitirse. La señalarían y tendría que marcharse de la urbanización. Sus padres vivían pegados y el piso de Aldara estaba al lado de la garita y del colegio; se negaba a perder todo eso por alguien que solo la utilizaba cuando le venía en gana.

Si ella no confirmaba su coartada, Ramón no tenía nada que hacer, nunca podría demostrar que estuvieron juntos. No había ninguna prueba de que hubiera estado con Aldara esa noche, nadie los había visto y no existía ningún mensaje que lo corroborara, puesto que él la abordó para darle una sorpresa.

Tampoco había ninguna conversación anterior ni fotografías, porque él se cuidaba mucho de no dejar rastro para no ser descubierto. Así que, si él o Pilar lo contaban, ella lo negaría y sería la palabra de la pareja contra la de ella. Su matrimonio se vería expuesto y añadiría mayor sufrimiento a sus hijos sin ninguna garantía de salir absuelto. Había conseguido sellarles los labios, pero ahora temía que pudiera romper su silencio. Sin embargo, Ramón no dijo nada. El día en que se esfumó se cruzó con él mientras hacía la ronda con el coche de vigilancia. El hombre detuvo su vehículo, salió y se acercó hasta su ventanilla. Aldara pensó que intentaría persuadirla una vez más, pero solo le dijo que por fin iba a enfrentarse a la situación. Ramón estaba desfasado, nunca lo había visto así; iba a dejar a Pilar, no se lo podría creer y, por mucho que se hubiera convencido de que no lo necesitaba, se había avivado la esperanza de que, cuando naciera su hija y la viera, entraría en razón.

Pese a ello, cuando se le perdió la pista, en un primer momento llegó a pensar que había aprovechado para huir y no enfrentarse a otro escándalo más. Aunque enseguida se dio cuenta de que no era cierto lo que insinuaban. ¿Cómo iba a suicidarse? ¡Si él no se había llevado al niño! Le estaban haciendo la vida imposible, pero él nunca se hubiera quitado de en medio, habría luchado.

Su corazón le decía que efectivamente había abandonado de una vez por todas a Pilar, ella no lo había soportado y había terminado dándole un mal golpe o envenenándolo. «Si no estaba con ella, no estaría con nadie», un clásico. Pero no entendía por qué motivo Ramón había ido al monte... Volvía a tener la convicción de que la respuesta la tenía también su mujer.

Aldara tenía que convivir con ello en silencio. No se lo había contado a nadie, ni siquiera a Julián, su compañero en aquel momento. No podía acusar a Pilar sin pruebas y, además, eso implicaría tener que revelar el verdadero motivo de por qué no se encontraba en la garita aquella noche. Sería volver a abrir la herida, y eso, sumado a que sería despedida y señalada y tendría que irse, acabaría con ella.

Aunque lo peor de todo no era que Aldara sospechara de Pilu, sino que Pilu, a su vez, sospechaba de ella.

105

Pilu

Tres años antes,
meses después de la noche de Halloween

Pilu estaba convencida de que el día en que su marido se marchó, cuando le dijo que tenía que arreglar las cosas para que no pasaran a mayores, se refería a que iba a ver a Aldara para hacerla entrar en razón de una vez y que por fin contara que estaban juntos en el momento en que Roberto fue secuestrado. Ramón había suplicado a la vigilante que secundara su defensa, pero se había negado. Era su venganza por haber roto con ella. El matrimonio estaba desesperado, no sabían cómo convencerla. Si lo conseguían, tanto Pilu como su marido quedarían libres de todas las absurdas acusaciones a las que ambos se veían sometidos a diario. Y de una vez por todas podrían decir la verdad sin miedo a que la coartada sonara falsa y les volvieran a acusar de mentir, como sucedió cuando Christian y ella negaron que hubiera habido ningún disfraz de Sweet Bunny en su casa.

Por mucho que la taladraran día y noche con las distintas opciones de lo que podría haber sucedido para que Ramón desapareciera de la faz de la tierra, Pilu creía firmemente que algo tuvo que pasar cuando su marido fue a arreglar las cosas. Pensaba que tal vez amenazó a su examante con romper su silencio, la puso contra las cuerdas y en un arrebato ella lo mató y consiguió simular su huida.

Al fin y al cabo, nadie mejor que una profesional para salir libre de algo así. De hecho, años después, cuando apareció Hugo muerto y sorprendió a la vigilante, pensó que por fin había dejado el cadáver de Ramón a la vista.

Lo peor es que tendría que seguir callando. Todo eran suposiciones, no había pruebas de nada, ni siquiera de que eran amantes. Quedaría de mentirosa y cómplice. Lo único que haría sería lanzar más leña al fuego que avivaría el circo mediático, lo cual repercutiría de manera radical en su vida y en la de sus hijos, y sería devastador. Se convertirían en animales de feria y en carnaza para documentales de *true crime*. Por eso, pese a la rabia e impotencia que le producía, se había mantenido siempre firme en su decisión de guardar el secreto para proteger la intimidad de su familia, pese a su más profundo convencimiento de que Ramón no se suicidó ni tuvo un accidente. A Ramón lo asesinaron aquella tarde en que ella lo vio por última vez.

106

Sara

Tres años antes,
la noche de Halloween

Aquella noche en la que Roberto desapareció para siempre, Pilu confirmó que sus sospechas eran ciertas, pero no fue la única atenta al comportamiento tan extraño de Ramón. Los continuos tintos de verano no fueron un impedimento para que Sara estuviera pendiente de todos y de todo e intentar que no se le escapara ni el más mínimo detalle que le diera un poco de «salseo». Por eso le llamó la atención la manera en la que Pilu salió disparada antes de que se llevaran al niño. Se quedó con la mosca detrás de la oreja. Pero no fue hasta después, cuando no vio a Ramón entre el resto de los padres, que empezó a atar cabos. «Ay, Ramón, Ramón», pensó.

Sin embargo, ni por asomo se imaginó que Aldara no se hallaba en su puesto de trabajo porque estaba con él. Estuvo tentada de preguntar a su amiga por el paradero de su marido, pero estaba entretenida viendo la que se había organizado por escribir en el chat que Sweet Bunny se había llevado a Roberto, algo de lo que después se arrepentiría y por lo que mucha gente la crucificó. La verdad es que en ese momento no sospechó que la cosa fuese a ser tan grave, frivolizó desde la diversión, convencida de que el niño aparecería enseguida. Carmen era una histérica, ya les estaba jodiendo la fiesta y no lo iba a permitir. ¿No era Halloween? Pues iban a pasar miedo, al menos el rato corto que durara la confusión. Aunque después la broma le saldría cara. Cuando llegó Ramón explicando que había tenido que ir a casa a ver unos correos de los americanos..., bla, bla, bla... Sara se olió a la legua que era una excusa. Lo conocía muy bien, mejor de lo que los demás creían, sabía la cara que se le ponía cuando mentía porque venía de hacer una de las suyas. Los demás se habían volcado con Roberto, pero ella encontró un nuevo filón e hizo lo que siempre hacía: observar hasta que sucede, y esa noche sus sospechas se confirmaron cuando, pese a la situación, no pararon de repetirse los cruces de miradas cómplices entre Aldara y Ramón.

Sara se puso muy celosa, pensaba que lo tenía superado pero era superior a sus fuerzas. En el pasado ambos habían sido amantes, pero él le propuso sacrificar su apasionada relación para no acabar haciendo daño a sus parejas y, sobre todo, a sus hijos. Sara aceptó muy a su pesar, la convenció de que sería lo mejor para las dos familias e hicieron el pacto de no volver a engañar a sus respectivos amigos. Pero ahora era precisamente él quien no estaba cumpliendo lo acordado, y encima delante de sus narices, como si fuera idiota.

Le daba tanta rabia que tenía ganas de contárselo a todo el mundo, pero se encontró con que era ella la que se convirtió en la comidilla de los presentes cuando comenzaron a cuestionar el motivo por el que sabía antes que nadie que Sweet Bunny se había llevado al niño, y encima no había participado activamente en la búsqueda. Incluso los guardias civiles encargados de la investigación la interrogaron. Aunque pareciera imposible, eso hizo que abriera los ojos y reparara en lo jodido que era ser el blanco de las conversaciones secretas de los grupos de chats, y notar después las miradas silenciosas resultaba perturbador. También pensó en Pilu y en sus hijos y en cómo les afectaría si lo hacía público. Si eso ocurría, tal vez Ramón se vengara y contara el pasado que los dos mantenían en secreto. Eso haría trizas a su familia. Además, aunque fuera verdad que ese cabrón y la vigilante estuvieran juntos, después de su metedura de pata con el conejo su verosimilitud sería cuestionada. Seguramente dirían que era una bomba de humo para desviar la atención y echarles la culpa a ellos de algo de lo que ella era cómplice.

Así que en medio de la vorágine tomó una decisión: no sería tan tonta de volver a tropezar con la misma piedra, iba a ser Ramón el que lo contara, y nada menos que a Pilu si no quería que lo hiciese ella. Había tenido la oportunidad de salvar a su familia, como le dijo que haría, y la había desperdiciado al subestimarla de esa manera. Pues se iba a arrepentir de haberlo hecho.

¿Qué hizo? Lo citó, como en los viejos tiempos, en la parte trasera de la gasolinera que había justo antes de llegar a la urbanización, donde vivían la mayoría de los padres que formaban parte del chat de El Rebaño. Él desconocía el motivo y se extrañó al verla con una gorra que apenas dejaba intuir su rostro. Esa noche Ramón llegó tarde una vez más a casa, pero no porque se hubiera visto con su amante en secreto, sino porque ella le había dado el ultimátum. Aunque él no se dio por vencido y, en lugar de disculparse, la miró fijamente a los ojos como solía hacer mientras sus parejas estaban con el resto del grupo sin sospechar nada. Por mucho que la tentara, esta vez Sara no cedió. Se separó de golpe y le repitió el aviso. Sin embargo, esta vez Ramón no se dio por vencido. La agarró del brazo y le susurró al oído:

—Ya has quedado de mentirosa una vez. No tientes a la suerte o despídete de tu grupo de amigas y… de tu familia.

Después se dio la vuelta y se marchó.

Sara regresó a su casa devorada por la rabia; su examante volvía a salirse con la suya y encima era ella la que estaba en el punto de mira de todos sus conocidos, aunque él no hubiera tenido nada que ver. No obstante, la venganza se sirve en un plato frío. A los pocos meses, el hermano de Roberto vio el disfraz manchado de barro escondido en la casa de Ramón y empezaron a correr los rumores de que era el marido de Pilu quien se lo había llevado. A ella le pareció una locura, sabía que él había estado con Aldara, pero ¿y si estaba equivocada y no se trató de un encuentro sexual como sospechaba? Podían haberlo hecho perfectamente, aunque no pudiera asegurarlo. Pasó días sumergida en un mar de dudas; si era cierto lo que aseguraba Joaquín, Ramón podía ser ese Sweet Bunny y la vigilante su cómplice. Estaba ansiosa por darle al fin su merecido. Pero, por mucho que lo deseara, volvieron sus miedos a que creyeran que ella también había tenido algo que ver: no podía probarlo y si, al igual que hizo aquella noche, señalaba de nuevo, aunque ahora lo hiciera ante la Guardia Civil, a los posibles culpables, pondría otra vez el foco sobre ella…, dirían que conocía el plan y los había ayudado, si no, no se hubiera callado todo ese tiempo. Nadie iba a creerse que, si de verdad no participó en el secuestro y únicamente pensaba que era un tema de cuernos, se hubiera aguantado sin contarlo y no lo hubiese soltado en El Rebaño cuanto antes. Se aventurarían a decir que lo hacía justo en ese momento porque había visto que Ramón estaba contra las cuerdas y tenía miedo de ser la siguiente, así que acusar a sus compinches era una buena baza para apartar la atención y lograr salir airosa. A eso tendría que sumarle la defensa que haría Ramón y todo lo que soltaría por su boquita para demostrar que solo lo hacía por despecho e intentar que acabara sola y en la mierda, como él. Ay, Ramón…, si la hubiese tratado como se merecía, habría intentado ayudarlo y quizá se hubiese librado de su fatal desenlace. Ella disfrutaba viéndolo caer, pero no contaba con que jamás lo volvería a ver.

Sara fue víctima de sí misma, por lo que, pese a creer que su examante era un auténtico cerdo, pero no por lo que se le acusaba, siempre viviría con la duda de si realmente él y Aldara habían tenido algo que ver en el asunto. Aunque, por lo menos, había podido seguir manteniendo en secreto su romance y continuar al filo de la noticia, aunque con un mayor control de sus intervenciones. Todo con tal de seguir perteneciendo a El Rebaño.

107

Carmen

Tres años antes,
meses después de la noche de Halloween

Carmen estaba sola en casa, se había tomado su antidepresivo y, sentada frente a la televisión, veía en bucle vídeos de Roberto mientras la nostalgia se adueñaba de ella. Tenía el volumen muy alto y no escuchó que llamaban a la puerta. Pero entonces oyó unos ruidos de fondo y pensó que sería algún pájaro o que quizá se había dejado al perro fuera.

Se dirigió a la puerta de cristal del lavadero, que daba a un pequeño patio en el lateral de la parcela. Todo estaba oscuro en el exterior. Encendió la luz esperando ver al perro. No había nadie. En ese momento escuchó un ruido que provenía del lado opuesto de la casa. Fue hasta allí con la seguridad de que el animal estaba dando vueltas como loco. Encendió la lámpara del exterior, pero no vio nada. De repente oyó el collar del perro a su espalda, se giró y lo vio al fondo del pasillo, ladrando a la cristalera del salón que daba al jardín.

—Cariño, no pasa nada... Ven...

El perro ladraba con insistencia y ella se acercó con miedo.

—¿Qué sucede?

No paraba de ladrar, cada vez más fuerte, pero ahora se fue con cautela en la otra dirección, hacia la cocina, donde de pronto se escuchó un ruido más intenso y salió corriendo hacia allí ladrando como loco. Carmen tenía el corazón a mil por hora, no le había gustado nada ese ruido... Habría jurado que procedía de dentro de casa y estaba sola, porque Joaquín se había quedado a dormir con sus primos. Su hermana le había hecho el favor de llevárselo para que ella pudiera descansar. Pero ese estado de nervios no era nada comparado con el terror que la madre de Roberto sintió cuando, de pronto, recordó que había dejado la ventana de la cocina abierta para que se fuera el olor a humo. Había dado una cabezada mientras tenía la sartén al fuego y la cena se había quemado. Por eso había tanta corriente de aire. En cuanto entró a la cocina, el perro se calló de golpe.

Debería haber salido a toda prisa hacia la planta de arriba y encerrarse en algún baño mientras llamaba a emergencias, pero, quizá fruto de las pastillas o que se sugestionaba, la idea de que Roberto hubiera conseguido volver a casa iluminó su pensamiento. ¡Su pequeño estaba en casa! Se apresuró con la esperanza de poder abrazarlo. Sin embargo, lo que encontró en la cocina, aparte de romperle el alma por la enorme decepción, la hizo echarse a temblar: Ramón, pegado a la ventana, acariciaba al perro, que no dejaba de mover la cola, contento al ver al que, hasta hacía poco, era amigo de la familia. Al escucharla entrar el marido de Pilu levantó la vista y la miró fijamente. Carmen dio un respingo, confundida y muerta de miedo. ¿Qué estaba haciendo ese desgraciado en su casa?

—Carmen, perdona que haya entrado así. He llamado, pero no me oías. Estoy un poco nervioso, ya no sé lo que hago. Debería haber vuelto a llamar, pero es que necesito hablar contigo... No fui yo. Tienes que creerme y parar de decirlo. Nos estás haciendo mucho daño.

Ella lo observaba en silencio. Lo único que le preocupaba a ese depredador, ese enfermo, era el qué dirán, como a todos.

—Me fui del club, sí, hacia arriba por la calle principal. Esa noche llevaba un disfraz de conejo, pero no para lo que piensas…

Carmen contrajo el rostro y comenzó a emitir sonidos espasmódicos y guturales, gemidos de dolor.

—Yo no fui, había mucha más gente disfrazada del conejo aquel día…

A ella se la veía cada vez peor y, antes de seguir con las explicaciones sobre qué hizo realmente aquel día, Ramón avanzó hacia ella.

—Carmen, escúchame… —dijo mientras la rodeaba con sus brazos para consolarla.

Entonces ella estiró el brazo, agarró la sartén, aún caliente, y le golpeó dos veces con tanta fuerza que Ramón se desplomó. El ruido de su cabeza al chocar contra el suelo resonó en toda la casa.

108

Justicia

Cuando Ramón cayó al suelo fulminado, Carmen apagó el teléfono móvil que este llevaba en el bolsillo. Después corrió a buscar cuerdas, cordones y hasta el cinturón de su albornoz para atarle de manos y pies con varias vueltas para que no pudiera soltarse. Él se llevó a su pequeño, no iba a consentir que le mintiera como había hecho con los demás, encima a la cara... Maldito psicópata.

No creía en la justicia ni en el sistema garantista español. Tampoco en las reducciones de condena, en los injustos permisos antes de tiempo, en las segundas oportunidades, no creía en la reinserción y mucho menos en la prescripción de los crímenes. Consideraba que todo era una farsa; en España te sale casi más barato matar que robar. La inocencia de su hijo y ese candor que desprendía eran irreemplazables y merecía justicia. El culpable tendría que pagar con su sangre, siempre lo tuvo claro, y ahora había llegado el momento de llevarlo a cabo. Estaba harta de ver casos mediáticos en los que los asesinos se niegan a decir dónde está el cuerpo, se inventan infinitas versiones que hacen perder tiempo y dinero, pero sobre todo, la paciencia, la esperanza y la ilusión de las familias que ven cómo pasa el tiempo y no tienen un lugar donde poder ir a rezar o a llevar flores. Pues ella no iba a ser una más. Lo retendría el tiempo que hiciera falta, lo torturaría hasta que confesara dónde estaba Roberto y qué le había hecho y después le quitaría la vida.

Inmovilizó a conciencia a su presa, giró una de las sillas de la mesa de la cocina y se sentó a esperar a que despertara. Transcurrió así una hora y acabó por permitir que su perro lamiera la cara de Ramón, que seguía inconsciente.

Carmen se levantó y se acercó a él lentamente, con la sensación de que en cualquier momento abriría los ojos y la golpearía con los brazos atados, como en las películas. Sin embargo, nada de eso sucedió. Su víctima permanecía inmóvil, parecía que no respiraba. Se agachó y confirmó que no tenía pulso. Un hilo de sangre le asomaba por la nuca. Estaba muerto. No lo podía creer, empezó a sentir mucho calor en la cabeza y en el pecho.

—¡Noooooo! —gritó de desesperación, desde el estómago, y comenzó a darle patadas en la cara y en la barriga, por todo el cuerpo. Toda su rabia se manifestaba en las heridas y contusiones que iban apareciendo según le golpeaba sin freno.

Cuando por fin paró, a punto estuvo de resbalarse al pisar la sangre que se había derramado por los azulejos en los que descansaba el cadáver de aquel malnacido. El perro, que se había apartado asustado al verla actuar con tanta violencia, comenzó a lamer el cuerpo mientras metía las patas en el charco que se había formado y tuvo que apartarlo.

La mujer dio unos pasos hacia atrás y se lo quedó mirando. Por suerte, en su mente no había hueco para la culpa o el arrepentimiento. Principalmente porque lo que nunca sabría es que lo único que pretendía Ramón con esa visita espontánea era contarle la verdad, que él esa noche estaba con Aldara y que había tenido que mantenerlo en secreto porque la vigilante no quería que se supiese y, si ella no lo confirmaba, su coartada no tendría ningún valor. No podría demostrarlo y no haría más que hundir aún más a su familia. Desde que sucedió él no había podido pegar ojo por culpa de los remordimientos que le producía saber que, si no se hubiera llevado a la vigilante de su puesto de trabajo, ella habría seguido atenta y seguramente el secuestrador no habría conseguido llevarse a Roberto. Solo quería contárselo todo para decirle lo mucho que lo sentía y para que ella pusiera su energía en que encontraran al verdadero culpable. No podía más, solo deseaba vivir en paz con los suyos, no quería hacerles más daño. Eran lo mejor que tenía y lo único por lo que merecía la pena luchar.

Después Carmen buscó en internet las mejores formas de deshacerse de un cuerpo y vio que ganaba por goleada el descuartizamiento. Así que lo arrastró hasta la ducha del baño de la habitación de invitados en la planta baja, después de cubrir bien todo con el rollo de plástico que quedó de cuando reformaron el trastero.

Para conseguir desmembrar el cuerpo utilizó todas las herramientas que guardaba su marido en el cobertizo y algún que otro utensilio de cocina. Lo hizo sin ningún orden o disciplina, tan solo con las indicaciones que encontró. Una vez troceado, lo quemó en la chimenea. Enterró los huesos en la parte más salvaje de la parcela, que estaba cubierta de frondosos árboles que impedían la vista a los helicópteros que sobrevolaban habitualmente la zona para garantizar que los vecinos no incumplieran alguna norma de urbanismo y que eran similares a los que después participaron incansablemente en las batidas para dar con el cuerpo de Roberto.

Jamás lo encontrarían, al igual que su teléfono. Los primeros meses Carmen estuvo muy atenta a la búsqueda de su hijo y, a medida que descartaban a posibles sospechosos, le explicaron, entre otras cosas, dónde estaban posicionados sus teléfonos móviles en el momento de la desaparición. En la urbanización había solo dos antenas, lo que dificultaba la labor de los investigadores, pero a ella le daba una gran ventaja que tuvo presente al atacar a Ramón. Sabía que nada los llevaría hasta su casa, ya que la última señal quedó registrada en una de las antenas que cubría una amplia zona de campo, de grandes parcelas, como la suya. Nadie se imaginaría que Ramón hubiera pasado allí sus últimos momentos; el hecho de que aparcara el coche lejos para cruzar a pie sin llamar la atención de ningún vecino favoreció la teoría de que se había adentrado en el bosque a terminar lo que había empezado la noche de Halloween, pero en la dirección opuesta.

Aun así, Carmen sabía que no debía bajar la guardia. Y cuando Pilu empezó a defender la inocencia de su esposo, ella decidió que tenía que ser fulminante: a los pocos días apareció por primera vez en televisión haciendo un alegato contra Ramón y un llamamiento para que siguieran buscando a ese monstruo, pero no muerto, como muchos se empeñaban, sino vivo. Estaba convencida de que su acción tendría unas consecuencias implacables: si se consideraba que Ramón había simulado su propia desaparición para que pareciese un suicidio y que era tan peligroso, seguramente pondrían más recursos para encontrarlo. Y de alguna manera eso implicaría también que se reactivara la búsqueda de Roberto. Además, ¿quién iba a imaginar que esa mujer que suplicaba que encontraran al responsable de la desaparición de su hijo en realidad conocía su paradero porque lo había matado? Ya difícilmente sabría qué le hizo a su pequeño, pero se había encargado de que el honor de Ramón quedara manchado para siempre.

Pasado el tiempo, cuando ya apenas le prestaban atención, Carmen vivía a la espera. Pero, aun así, estaba contenta consigo misma porque, aunque su caso no había sido tan mediático y prácticamente había quedado en el olvido, ella tenía la certeza de que había hecho justicia y ese malnacido ya no campaba a sus anchas. Se sentía orgullosa de haberle dado al asesino de su hijo el final que merecía, porque, por mucho que le doliera, a esas alturas ya no creía que Roberto siguiera vivo.

La tarde en la que encontraron el cadáver de Hugo pensó que, por fin, podría enterrar a su pequeño, pero no fue así. Después de confirmar que no era él, volvió a su casa y se metió en la cama destrozada. Seguía sin encontrar respuestas. Lo único que no la dejaba vivir y de lo que sí se arrepentía era de no haber sido capaz de mantener con vida a Ramón para que confesara. Porque, con él muerto, le resultaría difícil saber qué fue lo que realmente le sucedió a su pequeño Roberto.

109

Roberto

Tres años antes,
la noche de Halloween

La alegría que sintió Roberto después de conseguir que por fin su madre accediera a que toda la familia fuera a la fiesta de Halloween quedó disipada cuando Carmen lo obligó a que fuera disfrazado de oveja. Con las ganas que tenía de caracterizarse de vampiro, que le gustaban tanto.

Cuando se enfundó en su atuendo se sintió estafado; después de todo, ese día tampoco iba a dejarle hacer lo que quisiera. Era el primero en irse siempre y no podía hacer ni la mitad de las cosas que hacían sus amigos por el miedo constante de su madre a que le pasara algo.

Salió de casa de morros, como Carmen. Sin embargo, al llegar al club la emoción lo embargó y se dio cuenta de que no era tan terrible como pensaba. Su pandilla se metió con él y le vacilaron, pero de forma inofensiva, y sus amigos enseguida se lanzaron a las risas y las gamberradas. Estaban tan sobreexcitados que la ovejita negra quedó rápido en un segundo plano. Jugaban y corrían a pillarse entre los grupos de padres, a darse sustos y a esconderse. Hasta que, en un momento dado, cerca de la entrada, junto a la garita de seguridad, Roberto notó algo a su espalda. Tuvo un mal presentimiento, se giró de golpe y vio a uno de los muchos conejos blancos. Sweet Bunny, quieto frente a él, lo miraba fijamente.

El niño tragó saliva. Sintió pánico ante aquel peluche que homenajeaba al depredador que se llevaba a los niños sin parar. Miró hacia los lados para comprobar si el resto había reparado en su extraño comportamiento o si era cosa suya, pero los asistentes pasaban de largo. Debería haber vuelto con el grupo corriendo, pero la mirada afilada resultaba hipnótica. Era evidente que quería algo de él. De pronto pensó que tenía delante al verdadero y temido Sweet Bunny.

Entonces el conejo estiró el brazo y le tendió la mano para que se acercara. Roberto no se movió, temeroso, pero el conejo le insistía y, pese a recordar todo lo que le había contado su madre y había visto en televisión, terminó por acercarse.

—Soy yo —le dijo una voz amable cuando estuvo a su lado.

El niño sonrió; lo conocía desde hacía años y siempre era cariñoso y atento con él. Lo escuchaba cuando se disgustaba con sus padres porque no le dejaban hacer algo o le exigían demasiado. Siempre estaba pendiente, le daba buenos consejos o le dejaba jugar en la consola pequeña en secreto. Le había dicho que iba a ir a la fiesta y había cumplido su sorpresa. ¡Menudo susto le había dado, casi se había hecho pis encima! El enorme conejo miró hacia abajo, con sus grandes ojos rasgados, se agachó y le dijo algo al oído. Roberto sonrió de nuevo lleno de ilusión. Después le hizo un gesto con la mano para que lo siguiera. Roberto caminó con él hasta la salida del club de la urbanización y se alejó de allí para siempre.

110

El lobo feroz

*Tres años antes,
la noche de Halloween*

Llevaba tiempo luchando contra las ganas irrefrenables de llevar a cabo la fantasía que le rondaba por la cabeza desde el primer día que lo vio. Pero ya no era capaz de pensar con lucidez, sus impulsos y deseos eran más fuertes que la razón. Abrió el armario y sacó la percha con el disfraz colgado mientras improvisaba una canción de melodía agradable pero de letra afilada.

—«Tris tras…, ponte el disfraz». —Se desvistió mientras canturreaba—. «Tris tras, y nadie lo verá». —Se enfundó en su siniestro atuendo—. «Tris tras, me lo voy a llevar. Tris tras, y al girarte de nuevo. —Por último, cogió la cabeza del conejo de peluche blanco con sus enormes ojos negros y rasgados—. Tris tras, ya nunca lo verás».

Cuando estuvo listo salió calle abajo, disfrutando de cada segundo, sin dejar de tararear la canción.

—«Tris tras, su piel mía será. Tris tras, y sus abrazos extrañarás. Tris tras, como sus días de chupete y cuna. Tris tras —hizo una pausa cuando llegó a la esquina y se quedó contemplando la entrada al club—, porque para siempre lo perderás» —susurró.

Se puso en marcha de nuevo y, con una sonrisa oculta bajo la cabeza del disfraz, atravesó la calle. Según se dirigía hacia la entrada se cruzó con Aldara, la vigilante. Detrás de ella, otro conejo blanco. El corazón se le paró de golpe y la melodía se cortó en seco.

—«Tris tras…».

Pero ella pasó de largo y le provocó un gran subidón. Se sintió muy poderoso, invencible. Llegó hasta la puerta y, mientras buscaba a Roberto, seguía cantando, pero, esta vez, en su cabeza. Entonces lo encontró, su angelito parecía estar esperándolo. Estaba solo. Enfundado en su ropa negra, con su carita pintada del mismo color y su lana blanca, resultaba delicioso.

—«Tris tras, adiós, papá y mamá. Tris tras, el lobo te hará gozar… Tris tras, y la lana blanca de tu cuerpo… Tris tras, de rojo sangre se teñirá» —seguía cantando para sí.

111

El pastor

*Tres años antes,
la noche de Halloween*

Todo rebaño necesita un pastor. Agustín no estaba casado, no tenía pareja ni descendencia, pero le encantaban los niños. Vivía por y para ellos. Por eso enseguida sus méritos empezaron a ser notables y Amador, el director del colegio, fue dándole más y más responsabilidades hasta que hacía cosa de cuatro años lo había nombrado director de Primaria. Él lo agradeció y desde entonces dedicaba la mayor parte del tiempo a sus nuevos cometidos.

En el colegio había muchos conflictos, aunque la mayoría de ellos eran llevaderos. Los niños son esponjas y su misión era que absorbieran solo lo bueno y poder protegerlos de todo para que disfrutaran de un desarrollo sano durante su infancia y formación como estudiantes. Sin embargo, por mucho que se empeñara, esto en ocasiones resultaba complicado. No era fácil conseguir mantenerlos al margen de los conflictos habituales, en una jaula de cristal, como algunos padres pretendían. Especialmente cuando él se pasaba tanto tiempo a su lado. Piel con piel.

Hasta entonces solo habían sido fantasías, roces y abrazos más largos de la cuenta. No podía vivir obsesionado por su belleza e inocencia, pero sus ansias cada vez iban a más y terminaron de estallar aquella noche de Halloween en la que por fin se permitió dar rienda suelta a sus deseos más ocultos.

Ese año la fiesta cayó en viernes y Agustín decidió ir en autobús a trabajar y quedarse dentro del colegio cuando saliera todo el mundo. Así no tendría que depender de un coche que podría quedar registrado en la cámara de la garita de la entrada principal y que daba a la urbanización de al lado. Una vez que estuvo seguro de que estaba completamente solo, salió de su despacho con la percha en la que colgaba, oculto dentro de un portatrajes, el disfraz de Sweet Bunny, y casi a oscuras recorrió el enorme pasillo que llevaba hasta la zona de deporte. Entró en el vestuario masculino y, mientras improvisaba una canción oscura con ritmo de nana, se cambió de ropa y se disfrazó.

—«Tris tras, ponte el disfraz…».

Después bajó a la calle principal eufórico, aunque algo nervioso, con el mismo ritmo en el cuerpo. No tardó mucho en encontrar a Roberto, su debilidad. Aún no lo había tenido dentro de su grupo de alumnos, era de Infantil y hasta el año siguiente no pasaría a Primaria. Pero había sido inevitable fijarse en él. Tenía una dulzura apabullante. Le gustaba observarlo a todas horas. Era un niño dócil y miedoso. Conocía a Carmen por Joaquín, su hermano mayor, y era evidente que el niño vivía a través de los miedos e imposiciones de su madre. Le producía muchísima ternura y debía controlar las ganas de abrazarlo y olerlo. El pequeño necesitaba su protección más que ninguno, y eso disparó en él un deseo irrefrenable, una enorme ansia de dominación.

No tuvo que hacer grandes esfuerzos, tan solo buscar el momento oportuno para que Roberto notara que le prestaba la atención que necesitaba y que con él tendría la misma libertad que sus compañeros, aquella que él tanto añoraba. Aunque lo que terminó de facilitar las cosas fue que le hablara de videojuegos y de una consola a la que le prometió poder jugar algún día. Ese fue su gancho la noche de Halloween: le dijo que la había traído pero que se le había olvidado en el coche y que, si lo acompañaba a buscarla, podría quedarse con ella. Como no podía ser de otra manera, el niño enseguida cayó. Primero mostró miedo al verlo disfrazado del temido conejo con aquellos ojos fijos en él. Agustín sabía que se arriesgaba a que el niño saliera corriendo, pero no pudo contenerse. Estaba muy juguetón.

—Soy yo —articuló con el tono excesivamente amable con el que siempre se dirigía al pequeño.

Salieron juntos del club. En cuanto se alejaron un poco, mezclados entre los coches, sacó el cloroformo del otro bolsillo y le apretó la boca. Cuando notó que las articulaciones de Roberto se vencían, lo cogió de manera que pareciera que el pequeño le agarraba como un koala y atravesó la calle. Se cruzó con algún chaval, que no se percató de lo que sucedía en realidad. Tomó la primera salida que daba al monte y se perdió con su trofeo en la oscuridad de la noche. Después, lo único que hizo fue poner en práctica la letra de la canción que seguía tarareando sin parar.

—«Tris tras…, tu piel mía será…».

112

Hugo

La oveja negra de tercero A se había ganado la enemistad de casi todos sus compañeros de clase, así como la de otros cursos y la de los pequeños, a los que también hacía gamberradas: los chinchaba, les robaba sus cosas o les vacilaba delante de todos. Hugo se crecía con ello. Con los únicos con los que se llevaba mejor era con los mayores, que le reían las gracias porque les servía de monito de feria. Él trataba de impresionarlos.

Su presencia se hizo notar desde los primeros días de curso porque chocó con la armonía del grupo, que se comportaba de manera disciplinada a pesar de los incidentes propios de niños de esa edad. Su nombre no tardó en resonar a todas horas entre el claustro de profesores y personal del centro. A menudo había que pararlo y poner orden. Don Miguel, su profesor, se desesperaba con él. Sin embargo, el niño se comportaría aún peor semanas después.

En su anterior colegio ya tuvo este tipo de problemas, que provocaron su expulsión, pero ahora las agresiones e insultos iban en aumento, conforme la tensión entre sus padres se hacía cada vez más patente en casa. Los gritos y las malas palabras de su progenitor hacia todos ellos se sucedían a diario, así como los empujones y las salidas de tono. Hugo no era capaz de discernir lo que de verdad le ocurría, que no era más que el reflejo de lo que estaba viviendo. Era más frágil y vulnerable que nunca, y lo demostraba con violencia. Se imponía ante los compañeros y saltaba a la mínima para marcar territorio y que nadie percibiera que estaba roto por dentro.

Ese fue el motivo por el que comenzaron las visitas al director de Primaria. Agustín decidió entrar en acción para mediar y tratar de que «don Miguel pueda tomar un poco de distancia antes de que pierda los papeles», como explicó a Amador, el director. Pero lo que hacía con Hugo era otra cosa. Después de lo que sucedió durante la noche de Halloween de tres años atrás había prometido que no repetiría algo así. Pero, aunque se mantuvo firme el primer año y el segundo, pese a que rememorara continuamente sus actos y le sirviera para explayarse aún más en sus fantasías, no pudo controlar la terrible atracción que le despertó el niño nuevo.

Hugo era lo contrario a Roberto, muy echado para delante, tanto que resultaba ridículo y lamentable porque era muy pequeño aún para comportarse así y evidenciaba todas sus carencias y complejos. Agustín supo verlos y se aprovechó. No había nada más placentero que domar a la bestia y comprobar que, después de todo, no era más que un tierno corderito.

Cuanto peor se portaba la oveja negra, más tiempo pasaban juntos, y pronto comenzaron los sobornos y los tocamientos. Eso fue lo que hizo disparar el comportamiento del niño, que en un primer momento no supo entender lo que le estaba pasando y, como no sabía canalizar aquello ni la extraña mezcla de sentimientos que le provocaba, paulatinamente lo fue transformando en un mayor odio y violencia hacia todo lo que lo rodeaba. La impotencia salía en forma de insultos a sus compañeros, les apretaba el cuello y les hundía la cara en la tierra como modo de supervivencia.

Por su parte, el profesor se controlaba para no llegar a penetrarlo, y *a posteriori* se alegró, porque en la autopsia no apareció nada que lo delatara ni que indicara que hubiera habido una agresión sexual, con lo que no se investigó más y las agresiones que sufrió Hugo quedaron en las contusiones que la caída mortal le provocó. Agustín era consciente del riesgo que corría con sus actos, nunca antes se había permitido algo así, tan continuado, y encima en el mismo colegio.

Por eso lo primero que hizo cuando se enteró de que su debilidad había muerto fue dar las gracias y tomárselo como una señal, un mensaje divino, para salvarlo antes de que llegara a ser descubierto.

La próxima vez debía ser más cauteloso, quizá buscara un día concreto, como hizo con Roberto, cuando estuviera seguro de que no hubiese peligro y pudiera pasar desapercibido. Aunque, superado el susto, no puede decir que le haya salido mal: había gozado y nadie había descubierto lo que le hacía a Hugo, que tenía que convivir con la imposibilidad de hablar de todo ello. Porque, gracias al cuento de «Pedro y el lobo» que tanto le había repetido su madre y a la última bronca que tuvo con ella, el niño tenía grabado a fuego que, después de todo lo que había mentido y de las que había organizado, ya nadie lo creería ni lo tomaría en serio. Asun lo había vaticinado: estaba solo y, por mucho que se esforzara en decirles que era verdad, todos pensarían que se lo estaba inventando. Su madre le había metido tanto miedo que había asumido que tendría que callar. Al fin y al cabo, ¿quién iba a creer a la oveja negra, al Pedro del cuento, si dijera que el lobo lo estaba atacando?

113

Macarena

Cuando Macarena ve el coche de la Guardia Civil alejándose, con Clara detenida en su interior, consigue por fin respirar aliviada. Por mucha experiencia que tenga en el asunto, empezaba a resultarle muy difícil disimular el estado de ansiedad que le provocaba pensar que había vuelto a suceder.

Sabía que era imposible, pero, al ver entrar de repente a Christian, con el rostro desencajado, contando que había encontrado un muerto, por un momento se le pasó por la mente que fuera un castigo divino. Aunque fue aún peor después, cuando tuvo la convicción de que sus peores miedos podrían haberse hecho realidad.

No podía ser, otro niño no, y encima en las inmediaciones del colegio… ¡En qué estaba pensando! Lo sabía, llevaba meses con la mosca detrás de la oreja, pero no pensó que fuese a suceder así ni tan pronto. Se había esforzado en estar atenta al rebaño para que ninguna de las ovejas fuese devorada por el lobo feroz, pero, aun así, había vuelto a fracasar.

Por mucho que pase el tiempo, no consigue sacarse la terrible cancioncita de la cabeza.

Tris tras,
ponte el disfraz.
Tris tras,
y nadie lo verá.

En cuanto cierra los ojos la melodía resuena dentro de ella, acompañada de ráfagas de imágenes que pagaría por olvidar, y Macarena termina por transportarse a aquella noche de los muertos que se convirtió en una verdadera pesadilla.

Empezó cuando el jaleo en la calle y el aviso de María la hicieron salir de su casa a toda prisa. Roberto, el hermano pequeño de Joaquín, el hijo de Carmen y Luis, había desaparecido y había que encontrarlo. La noche cerrada, el frío, el barro y la gente disfrazada de todos los clásicos del terror yendo y viniendo dificultaban el propósito. Necesitaban luz hasta que llegaran refuerzos de la Guardia Civil, una potente, no la de la linterna del teléfono, sobre todo si se adentraban en el campo, para no despeñarse ni encontrarse con un grupo de jabalís. Por eso Macarena se ofreció para acercarse al colegio y coger las linternas que guardaban en el almacén.

Tomó un atajo y entró por la puerta de abajo. Atravesó el patio en penumbra, pero sin problema, ya que las farolas de la calle principal la ayudaron en su hazaña.

Abrió con su llave y, cuando estaba a punto de estirar la mano para buscar el interruptor, escuchó un ruido. Se quedó quieta en el sitio, conteniendo la respiración. Entonces se fijó en que una franja de luz irrumpía en la oscuridad. No se lo pensó. Caminó muy despacio y en línea recta, por temor a caerse, hasta que la oscuridad se fue disipando y el sonido era cada vez más nítido. Era un tarareo de una canción, parecía una nana. Pero la letra era cada vez más clara y con ella asomaba el pánico. No solo por la malicia que desprendían las palabras, sino porque la voz que las entonaba le resultaba muy familiar. No quería mirar, su cuerpo le pedía salir corriendo. Pero ya era tarde y jamás olvidaría lo que descubrió: sobre una de las mesas yacía el niño. Todos lo buscaban fuera, pero estaba allí. Solo veía la cara de Roberto manchada de maquillaje y su cuerpo desnudo y pálido. Lo que antes había sido parte de su disfraz ahora no era más que un manchurrón de color negro como el carbón en el rostro angelical del niño. La imagen era siniestra. Tenía los ojos cerrados y los labios relajados. Encima, a cuatro patas, él. El enorme conejo blanco se inclinaba sobre el niño mientras tarareaba la canción:

> *Tris tras,*
> *quítate el disfraz.*
> *Tris tras,*
> *que te va a gustar.*
> *Tris tras,*
> *despiértate ya.*
> *Tris tras,*
> *o te voy a matar...*

Macarena asistía al perverso ritual, sentía cómo se le cortaba la respiración, sin ser capaz de gritar ni decir nada. Tenía el teléfono en la mano y pensó en llamar, pero el espectáculo la atraía como un imán, con un magnetismo que no podía explicar. La cara del conejo se hallaba a apenas unos centímetros de la del niño. Por la abertura de la máscara asomó una lengua y lamió el rostro del menor, de abajo arriba, con insistencia, hasta dejarlo lleno de babas. Mientras, apretaba su cuerpo de peluche contra el de él, manchándole con el barro que se había acumulado en la parte inferior del disfraz. Entonces sucedió: Sweet Bunny se separó levemente del niño y con brusquedad giró la cara hacia ella.

La mujer dio unos pasos hacia atrás y le mostró su teléfono. Estaba realmente nerviosa y temía que el conejo corriera hacia ella, le diera un buen golpe y ya no lo pudiera contar.

—No te acerques —le advirtió—, ya verás lo poco que tardan en llegar. Está todo el mundo fuera... —Miró al niño y al peluche gigante con los dedos de las manos estirados en posición de ataque—. Voy a llamar —amenazó con la voz temblorosa.

Antes de que pudiera pulsar ningún número, una poderosa y grave voz masculina exclamó:

—¡No!

Macarena se quedó de piedra al identificar a la persona que se escondía bajo el disfraz.

—¿Agustín? —preguntó con un hilo de voz, sin poder creérselo.

El director de Primaria se quitó la cabeza de conejo y dejó su cara al descubierto. Tenía el pelo empapado en sudor, como la frente, y una expresión desencajada.

—No llames, por favor... —le suplicó con cara de santo.

Pero Macarena no le creyó. Estaba actuando y la atacaría en cualquier momento. Había visto muchas películas y documentales sobre sucesos reales, y temía que ese pervertido pretendiese ganarse su confianza para deshacerse de ella al primer descuido. Sin embargo, no hubo tiempo. Se escuchó una tos, como si el niño intentara respirar. Se volvieron hacia él. Roberto abrió los ojos levemente y los miró a los dos sin comprender bien qué estaba pasando, pero en cuestión de segundos pareció atar cabos. El miedo se reflejó en sus ojos, que, de pronto, se abrieron como platos y gritaban de indefensión. ¿Qué hacía ahí, desnudo y sin poder moverse? La secretaria notó entonces que el niño la miraba sin poder creerlo, pensando que era cómplice de toda aquella perversión. ¿Cómo era posible que le estuvieran haciendo algo así?

La mujer se quedó paralizada unos segundos. Agustín observaba a su presa y seguidamente a ella, y, cuando sus miradas se cruzaron, se quitó el abrigo con decisión y se acercó hasta Roberto con paso decidido. Los efectos del cloroformo y el relajante eran tan fuertes que el niño no pudo moverse, ni siquiera sonreír, cuando vio que la jefa de secretaría iba a ayudarlo y a arroparlo con el plumas.

Macarena llegó hasta el pequeño, le cubrió el rostro con el abrigo y apretó con todas sus fuerzas. Estaba tan fuera de sí que, pese a que la criatura no ofrecía resistencia, le aplastó la cabeza contra la mesa para que no fuera capaz de separarse ni conseguir que pasara el aire. Roberto murió asfixiado en menos de un minuto. Lo supieron cuando dejó de luchar y sus extremidades se quedaron colgando, inmóviles, como su boca, y con la mirada ausente. Los dos observaron el cuerpo sin decir nada.

La jefa de secretaría tenía el corazón a mil por hora, los ojos muy abiertos y tanta tensión en el rostro que ni siquiera era capaz de llorar. Estaba en shock. Acababa de matar a uno de los alumnos del colegio, a un niño inocente. Pero ¿qué se suponía que debería haber hecho? Ella quería salir de allí con el pequeño, había conseguido que Agustín lo dejara en paz, pero ese monstruo no iba a consentir dejarlos marchar. Había mentido y pensaba atacarla. Su vida y la del crío corrían peligro, pero no se dio cuenta de cuál era la única salida hasta que la mirada asustada de Roberto se clavó en ellos. Fue horrible verlo así, presenciar la incomprensión y el pánico que sintió en sus últimos momentos. El niño la miró espantado, igual que hizo con su abusador, la metió en el mismo saco. No sabía qué hacer: si cumplía su amenaza de llamar a la policía, se arriesgaba a que el profesor se sintiera acorralado y los matara a los dos. Si conseguía escapar y pedir ayuda, tendría que denunciarlo, y eso supondría poner el foco en que un profesor, ni más ni menos que el director de Primaria del centro, había secuestrado y violado a uno de sus alumnos. La reputación del centro se iría al garete. El niño contaría lo que vio y muchos pensarían que ella también estaba en el ajo, pero que lo había ayudado para librarse de las acusaciones. Dirían cualquier cosa que no haría más que complicar la situación y sería muy difícil probar que se equivocaban. No tenía otra opción y se odiaba por ello. No se lo podía creer, llevaba toda la vida trabajando, dejándose la piel, para conseguir que el colegio se convirtiera en un centro de referencia, y mira cómo iban a acabar. Ella era otra víctima: solo había una salida y no dudó en ponerla en práctica, se repetía. Ahora lo único que podía hacer era rezar para que el profesor hubiera entendido que estaba de su lado y la dejara con vida, y esmerarse para que nadie descubriera jamás lo que allí había ocurrido.

Agustín miró a Macarena. Callaba, parecía tan sorprendido como ella misma. De pronto recuperó el gesto amable que le caracterizaba. No quedaba nada de la mirada viciosa de hacía unos instantes. La mujer se sentía derrotada, sudaba sin parar de los nervios y el esfuerzo, pero, al ver al mismo profesor de siempre, el miedo desapareció. Debía aprovecharlo y actuar.

—Cógelo —le ordenó.

El hombre tomó en brazos el cuerpo sin vida del niño y, cuando pensaban que nada podría ir peor, sucedió lo impensable: escucharon el crujido de la puerta por la que había entrado Macarena. La habían abierto. Los dos se miraron con los ojos como platos. La jefa de secretaría le hizo una señal para que se escondiera con el cadáver. Ella salió, avanzó corriendo por el pasillo y se tiró al suelo. Por suerte no tenía encima sangre ni rastros de ningún tipo que pudieran delatarla.

114

El bocado

Tres años antes,
la noche de Halloween

Macarena permanecía con los ojos cerrados escuchando el sonido del eco de unos pasos avanzando por el pasillo, no sabía de quién se trataba. Suplicaba que, al abrirlos, descubriera que no era más que una pesadilla. Pero estaba despierta, por desgracia. La que avanzaba sigilosa no era otra que María.

—¿Qué pasa? —preguntó su ayudante cuando llegó hasta ella.

Macarena simuló que se asustaba al verla y se mostró desorientada. María se acercó más a ella.

—¿Qué ha pasado? —insistió.

—¿Eh? —respondió con un hilo de voz.

—¿Estás bien?

La jefa de secretaría la miró fijamente.

—¿Qué haces aquí? —respondió muy confusa y desconfiada.

—He entrado a buscarte, llevas mucho rato aquí. He pensado que te habría pasado algo y veo que no me equivocaba.

—Me duele la cabeza, me he dado un golpe —disimuló.

—¿En la cabeza?

—Sí, me he debido de caer. No sé, no lo recuerdo bien. Me habré tropezado, supongo. Solo sé que he ido a por las linternas —repitió— y me he dado en la cabeza, pero estoy bien.

—También he venido porque necesitamos las linternas. Parece que se lo han llevado calle arriba y está muy oscuro.

—¿Calle arriba?

—Sí, sí.

—Pero ¿quién?

—El conejo, el que se lleva a los niños. Vamos, también quería asegurarme de que todo estuviera en orden por si deciden pasar a echar un vistazo. Aunque espero que no. —Su jefa la mira atenta, sin decir nada—. No quiero que entre la guardia civil aquí, que luego todo el mundo habla.

—Desde luego.

—Así que sacamos las linternas y les decimos que estaba todo cerrado.

María se puso en marcha. Su jefa no le quitaba ojo. A punto había estado de descubrir todo el pastel.

Sin saberlo, la compañera de Macarena pasó muy cerca de Agustín, que permanecía en el cuarto, abrazado al niño, detrás de varios bancos de gimnasia apilados en un extremo. Sacaron la bolsa con las linternas de uno de los armarios y María encendió una para ver si tenía pila. Cuando el foco de luz iluminó parte de la estancia, a Macarena le dio un vuelco el corazón porque temió que delatara a su ahora cómplice. Pero su compañera no tardó en apagarla de nuevo y ambas salieron de la habitación. Cuando llegaron al patio y estaban a punto de cerrar la puerta, Macarena exclamó:

—¡Mis llaves! Se me han caído al tropezarme.

—Voy —respondió su amiga.

—No, no, voy yo. Ve llevando las linternas, no nos demoremos más, que eso es lo urgente. Yo cierro al salir.

María no rebatió y marchó a buen paso hacia la salida más cercana al club social. Macarena volvió adentro y corrió cuanto pudo hasta llegar a donde estaba Agustín. Le apuntó con su linterna. El hombre se había incorporado, pero seguía en el suelo, con el niño cada vez más pálido en su regazo.

—Escúchame bien, quiero que lo lleves a la cocina y lo metas en algún arcón. Espérame allí sin hacer ninguna tontería. En cuanto pueda, me las arreglo para volver. Buscaremos la forma de que no lo encuentren. Nunca. Esto jamás ha sucedido —le dijo mirándolo fijamente a los ojos.

Una hora más tarde, la jefa de secretaría cumplió su palabra. Regresó con los deberes hechos, ya sabía cómo deshacerse del cuerpo y su mayor hobby le había dado la respuesta. Estaba todo en los documentales sobre *true crime*, también en los programas de actualidad y de crónica negra que inundaban las televisiones, plataformas, emisoras de radio y pódcast. Había tenido que echar mano asimismo de alguna búsqueda más concreta en internet —ya la borraría después, si las cosas salían bien, nadie sospecharía de ella y no revisarían su historial—, pero en todos ellos había alguna referencia a cómo descuartizar con éxito un cuerpo. En uno, incluso, se había hecho una simulación que servía de guía con todas las garantías para no ser descubierto. Solo tuvo que volver a verlo y repetirse una y otra vez que era la mejor opción si no querían que lo encontraran. Gracias a todo el tiempo que había dedicado a disfrutar de su incomprendida pasión iba a conseguir salvar al colegio y mantener la reputación que tantos años de esfuerzo le había costado construir.

Con ayuda de Agustín hizo acopio de todos los materiales y utensilios que necesitaban. Lo prepararon todo en una de las duchas del vestuario femenino. En un primer momento iba a ser el profesor quien lo haría bajo su supervisión, pero curiosamente fue incapaz. Macarena estaba furiosa, ese enfermo había abusado del niño, le había arrebatado su inocencia sin ninguna piedad, pero no podía hacer eso. El tiempo apremiaba, y la jefa de secretaría no vio otra salida que asumir de nuevo el mando. Estaba en un sinvivir, era una auténtica pesadilla, pero tenía que mantenerse firme, conseguir abstraerse y bloquear sus emociones. La sangre lo inundó todo enseguida, pero, gracias a las detalladas indicaciones del macabro programa, cumplieron su objetivo y además lograron que quedara todo impoluto.

Le dio las llaves de su casa a Agustín y le pidió que saliera con cuidado por el campo, por supuesto sin el disfraz, y que desde ahí rodeara el colegio hasta llegar a la parte más cercana al club y a la zona comercial, donde estaba su vivienda. Si se cruzaba con alguien y le preguntaba, tenía que decir que le había avisado ella para participar en la búsqueda de su alumno y que no podía faltar. Que intentara llegar cuanto antes a su piso y se acostara en su dormitorio, al final del pasillo.

Cuando terminó de recoger con el mayor de los cuidados, Macarena tomó las partes del cuerpo envueltas en plástico y las llevó hasta la cocina del centro. Allí, iluminada solo por la luz de su linterna, porque su teléfono se había quedado sin batería, se dispuso a terminar lo más difícil que había tenido que hacer en su vida. Pese a que se lo había propuesto, no pudo evitar que las lágrimas le cayeran a borbotones. Pero no se detuvo. Acabó agotada y pensó que, si se hubiera tratado de un adulto, no habría tenido fuerzas suficientes.

Regresó a su piso cuando salía el sol. Esperaba encontrarse a Agustín durmiendo en su dormitorio, pero el hombre estaba sentado en la descalzadora que tenía frente a la cama, donde dejaba la ropa de la mañana siguiente. Se le veía exhausto y no paraba de temblar.

—Acuéstate —le dijo.

La voz de Macarena sonó cálida; su gesto, sin embargo, contradecía su manera de hablar. Estaba completamente ida.

El profesor la miró y ella le sonrió levemente para dejarle claro que se había hecho cargo. Él se levantó y se tumbó en la cama en posición fetal. No dejó de temblar hasta que, finalmente, se quedó dormido con gesto apacible, como un angelito que nunca hubiese roto un plato. ¿Quién podría sospechar de lo que era capaz? Todo el equipo del centro se esforzaba en construir un lugar en el que los padres dejaran tranquilos a su rebaño, con la seguridad de que siempre habría un pastor que los guiara y protegiera del lobo. Pero casi nadie tiene en cuenta qué sucede cuando el lobo se ha camuflado entre ellos, pero no como una oveja más, como cabría esperar, sino como el propio pastor. ¿Quién los iba a proteger entonces?

Macarena se encontraba de nuevo sentada en la butaca frente a la ventana del salón de su casa. Pero no miraba hacia el exterior, sino hacia la enorme maceta sobre la que se levantaba una frondosa yucca que tenía desde hace casi una década. En su rostro se adivinaba el paso de las horas. Acababa de vivir los momentos más intensos que le había tocado encarar en años. Posiblemente lo peor a lo que se había enfrentado en toda su vida, porque sabía que lo sucedido esa noche en la urbanización lo cambiaría todo para siempre. Por un momento tuvo la tentación de recurrir a María como solía, pero eso habría sido un error y no podía cometer ninguno. Ay, María… ¿Qué estaba haciendo allí? Se frotó la cabeza enérgicamente, como si con ello fuesen a desaparecer el dolor y los pensamientos que la fulminaban con insistencia. Agarró la botella de whisky que vino en la cesta de Navidad del año anterior y que tenía guardada para regalar, la abrió con seguridad y le dio un sorbo largo. Apretó los ojos y sintió un fuego que le recorrió la garganta. Cuando los abrió de nuevo, al apartarse la botella, su mirada seca se había vuelto cristalina. No podía dejar de pensar en Roberto y en la inocencia que esa noche le había sido arrebatada para siempre. Miró hacia el fondo del pasillo, a la puerta de su dormitorio, donde había dejado descansando a su improvisado huésped. Pese a su templada apariencia, era peor que un niño que no es capaz de controlar sus impulsos. Se merecía unos buenos azotes.

Entonces le vinieron distintos flashes de lo que se había visto obligada a hacer aquella noche: Roberto abriendo los ojos de golpe, el plumas sobre su cara, la sangre y todo el horror que vino después. Cuando tuvo que deshacerse del cuerpo: trituró lo que pudo y lo poco que quedó lo metió en una bolsa y lo aplastó con un martillo para sacarlo sin problema dentro del abrigo; después, una vez que Agustín se quedó dormido, enterró los restos en los macetones en los que se erguían sus robustas plantas.

Al volver sobre eso se dio cuenta de que tendría que estar pendiente de los olores. Por suerte, su prima ya no la visitaba desde que habían dejado de hablarse, pero debería tener cuidado con los vecinos. Para consolarse, Macarena no dejaba de repetirse que era lo que tenía que hacer. No había tenido otra opción y se enorgullecía de haber tomado el mando y haber estado por encima de lo que María lo estaría nunca. Pero eso no impidió que no dejara de llorar, en silencio, mientras recordaba cómo había tenido que sacar fuerzas de flaqueza para mezclar los restos con la carne picada que se guardaba en la cocina, que había descongelado en el microondas y que después había vuelto a congelar. En ese momento no pensó que la labor de su prima podría verse afectada. No cayó, ni por asomo, en que la carne se estropearía al calentarla y volver a congelarla sin que llegara a enfriarse de nuevo, o quizá no fue eso, sino simplemente que la escabrosa receta que acababa de preparar era una bomba para el estómago.

De momento, la jefa de secretaría había logrado salir airosa, pero lo que no consiguió impedir fue el cabreo monumental de Amador cuando los padres empezaron a escribir y a llamar porque sus hijos habían caído enfermos del estómago y sabían, por los grupos de chat, que otros niños de la clase también lo estaban. Nunca antes había visto así al director, ni cuando se peleaba de pequeño en el patio. Faltó un suspiro para que echara a Teresa. Macarena se arrepentía mucho de haberle hecho eso a su prima, pero no creyó que la carne fuera a resentirse tanto. Pensaba que nadie lo notaría, de hecho, ella también le habría dado un bocado para comprobarlo, pero, en lugar de eso, disfrutó observando cómo, a medida que masticaban los alumnos, el problema se desvanecía. Además, aunque hubiera querido, tampoco habría podido hacerlo porque, después de lo que le había costado preparar la receta, había perdido el apetito.

115

Ha llegado el momento de despedirme. Espero que mi experiencia os haya servido de ayuda y que no sintáis que trataba de asustaros, sino que simplemente, después de mucho tiempo de encerrarme en mí misma y de estar a la defensiva, había llegado la hora de dar la cara y hablaros de cómo se pueden torcer las cosas cuando las relaciones se vuelven tóxicas, y no hablo solo dentro de la pareja, sino también de las que mantenemos con amigos y vecinos, en ocasiones con desconocidos y, por supuesto, con nuestros familiares.

»Mi familia y yo hemos tenido muchos altibajos y encontronazos, pero no somos como nos pintan. No secuestramos ni violamos a niños, y tampoco somos cómplices. No hagáis caso de todo lo que os cuentan en los pasillos de pasada o mientras esperáis a que los niños salgan de clase o de los pantallazos que os envíen a los chats del móvil.

»Los grupos son muy peligrosos, la mentalidad de rebaño nos arrastra, y solo por seguir al resto podemos hundir y hacer más daño del que imaginamos. Sobre todo los de los padres, que perdemos los papeles por nuestros hijos a la mínima de cambio, y la mayoría de las veces estamos tan asustados, tan sugestionados por todo lo que nos cuentan y leemos a diario que nos dejamos llevar y actuamos sin cabeza. No escuchamos ni siquiera a los profesionales y especialistas, que saben más que nosotros, aunque nos cueste reconocerlo.

»Siempre se habla del *bullying* entre los niños, pero no del que ejercemos los adultos hacia otros padres y sus hijos, de cómo podemos marginar y condenar a otros intencionadamente. Los niños son unos piezas, pero nosotros somos casi peores. De los grupos que se crean. Las guerras internas que se realizan oficialmente o por detrás. Las batallas que tenemos con los profesores, sobre todo, cuando nos ofenden y ponen en riesgo nuestra identidad como padres y la manera en la que formamos nuestra familia. No es fácil asumir nuestros fallos cuando nos ponen un espejo delante, y eso que siempre les decimos a nuestros hijos que de los errores se aprende. Todos los cometemos, es parte de la paternidad, de la aventura de serlo.

»Nosotros somos el mejor ejemplo y es una suerte que, después de todo, mis hijos puedan verme bien, con la cabeza alta y con la satisfacción de saber que siempre he sido una buena madre y también una buena amiga. Incluso con Clara, a la que fui incapaz de ayudar cuando todo esto de lo que hablo se cernió sobre ella.

»Ahora miro hacia el futuro con esperanza, dando gracias por estar presente y ser consciente de lo que hay a mi alrededor para conseguir ser mejor, y tengo la alegría y la convicción de que todo esto también ha calado en el resto de El Rebaño. El extremo al que llegó Clara nos ha hecho abrir los ojos y las cosas están cambiando para mejor.

»Mis hijos tienen mucha suerte de tener el colegio al lado de casa, pero sobre todo de que haya un equipo de profesionales tan pendientes de ellos. Macarena, sin ir más lejos, se desvive por los alumnos, los cuida como una madre, y desde lo que ha pasado, ha promovido, junto con Agustín, que haya una mayor transparencia y comunicación entre los padres y los alumnos, y ambos han convencido a Amador para reformar todas las aulas y que siempre haya una ventana u ojo de buey que permita tener las aulas limpias de agresiones de todo tipo. Así que finalmente se están tomando todas las medidas oportunas para garantizar que nadie vuelva a sentirse así en el centro. Es que no se puede pedir más, conmigo se están portado muy bien. No han parado de interesarse por Christian y Pablo y por cómo estaban viviendo la muerte de su amigo...

De pronto Pilu empieza a escuchar un sonido fuerte de fondo. Es alguien que habla muy alto. La mujer desvía la mirada hacia un lado, disimuladamente, pero lo justo para que se note en la imagen y tenga que parar la grabación.

—¡Joder! ¡Joder! Me cago en... —Se concentra en averiguar de qué se trata y de dónde procede—. ¡No puede ser! —exclama cuando descubre que es Pablo, que está en la cocina con la puerta abierta y la tele puesta con el volumen muy alto—. ¿Qué haces? Cierra la puerta, hombre, que te he dicho que mamá está grabando unos vídeos y ahora tendré que volver a empezar porque se te oye cantar —le dice mientras va hasta él.

El niño se queda mirándola perplejo, no era consciente ni del ruido ni de que estuviera interrumpiendo. Solo estaba merendando algo mientras veía los cromos que había conseguido durante el día.

—Lo siento, mamá.

—Nada, no pasa nada. Pero baja eso...

Antes de que pueda terminar la frase se fija en que en la televisión están hablando de Sweet Bunny.

«Y como les contábamos en primicia —dice el presentador del programa de la tarde de una de las cadenas privadas—, nos acaban de confirmar que Sweet Bunny ha vuelto a actuar. Esta vez la víctima es un niño de doce años que estaba esquiando en Sierra Nevada, en la semana blanca de su colegio, cuando ha desaparecido. Aún no nos ha llegado ninguna imagen, pero, al parecer, hay un testigo que ha relatado haber visto al famoso conejo por la zona momentos antes de que se le perdiera la pista al joven, pero pensó que sería alguna broma».

—Apaga eso —ordena Pilu a la vez que busca el mando para hacerlo ella cuanto antes.

—Un segundo…

El niño sigue mirando obnubilado la pantalla. Pilu no quiere que Pablo sea consciente de esos peligros y que los relacione con su padre ausente.

—No hay segundos que valgan, ¡ya! Tardo cinco minutos en acabar el vídeo y estoy libre para hacer algo contigo. Va… —Y se dirige de nuevo hacia la puerta.

Pero, antes de cerrar, escucha a su hijo tararear una melodía que parece una nana.

—«Tris tras…, ponte el disfraz… Tris tras…».

A Pilu le choca porque no la reconoce. No recuerda haberla escuchado ni habérsela cantado nunca ella o alguien de la familia.

Se vuelve de golpe y con una sonrisa le pregunta:

—¿Qué estás cantando?

—Ah, nada, mamá, nada, una canción que me ha enseñado don Agustín —dice encantado.

Pilu sonríe. Pablo está mucho mejor desde que el director de Primaria se ofreció a verle tres veces por semana, durante el recreo de la mañana. Ese hombre es un amor y su hijo ha encontrado en él al padre que necesitaba. Entre ellos está surgiendo una relación preciosa. Ella está tranquila, convencida de que, si le vuelve a pasar algo en el colegio, Agustín, como buen pastor, estará pendiente y lo ayudará. Ya lo dicen en el centro los profesores: el rebaño no puede estar en mejores manos.

Agradecimientos

Gracias, queridos lectores, por vuestro cariño y fidelidad. Espero que sigamos creciendo juntos. Vuestra pasión y exigencia es el mejor de los motores. Espero que hayáis disfrutado con estas páginas.

A todo el equipo de Penguin Random House y Suma por confiar y darme tanta libertad.

También a Javier Ortega Rodríguez, de la Guardia Civil, por echarme una mano.

Y a Romero de Luque y Sandra por su arte.